JN032426

花菱准汰《はなびしじゅんた》
渡良瀬佳乃《わたらせよしの》

登坂優《とさかゆう》
長谷川伊澄《はせがわいすみ》
花菱燈子《はなびしとうこ》

星降る夜になったら
あまさきみりと
Illust. Nagu

星降る夜になったら

あまさきみりと

MF文庫J

A Wish Upon the Starlit Skies

Contents

口絵・本文イラスト Nagu

プロローグ

それは、作り話みたいな恋だった。

誰かに話したところで、誰にも信じてはもらえない。

自分自身の記憶すら疑い、白塗りに覆い潰された感情により大切な人すら傷つけて、遠ざけてしまうことを選んだのは、生きていてほしいと願ったから。

胡散臭《うさんくさ》い希望と慰めの奇跡に縋《すが》り、冬の終わりと春の訪れを切望した。

偏屈な後輩が溢《こぼ》してくれた微笑《ほほえ》みや晒《さら》してくれた涙も、お喋《しゃべ》りした甘酸っぱい記憶も、二人きりで過ごした放課後が喪失したとしても、不器用なあいつが歩んだ十七年の人生を途絶えさせたくなかった。

だから、自分の感情と恋心を放棄して、意図的に捻《ね》じ曲《ま》げられた二人の運命を元通りにすることも厭《いと》わなかった。

二人の距離が他人より遠くなっても、どこかにお前がいてくれるだけで、よかったから。

それだけで、よかったから。

これから始まる一ヵ月間の不自然な恋は確かに存在していて、作り話として馬鹿にされても仕方のない〝不鮮明で曖昧な放課後〟が、あった。

四年後の二月二十九日。

お前のいない世界に取り残された二十二歳の俺は——

未完成で時間が止まった星空の絵と、使い古されたヘッドホンと、四年前のスケッチブックが揃《そろ》う美術室に一人ぼっちでお前の残像を探しながら、そう思うよ。

この気持ちも、三月一日になれば不鮮明になってしまうのかもしれないけど。

借りパクとは言われたくないから、お前に借りたCDくらいは返させてくれ。

第一章　好きなものを語ると早口になるような後輩

残暑も次第に薄れ、制服も長袖に衣替えした頃……進路も決まらず、帰路の身体《からだ》に染み渡る肌寒さに愚痴ばかり言い合っていた高校三年生は、数ヵ月後の卒業を意識し始める。

この時期になっても貴重な高校生活を浪費するだけの日々が巡り、新たな出会いや新鮮な刺激は人生から隔離されているかのよう。

授業中にも拘《かか》わらず、通信アプリのグループ機能がスマホを震わす。クラスの数人も同じタイミングでスマホを凝視し、遊べるか遊べないかの返事を送っていた。俺は流行《はや》りのスタンプを送り返し、いつものように遊ぶメンバーに加わる。受験勉強に集中するやつは最初からグループに名前がなく、恋人との先約だったりバイトを理由に断るやつも大体は固定されているため、顔ぶれは似通っている。部活をやっていない、受験勉強もしていない、彼女もいない、就活も先延ばし。要するに、ヒマ人がヒマ潰しをするだけの集まり。能天気と羨ましがられ、へらへらと笑うのも慣れた。

難しいことは考えず、特に辛《つら》いことがない現状は一見すると幸せかもしれない。

自由はあっても金のない俺たちは、まねきのフリータイムで歌いまくるか、ジョイフルに入り浸りながらドリンクバーのジュースを啜《すす》りつつ内輪ネタを駄弁《だべ》る。少なくとも、すぐに帰ってひたすら勉強しているような受験生よりは青春を謳歌《おうか》しているはずだ。

だが、ふとした瞬間——漠然とした焦燥が胸を刺すこともある。

他人の人生など心配しないし、俺の人生を気に掛ける他人もいない。広く浅い交友関係は充実アピールと一時的な快楽のためだけに集い、なんとなくの友情を繋《つな》ぎ合うのだ。

高校進学を理由に、小学校まで過ごした地元の町へ帰ってきたのが二年前。

八年前のときは父親の転勤により転校を余儀なくされ、後腐れや未練を残さないようにこの町から軽薄に消えたつもりが、たった一つの〝心残り〟を置き忘れてしまったからこそ、おぼろげな思い出だけを頼りに柄にもなく舞い戻ってしまった。

子供の頃に仲良かった人と疎遠になり、年月が経過した後に思い耽《ふけ》る……なんてことは友人に聞いても結構あるらしい。そういえば、あの子は今ごろ何してるんだろうって。

一度は離れた故郷の高校を受験したのは、そのせいかもしれない。

この町は一人で歩くには広すぎる。新幹線も通る最寄り駅の周辺には商業施設や学校もそれなりに点在し、自転車や車さえあれば日常生活に不便はない宮城の田舎。駅から少し離れると田畑も多く、片側二車線の四号線を行き交う車の騒音が耳を劈《つんざ》き、友人たちと現地解散した後の帰路をなおさら孤独にさせた。

スマホで繋がっていれば大勢だろうと簡単に集まれるのに……連絡先どころか名前すら知らない人を探すには、やっぱり広すぎる。老朽化した野球場が隣接する公園を通り掛かり、短時間だけ立ち止まりつつ嘆きの息を夜の暗さに隠して、何の変哲もない風景に過去の面影フィルターを重ね、小さすぎる思い出を過剰に美化してみせよう。

有名な歓楽街も自虐できそうな大自然もない没個性な地方だけど、補導時間のギリギリまで夜遊びした帰り道の空に散布された星屑《ほしくず》は——子供の頃と変わらず、きれいだ。

手先が悴《かじか》む霙《みぞれ》の水滴でしっとりと濡《ぬ》れた町を彷徨《さまよ》いながら、夜を待ち続ける怠惰な自分に転機が訪れたのは、三年生が自由登校になった二月の初め。

受験勉強や補習、就活相談などを残す同級生は学校に顔を出しており、留年の可能性が残されていた俺も単位を補うための補習組として登校はしていた。

「おい花菱《はなびし》、今日は別の補習があるから居残りな。もしバックレたら留年は免れないんで、どうでもいい用事はキャンセルしておけよ」

担任教師の登坂《とさか》に居残り補習を告げられてしまう。

俺は逃げる言い訳を探したが、登坂の「三年生をやり直すなら、遊んできても構わねーけどなあ」という脅しに屈し、首を縦に振らざるを得なくなってしまった。

大学に進む気はないけど、下級生と三年生をやり直すのは断固として拒否したいし、中退して最終学齢が中卒になるのも絶対に避けたい。

「どうせヒマだろ？　お前の友達連中が彼女と遊んだり進路関係で忙しくなってるのは、クラス担任として把握してるしな」

「俺も受験勉強を始めたんですよ」

「ウソこけ。しばくぞ」

「彼女もできました」

「夢から覚めろ」

ひでぇ……。瞬時に嘘《うそ》を見抜かれ、教育者にあるまじき暴言で一蹴された。

この教師、俺を出来《でき》の悪い弟分だとでも思っていそうだから困るが、この人なりの距離感が近いスキンシップは嫌いじゃない。二月の三年生は自由登校なので大抵の友人たちは学校に来ないし、俺一人ではサボりの誘惑もないので真面目なふりをしようか。

そんな軽い気持ちで居残り補習を受け入れ、登坂に課題の詳細を聞かされた。

補習の教科は美術……というのも、ふてぶてしい面構えに寝ぐせ風のスパイラルパーマを乗っけた三十歳の男は美術教師。寝坊やダルさなどが重なり、自分の生きる道には無関係なデッサンの授業をサボっていたため、授業での制作物も未提出だった。

「めちゃくちゃダルいんですけど……」

「こっちがダルいわ！　お前の留年を回避するため、他の先生方に頭を下げてるんじゃ！」

「そこまで生徒想《おも》いだったんですか……？　とんだ不良教師だと誤解してましたよ……」

「ごめん、ちょっと盛った。お前なんかのために下げる頭はありませーん」

おちょくりやがって、クソ教師がぁ。

「教師ってブラックな仕事ですよね。尊敬します」

「お前みたいな生徒がいるせいで退屈しねーなぁ」

皮肉たっぷりのお言葉が交差し、男二人は「あははっ」と笑い声をシンクロさせるも、お互いに目は笑っておらず、ガキっぽい視線のジャブで牽制《けんせい》し合った。担任と生徒が教室のど真ん中でアホみたいな口喧嘩《くちげんか》をしているから、いつも女子に茶化《ちゃか》されるんだよなあ。

「ともかく他の補習が終わった放課後は美術室に来い。簡単な補習課題を提出すれば、美術の成績はどうにか及第点にしてやるからよ」

そう言い残し、登坂《とさか》は職員室へ立ち去って行った。俺にとっては卒業に影響が生じるため、及第点がもらえるのは喜ばしいことなので、怠《だる》いけど取り組んでおきたい。

夢も目標もなく進路も未確定な能天気でも、卒業くらいはしとかなきゃいけないから。

居残り補習を告げられた放課後。

登坂に言われた通り、教室棟から多少離れた美術室へ渋々ながら向かう。主に実習で使う教室が並び、廊下を歩けば歩くほど多種多様な文化部の活動が横目を通り過ぎた。吹奏楽部のパート練習が断片的に鳴り響く校舎内という不慣れな雰囲気を受け流しつつ、程なくして美術室の前に到着。出入り口の引き戸をスライドさせた俺が遭遇した光景は、怠惰な心情を一変させ、昼食後から続いていた眠気を吹き飛ばす。

教室の中央に陣取る木製のイーゼルには木製パネルが立て掛けられ、素人には種類が判別できない大きめの画用紙がパネルに沿って貼り付けられている。

俺が目を奪われたのは、イーゼルの対面に置かれた椅子に浅く腰掛けた女生徒。

右手に添えた筆を巧みに操り、淡くぼかした緑系の混色を白一色だったであろう紙へ宿らせていく。口を真一文字に結んだ彼女が筆先で啄《ついば》むたび、宿った色彩に生命の息吹を与える。森の木々を主役に据えた風景画なのに、緻密に何層も重ねられた描写が微風や森の匂いまで想像させてくれて、写真よりも生々しく、それでいて実写の風景には存在しない美麗な色使いが非日常感も鋭角に際立たせていた。

脳が痺《しび》れるほどの衝撃と、どことない懐かしさ。感情が同時に交錯した俺は目的を忘れ、初対面だった女生徒の背後で、ただただ棒立ちするしかないのだ。

女生徒は自らの世界観を筆先で築き上げることに没頭しており、美術室には創造主しか存在しないと信じて疑っていない。断固として振り向かない孤独な背中が、そう物語る……と第三者目線で格好良く語りたいが、部外者の存在に気付いていないだけだろう。

ドアの開閉や歩行などの雑音を巻き散らしたが、女生徒の両耳は開放型《オープンエア》のお洒落《しゃれ》ヘッドホンで防備され、耳を澄ませば音漏れが聴き取れる音量の楽曲に聴覚を浸らせている。

どうりで背後に立っても、チラ見の一つすらしないわけだ。不要な環境音を完全に遮断し、全ての意識を画用紙に注いでいるのだから。

俺はそこら辺にあった椅子に腰掛け、一心不乱に絵を描き続ける女生徒を見学しながら登坂が来るのを待つ。普段だったらスマホを弄《いじ》ってヒマ潰しをするはずなのに、このひと時に限っては触りたい欲求すら起きない。ＳＮＳのタイムラインを指で擦《こす》ったり、おもしろい動画を見て簡易な快楽を得るよりも、画用紙を夢中で見詰める女生徒と同様の景色を共有するほうが充実していると思ったんだろうか。

空っぽで物足りない俺の人生が欲していたものは、今この瞬間なのだとしたら――

職員会議で遅れる登坂を待ち続けること一時間。

もはや、登坂を待つというよりは女生徒を勝手に見守る方向に目的が傾き、筆と紙が頻繁に擦《こす》れる音や筆洗で毛先の汚れを落とす水跳ねの音が耳に馴染《なじ》んで心地よい。

お互いに無言。奇妙な均衡が保たれていたのだが、ついに沈黙が途切れる。


「おじさん、ベタチョコ」


ふいに女生徒が発した台詞《せりふ》は、俺の頭上に数十個の疑問符を浮かべさせた。

おじさんベタチョコ……とは、何かのおまじないですか？　意味不明すぎて思考回路が一時停止し、動作が硬直させられてしまう。女生徒は目の前に置かれた絵に相変わらず集中しているのだが、上履きに包まれた足の爪先が忙《せわ》しなく揺れ始めた。

戸惑いを隠せない俺は様子見を継続していたものの、数分後に再び……

「おじさん、ベタチョコ」

紙に触れた筆先を小刻みに動かしながら、謎の呪文（？）を唱えた。一回目よりも語気が強まり、苛立《いらだ》ちが籠っているような。集中力も散漫になってきたらしく、紙の上で軽快に躍っていた筆が宙で止まる場面が増え、筆を置いた指がついにヘッドホンを外す。

「おじさん！　ベタチョコ！」

慎《つつ》ましやかな声を懸命に荒らげながら、唐突に立ち上がった女生徒は踵《きびす》を返した。

驚いた拍子に起立した俺と視線が衝突し、向こうも瞳を見開いたまま、お互いに数秒の硬直を挟む。みるみるうちに女生徒の頬《ほお》が恥じらいの朱色に染まり、

「…………っ！」

俺から逃げる意図で美術室から飛び出していく。

取り残された俺は呆然《ぼうぜん》と立ち尽くすしかなかったが、繊細な顔つきと小柄な骨格は安易に触れると壊れそうな脆弱《ぜいじゃく》さを印象付け、日焼けとは無縁そうな色白の美肌にはシミの破片すら見当たらない。物静かな風貌と、臆病を凝縮した瞳の奥。両者の対峙《たいじ》は一瞬だったが、俺の記憶に根深く焼き付くには充分だった。

……約一分後、女生徒が開けっ放しにしていった美術室の扉に人影が現れる。

「はっ？　どうして花菱《はなびし》がいるんだ？」

きょとんとしている訪問者は、どこからどう見ても担任の登坂《とさか》だった。

「あんたが『美術室に来い』って言ったんじゃないですか……」

「あ〜……そうだったかな。すまん、ど忘れ」

ざっけんなよクソ教師が、こらァ。こちとら、律儀に長いこと待ってたのに。

「職員会議が長引いたし、とっくに帰ってると思ってたわ。正直、オレが来るまで残ってたのが意外だったんだよ」

確かにいつもだったら痺《しび》れを切らし、とっくに帰っていただろう。もし遊ぶ予定が入っていたら、友情を優先していたに違いない。

「まあ……見ての通りヒマ人だし、他にやりたいこともないので」

周りの同年代が目標を見つけたり、将来を考えて動き出している。塵《ちり》の焦燥が幾重にも積み重なり、能天気な楽観野郎の重い足を一歩……いや半歩、前進させた。

「待ち時間なんてあっという間でしたよ。絵描きの女の子がいたんですけど、興味本位で見学してたらつい見入っちゃって……それがバレた途端、速攻で逃げられました」

たはは、と苦笑いしかできないな……。

一人で集中していたところを邪魔してしまい、申し訳なさが罪悪感の気持ちを生む。

「そいつの絵はどうだった？」

おもむろに感想を聞いてくる登坂《とさか》へ疑問を抱いたものの、

「専門的な感想は無理ですけど、俺が好きな作風でした。あの子が描く絵は……めっちゃ好きです。時間が許す限り、ずっと鑑賞していたいくらいに」

本人はいないので、語彙力のない率直な感想を述べた。

あの子とは初対面なのに、どこか既視感を覚える色合いやタッチが興味を釘付《くぎづ》けにし、有意義だと誇れる放課後を分け与えてくれたのだ。

「……だってよ。良かったな、褒めてもらえて」

突然、俺以外の誰かに語り掛けるような口ぶりで登坂が喋《しゃべ》り出す。

それもそのはず。登坂の背後に隠れていたであろう女生徒が、遠慮がちにちょこんと顔を覗《のぞ》かせた瞬間に理解できた。途端に恥ずかしいことを言った気になり、羞恥で顔面が沸騰していく。本人が聞いていると分かっていれば、玄人気取りの感想を言う努力をしたのに。

なんだよ、めっちゃ好きって。小学生でも、もうちょい誉《ほ》め言葉を工夫するだろ……。

「……余計なことしないで。感想を聞けなんて言ってない」

「ははは～、すまんすまん。つい出来心《でき》でなぁ～」

しかめっ面の女生徒に叱られ、背中を軽く叩《たた》かれている登坂だが、反省している素振りはない。というより、この二人は知り合いなのか？　女生徒に至っては教師の登坂に対して普通にタメ口を叩けるほどの身近な距離感を印象付ける。

「……さっきのこと、忘れてください」

俺から目を逸《そ》らし、バツが悪そうな小声で囁《ささや》きかけてくる女生徒。

「さっきのこと？」

「……分からないなら別にいいです。ただの独り言なので」

硬い表情を崩さない女生徒は俺の横を素早く通り過ぎ、絵を描いていたスペースへ戻っていった。椅子に腰を下ろした彼女は、いつの間にやら手に持っていた菓子パンらしき食べ物の包装を破り、自分の絵をまじまじと見詰めながらパンに齧《かじ》りつく。

左右に開かれた状態のコッペパンに厚いチョコがべっとりと塗られた菓子パンを頬張《ほおば》るたびに、女生徒は目元をとろんと柔らかくさせていた。

「あいつ、一人で何か言ってたのか？」

興味本位からか、登坂がこっそりと問いかけてくる。

「おじさんベタチョコ、とか呟《つぶや》いていました。意味は分からないんですけど、あの子にとって聞かれるのが嫌なことだったのかもしれません」

謎の独り言を言い放った直後、俺と目が合ったときに晒《さら》した赤面の表情を思い返す。

あれは恥じらいの仕草だったと推測できるが、思わず走って逃げ出すほど部外者には聞かれたくなかったんだろう。

「お前ってへらへらしてるかと思えば落ち込んだりもするし、感情が豊かだよなぁ。あいつの独り言は、そんな大層なもんじゃねーよ」

気落ちした声音の俺とは対照的に、登坂《とさか》は堪《こら》えきれない笑いを吹き出す。

「あいつが食べてるローカルパン、あれがベタチョコ。置いてる店を探すのは山形以外だと結構大変なんだが、『絵を描いてるときは頭を使うから糖分が欲しい』だとかで、お気に入りのベタチョコを差し入れないと機嫌が悪くなるんだよ」

言われてみれば、ベタチョコを要求し始めたあたりに集中力が切れ、苛立《いらだ》ったような動作が目立っていた気がする。おじさんベタチョコという呪文は、登坂が美術室を訪れる時間帯だろうと思い込み、言葉足らずにベタチョコを所望した台詞《せりふ》だったのだ。

「しかも、ウチのお姫様は『冷蔵庫で冷やせ』って言うのよ。だから学校にいるときはオレが配達係として、職員室の冷蔵庫で冷やしたベタチョコを手渡すんだが……今日みたいに部室へ寄るのが遅くなった日はイライラしたあいつに怒られ――」

「……おじさん、余計なことを言わなくていい」

「すみません！　ワガママお姫様は怒ってばかりで怖いねぇ」

女生徒が鋭い眼光と威圧で釘《くぎ》を刺すと、登坂は平謝りしつつニヤニヤと口角を上げた。

「さっきから気になってたけど〝おじさん〟って呼ばれてますよね。登坂先生ってそんなに老けてましたっけ？」

「そんなに老けてねーよ！　まだアラサーと呼べる年齢だわ！」

実年齢おじさん説や老け顔説は断固として否定されたが、

「学校の連中には聞かれてないから言ってもいないが、オレはあいつの母親の弟なんだよ。ひらがなのおじさんじゃなくて、漢字で書くほうの〝叔父さん〟ってわけだ」

結構な年の差がある不思議な関係のカラクリが判明した。

顔見知りの親族なら距離感が家族みたいに近くても頷《うなず》ける。

「あいつ、やべーんだよ。親族の叔父さんを顎で使うんだぜ？　ベタチョコもオレの好物だったのに、カツアゲされるようになって……叔父さん、泣けてくるわ。ていうか、ベタチョコ係ってなんだよ、ただのパシリじゃねーか。叔父さんは悲しいな……」

ここぞとばかりに登坂が待遇の悪さを強調するも、女生徒はパンを食べ続けて無視を決め込んでいるのが笑えてしまう……。

「そういえば、補習って何するんですか？　そのために来たんですけど」

美術室を訪れた当初の目的を思い出し、登坂に説明を求めた。

「美術室にあるものを自由に選んでデッサンするだけだ。スケッチブックに描いたデッサンを一枚でいいから提出すれば、卒業に影響しない評価をくれてやる」

「一枚でいいんですか？　それなら今日中に終わりそうっすね」

　昔から絵心がないのは自覚しているし、たかが帰宅部に高い画力など期待されていないのは明白。上手に描こうと足掻《あが》くよりは、適度に手を抜いて早く終わらせてしまおう。留年さえ回避できれば、それでいいのだから。

「あー、言い忘れてた」

したり顔の登坂《とさか》が説明を付け加えようとした瞬間、面倒な気配がした。

「合否を判定するのは、ウチのお姫様。あいつが許可しないと補習は終わらないから」

「……どうしてそうなるの！」

　こちらへ振り返った女生徒が、さすがに怪訝《けげん》な表情を浮かべる。

「一応は美術部の部長なんだし、自分の絵を描くばかりじゃなくて、部員の指導もしないといけねーだろ？」

「……その人、部員じゃない。ベテラン帰宅部の並外れた貫禄《かんろく》がある」

　ベテラン帰宅部の並外れた貫禄とは？　かなり凄《すご》そうだが全く凄くないな、それは。

「まあ、いいじゃん。オレも補習を見張ってるほどヒマじゃないし、体験入部扱いってことで短い間だけでも面倒見てくれよ」

　登坂の口車に乗せられ、面倒事を押し付けられる女生徒は気の毒だけど、たぶん断るだろうし心配する必要はなさそうではある。

「体験入部の面倒を見るのは部長の役目だろー？」

「部長の役目……部活ってそういうものなのかな……？」

あれ、この子……意外と前向きな反応を示してないか。表情は凛々《りり》しく引き締まっていながら、まんざらでもなさそうな浮ついた声色が僅かに零《こぼ》れている。

「……ただ、わたしは自分の絵で手一杯だから、何かを教える時間はないよ。その人の補習課題が完成したら見てあげるだけになるけど、それでも構わない？」

「合否を判断してもらうだけでいい。あと、雑用関係はこいつに押し付けて構わねえから」

「まあ……わたしの邪魔をしないなら別に良いけど」

女生徒と登坂の間で勝手に話が進んでいるものの、召使いやパシリにしようとしている匂いがしないでもない。

ただの帰宅部が美術室を使わせてもらうわけだし、簡単な雑用くらいなら引き受けるけどさ、今日だけの体験入部になるだろう。たぶん、大して労せずとも終わる。絵なんて小学校以来まともに描いた覚えがないものの、鉛筆デッサンは自由帳への落書きと大差ないイメージがあり、無駄に舐《な》めた心境を抱いていた。

「そんじゃあ、オレは仕事に戻るわ。あとはよろしくなぁ」

腹立つわぁ……。ひらひらと手を振り、軽快な足取りの登坂が職員室へと戻っていった。

その場に取り残された二人。お互いに視線を合わせることもせず、初対面な相手との気まずい沈黙に支配された夕暮れに、意を決した俺は些細《ささい》な一石を投じた。

「俺は三年の花菱准汰《はなびしじゅんた》。もし良ければ、キミの名前を教えてくれない？」

女子が苦手というわけでもないので、こういうときは躊躇《ためら》わない。女生徒は面食らったような表情の変化を示したけど、多少の静寂を挟み、重い口を静かに開く。

「……二年の渡良瀬佳乃《わたらせよしの》です。美術部の部長をしています」

あからさまに視線を逸《そ》らしつつ、不慣れな自己紹介をしてくれた物静かな女の子は、一つ年下の後輩だった。

弱く抑えられた声量。クラスの中心で騒ぐ女子というよりは、教室の隅で静粛に読書をしている部類の立ち位置ではないだろうか。内面を知る余地もないけど、第一印象はそれ。

案の定、自己紹介以上の会話は膨らまず、吹奏楽部のパート練習がBGMに戻ったところで、後輩の女生徒……渡良瀬が反転し、こちらに背を向ける。

「……描き終わったら声をかけてください」

環境音に攫《さら》われそうな小声で言い残し、作業スペースへ戻ろうとした渡良瀬だったが、

「ちょっと待って」

俺が呼び止めると、前に踏み出しかけた右足を地につけた。

「……なんですか？　早く絵を完成させたいので、一分一秒も無駄にできないんですけど」

仮にも年上の先輩に対し、渡良瀬は物怖《ものお》じせずに煩わしさを言葉に潜ませる。

「渡良瀬に頼みがあるんだ。手ぶらで来ちゃったから鉛筆と紙を貸してほしいな～って」

軽い気持ちを隠さず、渡良瀬に頼んでみる。美術の授業で使うための鉛筆やスケッチブックなどは家の押し入れに入学当時の状態で封印したままだし、たかが補習の課題と考えていたため、道具は教師側から支給、もしくは美術室で調達できると決めつけていた。

急に反転した渡良瀬は早歩きで接近。

苦笑いする軽薄男へ詰め寄ると、視線を合わせることなく、小さな口を開いた。

「……失格です」

ぼそりと、呟《つぶや》かれる。

「……描く道具も持ってこない遊び半分の帰宅部に、わたしの大切な時間を割くわけにはいきません。出直してきてください」

声量は小さめながらも、芯が通って強調された語気。

これはひょっとしなくても、叱られているのは間違いない。

「いや、たかが補習の課題だし……」

「……たかが補習の課題に付き合う義理はありません。真剣に取り組む人を嘲笑《あざわら》う態度や行為は不愉快です」

やや意表を突かれ、反応に困ってしまったが……冷静に考えると、俺みたいな遊び半分のやつに舐《な》めた態度を取られたら、真剣に取り組む人ほど腹が立つのは理解できる。

自分が楽をしてきたツケを払わされている初対面のお気楽野郎に、貴重な部活の時間を侵害されるのは不愉快そのもの。

「そうだよな……。その場のノリに甘えて適当にやり過ごしていたから、薄っぺらな人生になってしまったんだよな……」

俺は肺の空気を溜《た》め息《いき》に注《つ》ぎ込み、重苦しい嘆きを漏らす。

その場に両膝を折り畳んで屈《かが》み、脱力しながら美術室の床へ寝転んだ。

「……あの、ちょっと」

「ごめん……ホントに薄っぺらな男なんだぁあああ……」

「……そ、そこまで落ち込まなくても……。わたしが言いすぎた……のかな？　よく分からないけど……すみません」

魂の嘆きをぼろぼろと吐露する寝そべり男の姿に心底戸惑い、渡良瀬《わたらせ》は困惑した様子ながらも、とりあえず謝ってきた。

「……苦手なんです、空気を読むとか気を遣うとか……。融通が利かなくてごめんなさい」

静かに陳謝した渡良瀬が自らの作業スペースへ戻っていく。邪魔者なのは自業自得な事情で押し掛けた俺のほうだから、彼女は何も悪くないのに……申し訳なさの細胞が結合した罪悪感が込み上げてくるも、もと来た道をすんなりと引き返す気にもならなくて。

「キミが絵を描いているところを見学……してもいい？」

むくりと上半身を起こし、またもや身勝手なお願いをしてしまう。

絵心は塵《ちり》ほどもないのを自覚してるので、絵画の授業はことごとく避けて通ってきた。

小学校の頃も絵の具を使う授業のときは仮病を使い、近所の公園でサボっていたほど興味はないけれど、初対面の渡良瀬が描いている風景画は退屈を忘却させた。渡良瀬自身が無自覚に醸す空気感やアナログ画材を駆使する手腕に一目で惚《ほ》れこんだのだ。

二の腕を這《は》う鳥肌が収まってはくれないのが、ありふれた感動すら超越した証《あかし》だろう。

「……わたしが描いているところなんて……たぶん、つまらないですよ」

「つまらなかったら、キミに気付かれる前にさっさと帰ってたよ。見ているだけで楽しかったから、もう補習なんてどうでもいいや」

補習の分際で反省もなく、へらへらと声色を弾《つ》ませている先輩に呆《あき》れ返《かえ》ったのか……作業スペースの席に着いた渡良瀬は溜め息を吐き、こう囁《ささや》く。

「……お茶菓子も何もありませんが、ご勝手にどうぞ」

環境音に食われそうな声量の一言を、抜群の聴覚は聞き逃さなかった。

許しも得た俺は前後を反転させた椅子を跨《また》ぐように座り、背もたれに預けた腕へ顎を乗せる休み時間スタイルで渡良瀬の左斜め後方に陣取る。

変な話だとは思うけども、記憶に初めて記録される渡良瀬の横顔が――澄んだ水のように全身へ淀《よど》みなく浸透した。通い詰めた行きつけの場所にも似たこの感覚を妨害する抗体なんてない。初対面だった後輩の側《そば》は居心地が、よかった。

「……あまり舐《な》め回《まわ》すように見ないでください。気が散ります」

「ごめんな、部長。つい夢中になっちゃってさ」

怒られたので両手を合わせながら軽く謝ると、渡良瀬はぴくりと眉尻を動かす。

「めちゃくちゃ絵が上手《うま》くて見入っちゃっちゃったよ、部長」

「……むっ」

顎に手を当て「……この人、ワザとやってる？」みたいな独り言を溢《こぼ》し、神妙に目を細める渡良瀬《わたらせ》。無意識に漏れ出たであろう「むっ」という声が、冷静沈着な言動とミスマッチで微笑《ほほえ》ましいと思ってしまう。

「部長」

「……やめてください」

「渡良瀬部長」

「……失格！」

部長と言われるのが照れ臭いのか、それとも煩わしいのか、固く結ばれた口元からは読めないが無慈悲な失格をもらってしまった。俺の勘が正しければ、まんざらでもなさそうで。

「部員がもっといれば、部長って呼んでもらえる回数も増えるのに」

「……余計なお世話です。さほど嬉《うれ》しくもないですし、一人だけの部活なら必然的に部長になってしまうので」

そういう事情なら素直に喜べないのも頷《うなず》ける。

「……貴方《あなた》は人を喜ばせようとするのが得意ですね」

「そんなやつは嫌いだったか？」

「……いえ、別に嫌いじゃないですよ。センパイはそういう人なので」

つらつらと小声で苦言（？）を表明した渡良瀬は、そのまま作業に戻る……かと思いきや立ち上がり、リュックよりペンケースを取り出す。ファスナーを開ける音が木霊し、口が開いたペンケースから姿を覗《のぞ》かせる六角形の細長い棒。表面が鈍い光沢を放つ木製の棒は義務教育を経験した者であれば馴染《なじ》み深《ぶか》いもので、渡良瀬により机に並べられた。

もしかしなくても六角形の棒は新品の鉛筆。並べられた数は四本ほど。

スケッチブックの新しいページを一枚、紙の付け根を破るように切り取り、鉛筆のすぐ隣へ置いた渡良瀬は神妙な面持ちを崩さない。せっせと動かしていた手を止め、お役御免とばかりに俺の前から離れ、絵や画材などが配置されている作業スペースへ戻っていく。

これは……どうすればいいんだろうか。

いまいち意図を察せず、棒立ち状態の俺に対して、顔だけ振り返った渡良瀬が足元に視線を落としながら、言う。

「……わたしは絵に集中すると周りが見えません。わたしの鉛筆や紙を勝手に使用されようと、たぶん気付かないです」

淡々とした口調ながら、棘《とげ》が取れた穏やかさが声音に滲《にじ》む。

「俺ってそんなに非常識に見えるか……？　さすがに他人の道具を勝手に使わないし、絶対に触らないから安心してくれ」

「……むっ」

あれ、心なしか不機嫌になったような？

俺の苦笑がアホみたいで気に食わなかったのかもしれない……。

「部長として粋な心遣いをしたつもりでしたが、不慣れなもので不発に終わったようです」

「……と、言いますと？」

「……わたしの道具を自由に使っても良い、と伝えたつもりだったんですが」

「使って良いなんて言ってないじゃん！」

「……遠回しに格好つけようとしたわたしが悪かったです。忘れてください」

眉間に手を当てがった渡良瀬《わたらせ》は明確に呆《あき》れの心情を主張しており、俺は苦笑を続けるしかなかった。どっちが先輩なんだか、次第に分からなくなってくるよ。

表情をあまり変えない不愛想な堅物に見えたけど、厳格な態度や仕草の節々にはテンションの上昇も微《かす》かに曝《さら》け出す可愛《かわい》らしい一面もある。そう考えると俺の好奇心がじわじわと熱を帯びてしまい、頬《ほお》の筋肉が吊《つ》り上《あ》がってしまう。

「……失礼なことを考えてますよね」

すぐに不機嫌そうな語気になったけど。

「俺の考えていることが読めるの？」

「……なんとなく。浅はかな思考がだらしない顔にすぐ現れるので」

渡良瀬とは正反対で、喜怒哀楽が顔に出やすいんだろうなぁ。感情いっぱい人間なのだ。

「……留年の言い訳にされるのは癪《しゃく》なので、補習の面倒くらいは見ましょう」

「意外と留年もありなのでは？　もう一年くらい美術部を見学できるじゃん」

「……そうなってほしくないので補習をしてもらわないと困るんです。卒業してください」

いつの間にか攻守が逆転し、渡良瀬が補習の背中を押してくる構図になった！

「まあ、留年して年下のクラスにぶち込まれるのは嫌だしな……。とりあえず真面目にやるから、鉛筆削りを貸してもらえるとありがたい」

「……カッターナイフが机の上にありますので、ご自由にどうぞ」

「いや、自動の鉛筆削りを……」

「……自動の鉛筆削り？　センパイは何を言っているんですか？」

渡良瀬のスイッチが切り替わった……そんな気がした。

「……いいですか、センパイ」

増大した威圧感を漂わせながら、渡良瀬は一歩ずつ歩み寄ってくる。

「……デッサンの鉛筆はカッターで削るのが原則です。鉛筆削りなんてナンセンスですよ」

「へぇ～、そうなの？　ずっとシャープペンを使ってきたからなぁ～」

「……部長が真面目な話をしているときにニヤニヤしないでください」

「す、すみません！」

どうして、俺は謝っているのだろう？

非常に情けない話だが、初対面の後輩に説教をされているからである。

「……やはり、デッサンをする以前の問題でしたね。まずは鉛筆を手作業で削るところから教えなければいけないようです」

「とはいっても、鉛筆を一本だけ削ればいいんだろ？」

「……四本、すべてです」

「一本しか使わないのに⁉」

「……四本使うに決まってるじゃないですか。硬さが異なる四種類の鉛筆を使い分けることで、濃淡の違いを繊細に演出していきます」

最初は四本とも同種の国産《こくさん》鉛筆かと思ったが、目を凝らしてみると芯の硬さを表す表記は2Hから4Bまで幅広い。俺みたいな素人が義務教育で愛用したのはHBや2Bくらいで、その他の書き味は未知数だった。

二人の間に滞留する温度差に戸惑っている帰宅部へ、美術部の部長が言葉を繋《つな》げる。

「……貴方《あなた》にとっては手抜きで楽をしたい〝たかが補習〟だとしても、わたしは全力で取り組むことしか知りません。それに……」

渡良瀬《わたらせ》は一呼吸ほど置き、

「……熱意が感じられないものを、わたしが合格にするわけがないので」

自分が描く絵はもちろんのこと、他人に教える絵にも全力を注ぐ。愚直な後輩という表現が相応《ふさわ》しい渡良瀬佳乃《よしの》は、一瞬たりとも笑わない目で問いかける。

俺が邪魔であるなら、やる気のない下手くそな絵でも合格を出してしまえばいい。

数十分ほど美術室の一角を貸し、補習を勝手にやらせて、横目で最終確認すれば邪魔者は消えるのに……渡良瀬の選択肢には存在しないのだ。

何もやらないで立ち去るか、補習とはいえ全力で取り組んでみるか。渡良瀬が純粋な瞳で訴えかけるのは、その二つの選択肢。

「ここに来たきっかけは補習だったけど、美術部を見学してみたいのは本当なんだよ」

「……それはヒマ潰しとして、ですか？」

渡良瀬の問いかけに、

「いや――」

俺は躊躇《ちゅうちょ》なく否定で返す。

「羨ましいんだ……好きなものに没頭したり夢中になれる愚直な渡良瀬が」

久しぶりだった。何もかもをヒマ潰しとして割り切り、インスタント食品みたいに安価で手頃な楽しさがマンネリ化していた退屈な人生において、時間を忘れるくらい没頭し、一つの光景から視線を逸《そ》らせなくなったのは。次はどこをどう描くのか、どういう色使いや筆使いで白い画用紙を染めていくのか、渡良瀬がどう異なる絵の具を混色させ、独特な色合いが生まれるのか――俺の空っぽな頭が渡良瀬の一挙手一投足に絶大な期待を寄せ、網膜に色濃く焼き付けんとばかりに視線を鷲掴《わしづか》みにされたのだ。

この感覚は数年ぶりで、たぶん二回目。身体《からだ》の奥底を執拗《しつよう》に擽《くすぐ》り、眠っていた興味を掻《か》き立《た》てられた動悸《どうき》が暫《しばら》く右肩上がりのまま収まらなかった。

空白だった自分の器が満たされ、渡良瀬によって隙間なく埋められていく。

「無事に卒業もしてみせるし、渡良瀬《わたらせ》の絵も間近で見ていたい。明日もまた、ここに来てもいいかな……?」

いつも緩んでいる顔を珍しく真顔に切り替え、望み薄ながらも頼んでみる。正直、補習なんかどうでも良くなっていて、美術室に来たいがための口実になりつつあった。

俯《うつむ》いた渡良瀬は数秒間、上下の唇を強固に結ぶ。ただ苛立《いらだ》っているのか、喋《しゃべ》るのを後回しにするくらい思考を働かせているのか……俺には真意が伝わってこない。

「……わたしは、センパイのほうが羨ましいです」

「えっ……?」

「……それでは、鉛筆を削りましょう。削りカスが散らばると掃除が大変ですから、ティッシュの上で削ってくださいね」

ほとんど視線を合わせてはくれなかったけど、机の上にティッシュを敷いてくれる渡良瀬。偏屈な頑固者かもしれないが、さりげない気配りは忘れず、なんだかんだで邪魔者に付き合ってくれる面倒見が良い後輩に惹《ひ》かれ、底知れぬ興味を抱いていた。

制服の上着を脱いだ俺はワイシャツの袖を腕捲《うでまく》りしながら鉛筆を持ち、渡良瀬の教えを受け入れる態勢になったのだが、

「まず、鉛筆のメーカーごとの特徴を説明しないといけません」

すぐには削らせてくれないらしく、鉛筆へ視線を向けるようジェスチャーで促されてしまう。まずい。話が長くなりそうな気配がする。

「……露骨に嫌そうな顔してませんか？」

この部長、やけに勘が鋭い。というより、俺の顔が正直すぎる。

「そんなことはないです！　部長のお話をもっと聞きたいです！」

「……わたしの鉛筆ベスト4はハイユニ、マルス・ルモグラフ、スタビロ・マイクロ8000番、カステル9000番です。普段はハイユニを愛用していますが、書き味のしなやかさと滑らかさが気に入っていて、海外メーカーに比べると木部も削りやすく――」

機嫌を直してくれたのか、ハイユニを片手に持った渡良瀬は饒舌《じようぜつ》に解説し始めた。

渡良瀬からの一方通行な話は様々な方向へ脱線。絵に関係する座学はいまいち共感しづらかったものの、ずっと聞き役に徹していても苦痛ではない。専門知識の学が足りなくても、得意げに語る渡良瀬を眺めているのが嫌いじゃないんだ。

ぼんやりと夕暮れに色づく美術室は眠気を誘い、渡良瀬の透き通った声音が子守唄となって……前傾姿勢となった俺の意識は次第に遠ざかっていく。視界に映るオレンジの情景が霞《かす》んでいき、重みを増した瞼《まぶた》が完全に閉じたとき、ここからの記憶を手放した。

「んっ……んあぁ……」

二の腕を枕にした感触が心地悪く、睡眠に囚《とら》われた意識が戻ってくる。浅い眠りが人工の青白い光によって阻害され、小刻みに震えた瞼が上下に開いた。

机に突っ伏してから、どれだけの時間が経《た》ったのだろうか。眠る直前まで眩《まぶ》かった夕焼けの太陽光ではなく、頭上から降り注ぐ電灯の発光が美術室を照らし出し、窓の向こうの夜闇に覆われるのを阻んでいた。日光が差し込む昼間とは真逆。教室側から光を放つ時間帯ということは、時計を確認しなくても夜だと断定できる。

吹奏楽部の練習はもう聴こえず、代わりに紙と鉛筆が擦れる乾いた音だけが反響。自分の腕枕に突っ伏していた体勢から顔だけ起こすと、机の向かい側には人の存在感があった。

「……動かないでください」

ぼそりと呟《つぶや》くのは、やはり渡良瀬《わたらせ》で。

開かれたスケッチブックに視線を落とし、右手に添えられた鉛筆を全方位に忙《せわ》しなく揺らす。渡良瀬の命令によって身動きを禁じられた俺は、二の腕に頬《ほお》を押し付けた居眠り体勢のまま、眼球のみを器用に動かして状況の把握に努めた。

「もしかして、デッサンしてる？」

「……もしかしなくてもデッサンしてます」

とりあえず喋《しゃべ》ってみたが、唇は動かしても怒られないらしい。

会話が途切れるたび、鉛筆が紙を駆け回る音が耳に届き続け、気持ちが安らぐ。

「……センパイを起こそうと思ったんですけど、起こし方がよく分からなかったもので」

「起こし方？　肩を揺すったり軽く叩《たた》いてくれたら、たぶん起きたと思うけど」

「……わたしは慣れてないので、考えつきませんでした」

律儀に待っていてくれたのだろうか。

話の途中で寝落ちした失礼な先輩をモデルにして、ヒマ潰しのデッサンをしながら沈黙の部屋へ留《とど》まり……自然に目覚めるのを。

「……すみませんでした」

デッサンの手を休めず、謝られる。

「……退屈で長い話に興味がなかったから、飽きてしまったんですよね。皆、最後まで聞いてくれないのは、わたしが悪いからなのでしょう」

「ごめん……」

今度は俺のほうが、謝り返す。

「……センパイが謝る必要はないです。他人との付き合い方が、わたしには分からないというだけなので」

自虐的に吐き捨てた渡良瀬は、これまで以上に孤独な一面を覗《のぞ》かせてきた。

「……まあ、話の最中に眠りこけた人はセンパイが初めてでしたけどね」

「渡良瀬の声が子守唄に聞こえてさ、気持ち良かったんだよ。好きなことに対してはイキイキと語っていて、心なしか表情も明るく見えて、ずっと聞いていられるくらいだった」

「……それ、馬鹿にしてます？」

「いいや、褒めてるつもり。気持ち良くて寝ちゃった俺がバカなんですねぇ」

眉をひそめて理解に苦しむ渡良瀬だが、怒っている素振りはない。

程なくして渡良瀬の手が止まり、紙と鉛筆の芯が触れ合う音も同時に消失。スケッチブックの一ページを提示し、上半身のみ寝そべっていた俺のほうへ差し出す。

その状態のまま、どちらの動きも静止した。

「……これを参考にしてほしいので、受け取ってくれないと困ります」

「……いや、お前が『動くな』って言ってたから」

ほんの僅かに首を傾《かし》げた渡良瀬《わたらせ》だったが、

「……あっ」

うっかりと言わんばかりの可愛《かわい》らしい声が漏れた。

「忘れてた？」

「……もう動いていいですよ」

「忘れてただろ？」

俺の問いかけには目線を逸《そ》らされ、無表情でスルーされる。

許可を得た俺は折り曲げていた上半身を起こし、渡良瀬が差し出していたB３サイズの用紙を受け取った。胸元から頭部までの人間らしきものが鉛筆のモノトーンで表現されているのだが、衣服を着ていない屈強な胸板とクセの強い渦巻く髪型、生気のない白目、そもそも日本人っぽくない西洋の風格……。

いや、上手《うま》いよ。素人の俺でも一目で理解できる精巧な描写や陰影は圧巻を超え、ヒマ潰しの短時間で描いたとは到底思えない。しかし、渡良瀬にとっては落書きも同然。これまでに同じモチーフを何度も描きすぎたため、すでに身体《からだ》や脳に染みついているのだろう。

だが、心の中で叫ばせてくれ。

寝ている俺がモデル………じゃねぇ!!

「渡良瀬には、俺がこういうふうに見えてるのか……？」

「……いいえ、それは石膏像《せっこう》です。デッサンといえばヘルメスですよ」

思わず脱力してしまう。

モデル気取りだった男の背後にある棚には、石膏像が並べられているけども！

「俺が動かなかった意味は？」

「……でも、初心者がいきなり石膏像を描くのは難しいかもしれません」

「俺が動かなかった意味」

「……明日、描きやすそうな野菜や果実でも用意しましょう」

純粋な先輩を弄び、反論は澄まし顔で受け流す小悪魔後輩の図太い態度、嫌いじゃない。

「……今日は自分の絵をほとんど描けませんでしたから、センパイには一日でも早く補習を終わらせてもらわないと困りますね」

起立した渡良瀬は画材一式をリュックに詰め、苦言を交えながらそれを肩にかけた。帰り支度とも思える行動につられ、俺も帰るために立ち上がろうとすると、手で制される。

「……部活終了の時刻なので、わたしは一足先に帰らせてもらいます」

「……と、言いますと？」

「……センパイは明日の補習で使うぶんの鉛筆を削ってから帰ってください」

机の上には新品の鉛筆とカッターナイフが、手付かずのまま転がっていた。

「……お疲れさまでした。それでは……また来週」

口が半開きになり、おそらく間抜け面を晒《さら》している俺を置き去りして、渡良瀬《わたらせ》がドアから退室していく。鬼部長がいなくなり、閑散とした夜の校舎で一人寂しく鉛筆を削る空《むな》しい音が、しばらく響いていた。

また来週ではなく、また明日の言い間違いだとは思うけど……渡良瀬なりのお茶目《ちゃめ》な言動は、身も心も堕落してしまう心地良さがある。明日も来たい、と思わせてくれるのだ。

渡良瀬が退室してから完全下校時刻までは一時間ほど猶予があり、絵を描く時間に拘《こだわ》る性分にしては部活を早めに切り上げたのが『少し勿体《もったい》ないのでは？』と感じたものの、そんな些細《ささい》な疑問は今日に置き忘れていこう。窓の向こうには果てのない夜空。女子は遅くならないうちに帰ったほうが安心安全だから。

思い返してみると、渡良瀬は絵の具や鉛筆の粉が付着した手を洗わずに帰った。自宅でもすぐに絵を描き、部活動では足りない分の時間を補うのかもしれない。

明日もまた美術室に行くはずの俺に、明日の渡良瀬は言うだろう。

ご勝手にどうぞ……と。

帰宅部の俺が美術室の戸締りをした。鉛筆を削っていたときは億劫《おっくう》だったが、昇降口で上履きからローファーに履き替えた帰路のあたりから気分が高揚する。

渡良瀬の口ぶりは『明日も美術室に来ていい』と言っているようなもので……多少なりとも受け入れられたのかな、とポジティブに捉えられるからだ。

いつもは時間を潰すために彷徨《さまよ》っていた足取りが、今日はやけに軽い。明日もやるべきことがあって、会うべき後輩の女の子もいて、そいつの絵も特等席で堪能できる。

乾いていた日常は久しぶりの魅了に包まれ、夢中になるという感情をふつふつと蘇《よみがえ》らせた。高校三年の二月。もう、青春と呼べる時期は終わろうとしているのに。

……渡良瀬に満たされていた感情が、ふいに別の対象へと攫《さら》われた。

頭上に巨大な照明が灯《とも》り、運動部の後輩どもが練習後のクールダウンを熟《こな》すグラウンド付近の枯れ草に紛《まぎ》れた一輪の花に目を奪われ……思わず静止させられてしまう。

三枚の白い花びらが開く小さな花は、お辞儀するように咲いていた。

路肩の名も知らぬ花なんて普段なら無視するのに、あまり見かけない造形と一輪の儚《はかな》さも相まってか、寒空の下に棒立ちのまま見入ってしまい、靴底が地面に縛られる。

後輩を指導しに来ていた三年生の友人に遠目から名前を呼ばれ、我に返った俺は美麗な純白の花を素通りし、友人と立ち話をしているうちに関心も薄れていた。

＊＊＊＊＊

「准汰《じゅんた》ぁ、今日はどこをほっつき歩いてたのぉ？」

帰り慣れた自分の家。薄暗い玄関側ではなく、街灯が一定の間隔に並ぶ商店街の路地裏に面した店舗のドアから帰宅するや否や、気の抜けそうな軽い声で気安く話しかけられる。

シンプルなワイシャツは清潔感に溢《あふ》れ、紺色のエプロンを掛ける立ち姿がカフェ店員の貫禄《かんろく》を一目で示す。普通の民家であれば違和感を覚える服装だが、深く馴染《なじ》んでいるのは一階部分が喫茶店になっているから。

花菱珈琲《はなびしコーヒー》。単純な店名である。八年前まで暮らしていた実家だが父親の転勤により一時的に離れ、高校入学を機に母親と戻ってきた。元々経営していた母さんの親が高齢のために近所へ隠居し店を畳むつもりだったらしいけど、常連の惜しむ声を汲《く》んだ母さんが二年前に引き継いだのである。父親だけは仕事の関係でやむを得ず単身赴任として別居しているというのが、俺や母さんの事情を考慮してくれた現在の形だ。

こぢんまりな面積に押し込められたカウンター席が五席ほど並び、窓際には四人用のテーブル席が三卓。外から見た印象よりも、さらに狭い。

母方の祖父が収集していたレコードや洋楽ＣＤが壁一面に収納され、週刊少年誌や文庫本の領域もある趣味丸出しの空間は個人経営ならではの隠れ家的な内装になっており、創業時から使い続ける木製の椅子やテーブルの経年劣化も昭和の匂いを醸す。

店内にひっそりと流れる原子心母《Atom Heart Mother》。全く世代じゃない俺でも鼓膜に淀《よど》みなく浸透する花菱珈琲のヘビロテＢＧＭは、隙あらばリピート再生される。

壁に飾られた牛のＬＰジャケットが見守るカウンター席に堂々と腰掛け、営業時間内にも拘《かか》わらずコーヒーブレイクを嗜《たしな》み、俺の帰りを出迎えてくれたのがウチの母さんだ。

「いつもよりは帰りが早いだろ？　今日は寄り道してないんだよ」

「ホントだねぇ。七時過ぎに帰ってくるなんて珍しいなぁ」

いつもの気怠《けだる》そうな表情ながら、一応は驚いてくれているらしい。

午後七時に帰ってきても驚かれるほど、高校入学以降の息子はだらだらと遊んで放課後の大半を怠惰に潰していたのだ。本当にやりたいことが、何もなかったから。

食欲をそそる濃厚な匂いが換気扇を潜《くぐ》り抜け、冷たい夜風に攫《さら》われて店舗周辺に飛散していたため、入口を潜る前にはもう唾液が口内を溺れさせていた。

母さんに夕飯を食べるかどうかを尋ねられ、空腹の俺は食い気味に頷《うなず》く。平日の閉店間際はお客さんが一人もいないことも多く、綺麗《きれい》に磨かれた木製テーブルはメニューと紙ナプキンが悠々とくつろぐ休憩スペースと化していた。

閉店は夜七時半。すでにラストオーダーは終わっているため、夕飯のまかないを食したりひと休みする母さんがいる。いつも通りの店内だ。カウンター席に引き寄せられた俺が着席したのを合図にカウンター奥の手狭なキッチンスペースからもう一人、母さんとお揃《そろ》いのエプロンを着用した女性が閉店作業の手を休め、こちらへ近づく。

「久しぶりに〝伊澄《いすみ》ライス〟が食べたいです」

カウンター越しに相対した俺と女性。身内と常連のみが知る裏メニュー〝伊澄ライス〟を頼んでみると、女性は「――はい」という淡白な言葉を返し、キッチンへ戻った……と思いきや、コップに注《つ》いだ冷たい水を提供してくれた。店長の息子なので客ではないけど、パート従業員の伊澄《いすみ》さんは接客のような対応が癖づいているのだ。

年齢は二十六歳。容姿は端麗で大人びており、細身ながら身長はすらりと高い。しなやかで長い髪だが、飲食店で働きやすいように襟首のあたりで華麗に纏《まと》めている。

「閉店作業中にすみません」

「――いいえ、大丈夫です。すぐに作ります」

表情を一切変えることなく、抑揚がない台詞《せりふ》を囁《ささや》いた伊澄さんはキッチンへ戻り、冷蔵庫の材料を物色し始めた。やがて聞こえてくるのは、具材を炒《いた》める音。バターを溶かしたフライパンの舞台で牛肉や玉ねぎでも踊らせれば、空腹の高校生が身悶《みもだ》えする甘美な香りに様変わりしていく。そう、これだよ。音と匂いを浴びて待つのも密《ひそ》かな幸せだ。

「たまにはお家で食べる夕飯も良いでしょ～？」

隣に居座る母さんが口元を緩ませながら、こつこつと肘で突《つつ》いてくる。

「母さんも閉店作業を手伝いなさい。伊澄さんに頼りっきりじゃん」

「ぐあぁ！　こ、腰が悲鳴をあげておるぅ～っ！　安静にせねば……」

呻《うめ》き声《ごえ》混じりで喚《わめ》く母さんだが、大袈裟《おおげさ》なウソなのがバレバレなんだよなぁ。

「――私は問題ありません。ホールの接客やコーヒー豆の仕入れ、事務作業などは店長が担当しているので、料理やお掃除くらいは私がやります」

「伊澄ちゃんは働きもんやなぁ……店長は感動した！　昇給！　時給百円アップ！」

「──店長よりも私のほうが遥《はる》かに若いので、そのぶん仕事もしないといけません」

「あん？　若いのも今のうちだけやぞ？　客に口説かれた数、教えたろか？　ん？」

フライパンを振る伊澄さんのフォローに喜んだりキレたり忙しい店長だが、恥ずかしいからエセ関西弁はやめなさい。あと、客に口説かれた数なら伊澄さんも負けてねぇよ。

「准汰《じゅんた》、なにか良いことでもあったぁ？」

「どして？」

「ワタシにはお見通しだぞぉ。いつもより嬉《うれ》しそうな顔してるからさぁ」

母さんは声色に陽気を含ませ、悪戯《いたずら》に微笑《ほほえ》みながら俺の視界に入り込んでくる。めちゃくちゃ邪魔くさ……ウザさの極みに達したお調子者め。

素直な性格というのも困りもので、喜怒哀楽を容易に見抜かれてしまうことも多い。

誰かと遊んだわけでもないのに、充実に満ちた感覚の残骸がまだ残っており、中身が詰まった一日だった……と誇ったまま、上機嫌の明日を迎えられそうだ。

「旨《うま》そうな匂いでテンションが上がってるだけだよ」

親に話すのは照れ臭いから、頭の悪そうな返答でお茶を濁す。

「ん～？　女の子かなぁ？　ん～？」

「伊澄さんの料理まだかな……」

「女の子か！　女の子だな！　女の子の話題かな～っ！」

いやや～、やまかしい母親だ。遺伝子を継いでいると思いたくないぜ。

息子の色恋沙汰を妄想しては勝手に盛り上がる母親がとんでもなくウザいし、肘での小突きが止まらねぇ。客がいないのに賑《にぎ》やかすぎる店内なのはさておき、ジャンクフードや安価な牛丼チェーンの味に染まり切った舌でも、特製の伊澄《いすみ》ライスが無性に恋しくなる。

「——どうぞ」

静かに一言だけを添えて、伊澄さんがカウンターに皿を置く。

野菜や果物の果肉が溶け込んだ特濃デミグラスソース。芳醇《ほうじゅん》な風味が白米に添えられ、シェリー酒でフランベされた牛肉と玉ねぎの香りが湯気と入り混じり、過度に分泌される生唾をごくりと飲み込まざるを得ない。

カレーよりも黒々として深みがかったソース……これは、伊澄さん流のハヤシライスだ。

煌《きら》びやかなソースが絡んだ白米をスプーンで掬《すく》い、食欲が渦巻く口内へ運ぶ。ほのかな酸味と甘さが団結した焦げ茶色の米がほろほろと解《ほど》け、甘《あま》噛《が》みした牛肉から零《こぼ》れる旨味《うまみ》と肉汁が貧乏な舌を壮絶に歓喜させた。たまらない。米を拾うスプーンの昇降を止められない。

「伊澄さん、めちゃくちゃ美味《おい》しいです……いや、マジで」

完食の直後に率直な感想を伝えると、伊澄さんは眉一つ震わせる素振りも見せず、

「——ありがとうございます」

そっけなく、冷ややかな声音と共に会釈するのだ。

「あ～っ！　ついに彗星の季節がきたのねぇ～」

閉店作業中は店のテレビが垂れ流されているのだが、民放のとあるニュース特集に反応した母さんが好奇を凝縮させた声をあげると、声につられた俺と伊澄さんもテレビ画面を注視してしまう。

スノードロップ彗星《すいせい》。大抵の人は聞き慣れた通称がテロップに表示され、アナウンサーや専門家がフリップとCG映像を交えながら解説していた。

閏年《うるうどし》の二月に観測できるらしい流れ星だが、なぜか写真や動画には映らないらしく、肉眼で遭遇できる人も世界中で稀《まれ》という不可思議な現象。

前回、彗星が流れたとされるのは四年前で、俺は中学生の頃だったが……星が見えたかどうかは自己申告でしか証明できないため、大抵は自称扱いで信じてもらえず、仲間内やSNSで気を引くための虚偽申告も横行していた気がする。信憑性《しんぴょうせい》がない都市伝説の類に過ぎないのに、四年の周期を迎えると人間の視線を夜空に集める理由はただ一つ。

彗星に託した願いが叶《かな》う……子供騙《こどもだま》しの迷信が囁《ささや》かれているからだ。

第一志望の学校に合格、恋愛の成就、宝くじの高額当選、難病の治癒など、例として紹介されている体験談や再現VTRは胡散臭《うさんくさ》さの極みとしか思えない。

少なくとも真っ当な感性の俺には、雑誌の片隅に載っている開運グッズ以下の事柄だ。

迷信なんてどうでもいいけど、胡散臭い彗星の名前を聞くと……小学生の頃を思い出す。

「母さんはねぇ、彗星を見たら大金持ちになりたいって願うかなぁ。働きたくねぇェ～」

「いいから閉店作業やれよ。いつも真面目な伊澄さんを見習え」

「准汰《じゅんた》ノリわるっ！　四年に一度のお祭りなのに～！　やればいいんでしょやればぁ！」

仕事の効率を下げるテレビを消すと、頬《ほお》を膨らませた母さんが店内の掃除をのろのろと始めた。伊澄《いすみ》さんは黙々と作業を……やっていたはずだが、真っ黒に塗り替えられたテレビ画面を呆然《ぼうぜん》と見詰め、蛇口の水を流し続けたまま皿を洗う手が止まっている。

「伊澄さん……大丈夫ですか？　母さんのせいでお疲れでしょうから休んでください」

「伊澄ちゃんには甘いな！　息子よ、母親にこそ優しくしなさい！」

ぶーぶーと不満を叫ぶ愉快な母親は放置し、伊澄さんを気に掛けた。

「――いえ、大丈夫です。お気遣いなく」

声をかけられた伊澄さんは平常に戻り、皿洗いを再開させる。

正直、伊澄さんのことはよく知らない。母さんがこの店を引き継いだときに人手不足解消のために雇い、いつの間にか言葉を交わす機会が増えた間柄でしかない。

それでも、伊澄さんの作るハヤシライスは様々な表情を見せてくれて、こんなにも温かいのに、彼女の表情はずっと――時間が止まったかのように凍り付いたままだった。

第二章　気が付けばいつも一人になっているような後輩

渡良瀬《わたらせ》と出会ってから一週間後、昼休みを告げるチャイムが鳴る。

この日は三年生にとって数少ない二月の登校日。持参した弁当やパンを開封する音が連発したり、仲のいい人同士での内輪ネタが教室の至るところで展開されたりと、高校生活ではありふれた雑音が入り乱れていた。

飯を食べながら駄弁《だべ》る者、購買へ行くために姿を消す者、己の机から不動で受験勉強をする者、どこにも属せず突っ伏して寝たふりをする者など……三年生にもなれば昼休みの最適な過ごし方が決まっている。この光景も残り僅かだと思うと名残惜しい気もした。

二年の教室にいるであろう渡良瀬は今ごろ、何をしているんだろうか。ちゃんと昼飯を食べているのかな……などと、余計なお世話が脳裏を過《よぎ》ったりもする。

営業時間内に使い切れない食材で伊澄《いすみ》さんが作ったサンドイッチが、今日の昼食に様変わり。購買のパンやコンビニの既製品よりも格段に美味《おい》しいので文句は一切ないし、伊澄さんを雇ってからは客足もそれなりに伸びて、グルメサイトの高評価が増えたのも頷《うなず》ける。

隙あらばサボる母さんに任せっきりだったら、三年後にはウチの店が潰れてたかも……なんて、どうでもいいか。思春期の男子は空腹の限界だ。昼食をとる友達の輪に加わろうと席を立った瞬間、教室の入口に私服の男性が立っていることに気付く。

「花菱《はなびし》ぃ～、ちょっといいか～？」

廊下へ手招きする教師は担任の登坂《とさか》だった。ロクでもない用件だろうという怠《だる》さもありつつ、ちょっとだけ期待感も混ざり、後者が勝った俺は方向転換。廊下へ身を投じる。

「お前さぁ、やるじゃん。ちょっと見直したわ」

功績を労《ねぎら》う眼差《まなざ》しの登坂に肩をぽんぽんと叩《たた》かれた。

「ふっ……やるときはやる男だって、ようやく気付いてくれました？」

「何のことか分かってねーのに、よくそんなドヤ顔できるな」

「先生たちが花菱准汰《じゅんた》の優秀さを認め始めてきたって話ですよね？」

「ははっ、寝言は寝て言え。バカのスペシャリストが」

「だったら主語をちゃんと入れてくださいよ！」

半分冗談のつもりだったが、マジで思い上がっている勘違い野郎だと誤解され、鼻で笑われる。なんだよ、思わせぶりな絡み方をしてきやがって。

「お前、一週間も下校時刻まで美術室にいたんだってな。大したもんだ」

「渡良瀬のありがたーいお話を聞いたり、デッサンのモデルにされて二時間は動くのを禁止されたり、鉛筆を削ったりしてただけですよ？」

「分かる。たまーに様子を見に行ってたからな。マジで笑えるわ……ふふっ……」

笑いを堪《こら》えるアホ教師に軽く腹が立つんだが。渡良瀬が絵を描くときのエネルギーでもあるベタチョコをお届けするのも、しれっと俺の役割になったというね。

「……補習っていうのは方便で、ほんとは渡良瀬の面倒を見させようとしていたわけじゃないですよね？」

「深読みしすぎだー。そんなわけないだろー」

ちょっと棒読み気味なんだよな、なぜか。

「まあ、ともかくだ、じゃねぇよ。自然に話を受け流そうとするな。

ともかくだ、じゃねぇよ。自然に話を受け流そうとするな。」

「佳乃《よしの》に向き合おうとしている生徒は、お前が初めてなんだよ」

ここで登坂《とさか》のおふざけモードは一転、やや声色に重みが加わる。

腕組みした担任教師は教育者ではなく、まるで保護者。生徒相手というよりも自分の娘を心配している親の面構えを垣間見《かいまみ》せ、渡良瀬《わたらせ》の話題を投げかけてくる。

「向き合うどころか、向こうが話してる途中に寝落ちして怒られたんですけど……」

「そういうところも笑える。お前は良い意味で神経が図太いよなぁ」

この教師。良い意味で、を付ければディスっても良いと思ってるだろ。

「初日も仲良さそうに話していただろ？　あれが、なかなかハードル高いんだよ」

「いやいや……説教くらってただけですって。やる気がなかった俺と渡良瀬の温度差が半端なかったですよ」

初日の出来事《できごと》を思い出して苦笑いすると、登坂もつられて苦笑した。

「あいつは偏屈で頑固で面倒臭い性格してるけど、悪いやつじゃねーから。補習の間だけでも嫌わないでやってくれ」

根は悪いやつじゃない。たった一週間、美術室で過ごしただけの希薄な関係だけど、それくらいは俺でも分かる。誰よりも好きなものへ真剣に打ち込み、本気で取り組んでいるからこそ、遊び半分だった俺は叱られたのだろう。

「あの子……口では文句を言いながら、なんだかんだで無視はしなかったんです」

帰れとは言われ続けたが、一応は面倒を見てくれて、寝てしまった俺が起きるのを待っていてくれた。最優先していた自分の絵を後回しにして……だ。

「ああいう面倒な後輩、嫌いじゃないですよ。それに……ただ怒られただけじゃなくて、渡良瀬なりのお茶目《ちゃめ》な部分も少しだけ感じました」

石膏像《せっこう》のクダリは渡良瀬なりのからかい。俺は、そう感じた。凝り固まった顔の裏側にもお茶目な年頃の女の子が確かに存在するのだ。

部長と言われ、微《かす》かに得意げな反応を示したのも微笑《ほほえ》ましかった。

そんな一方通行の微々たる交流では物足りなかったからこそ、ヒマな時間をさらに費やして人柄を知りたいと思う心の欲求は真新しい記憶に刻まれている。

「行きますよ、今日も美術室に。渡良瀬の絵を見られる特等席なので、いくら叱られても全然気にならないですね」

「花菱《はなびし》が能天気で良かったわ。お前はへらへらと笑いながら生きてててくれ」

嬉《うれ》しそうな登坂に背中を叩《たた》かれるが、めっちゃバカにされてるのでは？

まあ、反省もせずに笑いながら補習に行く宣言をする生徒は物珍しいよな、と日頃の行いを回想し納得してみせた。

「というわけで、この昼飯を佳乃に届けてこい」

何が「というわけで」なのかは知りかねるが、登坂《とさか》は手にぶら下げていたビニール袋を差し出す。受け取った俺が袋の中身を覗《のぞ》き込《こ》むと、未開封のチョコパンが入っていた。

一部のスーパーで稀《まれ》に見かけるローカルパン、渡良瀬《わたらせ》の大好物ベタチョコが。

「姪《めい》っ子《こ》のパシリを押し付けないでもらえませんかねぇ」

「届ける約束の時間を一秒でも過ぎると、あの神経質なお姫様はご立腹になるんだ……。オレの代わりに怒られてきてくれ……」

姪っ子にビビってる情けない大人よ。こうはなりたくないね、ほんとに。

「しゃーないっすね。花菱准汰《はなびしじゅんた》という優しい生徒に感謝してください」

「調子乗んな、ばーか。佳乃《よしの》様の世話焼き係に任命されたことを誇りに思えや」

「ふざけんな腰抜け教師が。初代世話焼き係がイキってんじゃねぇ」

定番と化した口論で、さらにお届け予定時刻が遅くなっていく。

お互いに上から目線の軽口を叩《たた》きつつ、俺はパシリの下請けを前向きに続けている。

渡良瀬と会う口実ができるのが、どことなく喜ばしかったから。

渡良瀬のクラスを口頭で教えてもらい、職員室に逃げる腰抜けの登坂とは別々の方向へ別れ、二年の教室が組ごとに並ぶ廊下から該当のクラスを覗き込む。

……見渡してみるが、姿はない。

仲睦《むつ》まじいお喋《しゃべ》りが煩《うるさ》く漏れる人数の生徒たちがいるものの、中心で騒いでいる連中の輪に溶け込むわけがないし、自分の席で突っ伏しているやつも性別や雰囲気が違う。

「渡良瀬っていう女生徒を探してるんだけど、どこにいるか知らない？」

ドアの側《そば》にいた名も知らぬ後輩と目が合ったついでに、声をかけてみる。下級生は「そんな人、いましたっけ……？」と首を傾《かし》げながら、きょとんとした間抜け顔を浮かべた。

「お前は知ってる？」

「さあ……？」

名も知らぬ後輩は近くにいた友人に聞いていたが、そいつも首を傾げていた。

「ほら、たまーに来る人じゃない？　ほとんど喋らない女子いるじゃん」

「ああ～、あの人かもね。確かそんな名前だった気がする」

二人が視線を向けた窓際。空《むな》しい無人の机には見覚えのあるリュックが掛けられている。

「『たまに来る』ってことは、毎日は教室に来てないのか？」

何気なく発した言葉が気になり、後輩たちの会話に口を挟む。

「学校へ来たとしても、いつの間にか早退している日も珍しくないですね～」

「それに、俺たちとは全然喋らないもんな。ヘッドホンで音楽を聴いてるし、こっちも話しかけづらいというか、常に不機嫌っぽい冷え切った顔だもん」

こいつらが話す渡良瀬のイメージは、俺が抱いた第一印象と似ている。あいつが纏《まと》う仄《ほの》暗《ぐら》い聖域は可視化できそうなほど先鋭で、付き合いの浅い他人をまるで寄せ付けない。

人見知りしない俺ですら、最初は自分から話しかけられなかった。

「自分以外はどうでもよくて、他人と話すのが嫌いなんじゃね？　知らんけど」

仲間内で何気なく言い放ったこいつらの軽口が、妙な苛立《いらだ》ちを誘う。

「……知らないなら勝手なこと言うなよ」

不快感が胸に滞り、大人げなく怒気を忍ばせた息を台詞《せりふ》に混ぜて吐くと、虚を突かれた後輩たちは押し黙る。苛立ちを募らせた先輩は「時間を取らせて悪かった。ありがとな」と建前だけの感謝を捨て置き、足早にその場を離れた。

俺だって渡良瀬《わたらせ》をよく知らない。出会って一週間なのだから当然だし、後輩たちと大差ない関係なのかもしれないけど……渡良瀬は一度スイッチが入ると饒舌《じょうぜつ》に喋《しゃべ》る子だ。他人と話すのが嫌いとは到底思えない顔を、はきはきと語り続ける得意げな声を身を以《もっ》て知ったからこそ、印象だけの軽口が癇《かん》に障ったのだろう。好きなものに対して意欲がありすぎる姿勢からは、俺なんかとは正反対の熱い生命力をひしひしと感じた。

渡良瀬を印象論で批判してほしくない。

無意識に、そして明確に、素の怒りが沸騰したのだ。

しかし、言い返せるほどの接点が自分にあるわけもなく、抽象的に苛立ちをぶつけて立ち去るという子供染みた行為に逃げてしまった。

渡良瀬からしてみれば、俺とあいつらは同類の他人でしかない。美術室に行って渡良瀬の創作時間を奪っているぶん、俺のほうが悪質な邪魔者だとも思う。

「もっと知っていきたいな……あいつのことを」

この気持ちをどう名付けていいのか分からないけど、自らの意思で渡良瀬のもとへ行きたい。補習の前日にはなかった未知の心情を、少しずつ自覚し始めていた。

教室にいなければ、あの場所にいるような気がする。

曖昧で不鮮明な直感に導かれ、美術室への経路を突き進んでいくと——やや小柄な女生徒が美術室の前を徘徊する光景と遭遇した。

広めの廊下を隅々までワイドに使い、不審者と思わしき慎重な足取りで右往左往しながら、入口ドアの小窓越しに美術室を覗《のぞ》き込《こ》んだり、やや離れてみたり。本人は気配を消しているつもりなのだろうが、逆に悪目立ちして怪しいのが笑えてしまう。

大きなヘッドホンを耳に装着したシルエットは、視力Aだと見間違いようがない。

「渡良瀬」

背後から声をかけてみたものの、徘徊《はいかい》する不審者……いや、渡良瀬は振り返らず。

全く反応がないのは無視されたから、と一瞬は思ったが、ヘッドホンから微《かす》かに音漏れが聴こえるので、俺の声量が音楽に掻《か》き消《け》されていたと容易に推測できる。

イタズラ心が芽生え、渡良瀬の肩を指先で二回ほどノック。顔だけ振り向いた渡良瀬の頬《ほお》が俺の人差し指に触れ、ぷにっと食い込み、渡良瀬の唇はタコのように尖《とが》った。

「こんにちは」

視線は合わせてくれないけど、とりあえず昼の挨拶をしてみる。包み込んだ沈黙とは裏腹……渡良瀬《わたらせ》がジトっとした瞳でヘッドホンをずらし、眉間にシワを寄せていく。

「……花菱《はなびし》センパイがこんなにしょーもない、実に幼稚なイタズラをするウザい人だとは思ってました」

思いませんでした、と言われる流れかと期待したが、普通に幼稚なウザい人だと思われていたらしい。日頃の行いとはいえ悲しいね。

「馴《な》れ馴《な》れしくてすみませんでした……」

「……猛省してください。大反省してください」

謝罪はしたものの、物理的に口を尖《とが》らせた渡良瀬が、ぶつぶつと苦言を呈し始めた……。

締め上げる粘着質な威圧に怯《ひる》み、一つ年上の先輩だけど情けなく慄《おのの》いてしまう。

頬《ほお》に浅く触れた指を離すと、渡良瀬の顔は普段通りの引き締まった聡明《そうめい》さを取り戻す。

「……センパイは昼休みに校内を散策ですか？　案外、三年生はヒマなんですね」

「渡良瀬にお届け物があったから探してたんだよ。まだ昼飯を食べてないんだろ？」

ベタチョコが入ったビニール袋を差し出すと、渡良瀬は遠慮がちに受け取った。

「……冷えてますか？」

「お前を探している間に常温になってしまったかも」

「……冷えたベタチョコの喉越しが最高なのに」

冷えたビールを所望する系のおっさん女子高生かな？

「世話焼き係、俺は研修期間なんだ。経験不足だから許してくれ」

「……配達を他人任せにしたおじさんを叱っておきます」

渡良瀬からのブーイングが心に染みる。

というか、世話焼き係って物凄《ものすご》く情けない職種なのでは？

「……わざわざ、ありがとうございます」

でも、渡良瀬の素直なお礼をもらうだけで良い気分というか……どこか高揚してしまう単純な自分もいる。先ほどまでの不快感で立ち込めた暗雲が消え去り、快晴の如《ごと》く晴れやかな心象になるくらいには。

「渡良瀬こそ、昼休みなのに廊下を彷徨《さまよ》ってたよな。美術室に入らないのか？」

「……わたしを背後から不審者のように観察しているとか、ちょっと引きます」

「不審者の動きを会得していたお前に言われるとは」

「……わたしは深夜ラジオをタイムフリーで聴きながら散歩していただけです」

ウソつけ。あんなに方向転換を繰り返すトリッキーな散歩があってたまるか。

「……散歩はウソですけど、ＡＮＮ《オールナイトニッポン》リスナーなのは本当ですよ。わたしが特に好きなのははんにゃ金田《かなだ》の引退を阻止しようＳＰ《スペシャル》とか高輪台《たかなわだい》の相田《あいだ》宅でチョコケーキを食べたり小宮《こみや》がバスケのゲームを勝手に購入したエモエモ回です。しゅーじまんチャンネルも見てますが～」

趣味を語り出すと饒舌《じょうぜつ》になりすぎるのが可愛《かわい》いし、内容はまるで理解できなくても無限に聞いていられるなあ……じゃあないんだよ。話を逸《そ》らそうとしても誤魔化《ごまか》されないぜ。

「……よく知らない先客がいるので、室内に入りづらいんです」

俺の懐疑的な眼差《まなざ》しに観念した渡良瀬《わたらせ》が口を開き、ぼそりと本音を漏らす。

渡良瀬の視線につられ、美術室のドアを覗《のぞ》いてみると……室内にいた女生徒が周囲を見回しながら人や物を探しているような素振りを見せていた。

「……センパイ、あの人に用件を聞いてきてください。誰にでも気安く話しかけられる図太い神経の持ち主じゃないですか」

散々な言い草ながらも、一応は頼られているらしい。

自分で聞いてこいよ、と他人事《ひとごと》で突き放すのは簡単だが、渡良瀬が一人で対応できるならとっくに行動しているはずで……できないからこそ、この場を孤独に彷徨《さまよ》っていたのだ。

「放置しておけばいいんじゃないか？　あいつも昼休みが終われば教室に戻るだろ」

「……それで明日以降も来たら困ります」

「どう困るの？」

俺の疑問を受けた渡良瀬は足元に視線を落とし、

「……わたしがお昼を食べる場所、ここだけなので」

喉に閊《つか》えた言葉を絞り出す。

「……教室はあまりにも〝雑音〟が多いから、授業以外はこの場所に逃げ込みたいんです。不快な雑音は大嫌いなので……」

渡良瀬が日頃から教室にいないのは、美術室に逃げ込んでいたため。

一人で安らげる場所を求め、好きなものに囲まれた自分だけの空間へ引きこもっていたところに、見知らぬ他人が侵食してきた不安と恐怖は計り知れない。

思い返せば、俺と出会ったときも最初は逃げ出し、登坂《とさか》に縋《すが》りついていた。自分の無神経な行為が渡良瀬を激しい動揺に陥れたのだ。

ヘッドホンから音漏れするほどの音量は、他人の雑音を上書きして打ち消すためだとしたら……彼女が送ってきた人生は、決して平坦《へいたん》ではなかったことが透けて見えてしまう。

それでも渡良瀬は——ぼやきつつ補習の世話を焼いてくれて、今回は俺を頼ってくれた。

登坂の代打みたいな立ち位置だろうと光栄だ。

俺は美術室のドアを開け、躊躇《ちゅうちょ》せず室内に入り込む。根幹に孤独が根付いた彼女の居場所さえ奪われるのを、このまま黙って見過ごせないから。

ドアが開いた音を合図に先客はこちらへ顔を向けた。学年章を見る限り、入学初年度の一年生。面構えは垢抜《あかぬ》けておらず、制服にも新品の余韻が未《いま》だに残る。

ほぼ関わりのない俺が顔を知らないわけだ。最上級生はタメ口で話しかけるが、いきなり初対面の三年生と相対した最下級生は戸惑いを顔色に表す。

「驚かせてごめんな。俺は……美術部の部長に美術室の見回りを委託されてるんだ」

どんな役職だよ、と心の中で自らにツッコみを入れる。咄嗟《とっさ》に思いついたとはいえ、怪しすぎる肩書きに自分自身が苦笑を禁じ得ないものの、初々しさが香る新入生は違和感を覚えていないみたいだ。

空き教室を溜《た》まり場《ば》にしたい不良の卵か、気に食わない渡良瀬《わたらせ》に物申したい女子か。

様々な可能性を頭の中でシャッフルさせたが、すぐに杞憂《きゆう》だと判明する。

「あ、あの〜、私……美術部に興味があるんです」

恐縮した意外な答えをもらい、強張《こわば》っていた肩の力がすとんと抜けた。

「もしかして、入部希望者だったりする？」

「いえ、すぐにというわけでは……」

控えめな女生徒にやんわりと否定はされたものの、

「演劇部だったんですけど……子供の頃から絵を描くことが好きなので、美術部に転部しようか迷ってます。どんな活動をしてるのか教えてほしくて部長さんを探してました」

すぐに転部するほどの熱意や覚悟は持ち合わせていないが、部活動の見学や体験入部を検討している段階らしい。

「部活動は放課後なんだし、そのときに来ればいいのに。昼休みに知らない人が部室にいたら、部長も驚いてしまうからさ」

美術部とは無関係に等しい帰宅部の男が、もっともらしいことを述べる。

下級生は言いづらそうに口籠っていたが、俺を必要以上に見据えた。

「放課後に貴方《あなた》が叱られていたので、雰囲気的に入りづらかったんですよね」

「俺が？」

「はい」

「誰に？」

「部長さん……みたいな女の人に」

しらばっくれたかったけど、心当たりがありまくるな……。

「ちなみに、キミが最初にここへ来た日は……？」

「たしか……一週間くらい前です。怒られてたのは貴方です……よね？」

「……俺だ！」

うわっ、恥ずかしい！

後輩に説教されてた場面を一年生に目撃されてたとか恥晒《さら》しにも程があるだろ！

「ほんとごめん！　あれが美術部の日常じゃないんだ！　本来は部長の渡良瀬《わたらせ》が――」

そこまで言いかけた台詞《せりふ》が、ふいに途切れる。

はっきり言えば、学生の誰もが思い描くような美術部ではない。雑音を嫌う渡良瀬が一人きりで絵を描いているだけの時間を、普通の部活動と括《くく》れるのか。

ましてや、この子は今まで美術部とは無縁だった未経験者。心機一転となる体験入部で放置されたとあっては、誰も幸せにならない結末になるのは想像に容易《たやす》かった。

「部長に相談してくるから、少しだけ待っていてくれない？」

「わ、分かりました」

一先《ひとま》ず下級生を美術室に残し、廊下に待機していた渡良瀬のもとへ。

おそらく、体験入部のお願いは却下されるだろう。渡良瀬の性格や現状の部員数を考えると、意図的に一人の作業場を作り上げていると判断するのが妥当だからだ。

怪訝《けげん》な表情を浮かべる渡良瀬《わたらせ》に事情を伝え、下級生の意図を代弁してあげたのだが……

寡黙な部長は予想していた反応とは異なる提案を繰り出す。

「……まずは見学してもらいましょう。放課後、また部室へ来るように伝えてください」

「えっ、いいの？」

「……センパイが驚く理由がよく分かりませんが」

つい、驚きの声が甲高く弾んでしまう。

「俺のときは歓迎ムードじゃなかったのに……」

「……新入生の見学希望者と留年候補の帰宅部を同じように扱うのは正しいですか？」

「正しくないです！　生意気言ってすみません！」

躊躇《ちゅうちょ》もなく正論で殴るのはやめてくれ。

「……絵が好きな部員が増えるのは歓迎です。部活は一人でやるものじゃないので」

渡良瀬の声音が幾分か柔らかくなる。やせ我慢しているわけではなく、本当に部員の入部を心待ちにしているような……心の本音が節々に滲《にじ》んでいた。

美術室に戻った俺は下級生に放課後の段取りを話し、いったん教室へ戻ってもらう。部長と帰宅部の二人が残り、配達という当初の目的が済んだ俺も教室へ戻ろうとしたのだが、

「……センパイはこの後、予定ないですよね」

立ち去り際、渡良瀬に声を掛けられる。ヒマだと決めつけられているのが複雑だけど、

友達と合流して昼食を食べるくらいしか予定はない。

「まあ、教室で昼飯を食うだけだな」

「……それだったら、ここで食べていってください」

その言葉を理解するまで、脳が一時的に機能を止めた。

ここ、とは現在地の美術室しか思い当たらず、真意を測りかねている俺などお構いなしの渡良瀬は椅子を用意し、『座れ』と言わんばかりに神妙な表情のまま押し黙る。

「……やっぱり教室で友人と食べるほうが良いですよね。今言ったことは忘れてください」

意表を突かれた俺が困っていると思ったのか、すぐに椅子を片付けようとする渡良瀬。

こういった些細《ささい》な言動からも、彼女が対人関係に強くないことが窺《うかが》える。

「渡良瀬にせっかく誘ってもらったし、今日はここで食べるよ。自分の弁当を取りに行ってくるから、ちょっと待ってて」

俯《うつむ》きながら頷《うなず》く渡良瀬を残し、いったん自分のクラスへ。

昼休みに珍しく姿を消していた俺は、友人たちにあれやこれやと詮索を受けながらも「登坂《とさか》に呼び出された」と適当な理由ではぐらかし、弁当袋を右手にぶら下げて美術室に戻る。

女子と二人きりの昼飯。そんな一幕で一喜一憂するのが自分にとっては斬新な感覚で、どことなく青春の甘みや酸味なのでは、とか……アホなことを噛《か》み締《し》めたりもしつつ、健全な青少年は心が躍り、歩く足も身軽に跳ねた。

「……美術部、作戦会議をします」

向かい合う近距離に配置された二席。正面に座る渡良瀬《わたらせ》が、ぼそぼそと話し始めた。

どうやら、俺を一時的に引き留めたのには意図があるみたいだ。

「……今日の放課後、新入生が見学に来るみたいです」

「うん、知ってる」

俺は相槌《あいづち》を打つ。なぜなら一年生が訪れたとき、その場にいたから。

「……なので、入部してもらえるような知恵を貸していただけると助かります」

「その作戦会議で俺を招集したってわけか」

「……はい。叔父さんくらいしか相談できる人がいないですけど、花菱《はなびし》センパイの図太い神経と気安い馴《な》れ馴《な》れしさ……じゃなくて、明るくて友人が多いフレンドリーさは部長として見習うべきなのではないかと思いました」

褒められてるようで貶《けな》されている気がしないでもない……。

今の渡良瀬はヘッドホンを首筋に掛けてはいるが音楽は聴いておらず、円滑な意思疎通ができている。不快な雑音と雑音ではないもの……その線引きが、俺には分からなかった。

「……わたしは部長として、どうするべきなんでしょうか」

弱々しく哀願が込められた声が、届く。

「今まではどうしてたんだ？　見学者とか体験入部が初めてってわけじゃないだろうし」

参考までに尋ねた瞬間、渡良瀬は重苦しく唇を結び、思い耽《ふけ》ったように俯《うつむ》いてしまう。

俺だけが無知。漠然とだが、そんな心境にさせられた。

「……誰も来ませんでした。今回が初めてです」

「そっか……」

能天気だろうと空気は読める。

口調や視線の微妙な変化を察し、それ以上の深掘りを避けた。

「登坂《とさか》先生に助けてもらうわけにはいかないのか？　美術の授業のときにでも働きかけてもらって、入部希望者を募るとかさ」

「……叔父さんには無理を言って顧問を頼んでいるんです。お飾りでもいいから責任者になってくれないと、この部室も貸りられないので。それに……まずは自分の力で、色々と頑張ってみたいと思いました」

人付き合いが極端に苦手な渡良瀬では、今回の新入生を入部まで導くのは難易度が極めて高いかもしれない。不器用さを自覚していてもなお、渡良瀬は頑張ろうとしている。

「でも、俺みたいな帰宅部には相談してくれるんだな」

「……担任持ちの叔父さんは見るからに多忙ですが、センパイは……まあ、大丈夫かなと」

「めちゃくちゃヒマ人に見えるよな。そうね、帰宅部のエースナンバー背負ってるよ」

どんな思惑であれ、一番に頼ってくれたのは光栄だし嬉《うれ》しい。

「……叔父さんも言ったんです。まずはお前が勇気を出して、正式な美術部を設立できるように頑張れって……。だから頼りすぎず、学校では親離れしようかと」

親目線の登坂《とさか》が姪《めい》っ子《こ》の世話を俺に委ね始めた理由が、渡良瀬《わたらせ》の自立だとしたら。自らの勇気で前に進み、同年代の友人を見つけてほしいという……考えすぎか。

「渡良瀬が無理やり明るく振舞ったところで、付け焼刃にもならないと思う。俺が渡良瀬の真似《まね》なんて不可能なのと同じように」

「……そうですよね」

「それに、あの子が入部してからのことも考えないと。本来の性格を偽り続けるなんて不可能に近いし、すぐにボロが出て辞められたら悲しいよね」

根拠のない励ましはせず、俺なりの意見を述べていくうちに、視線を足元に落としながら意気消沈していく渡良瀬。ノリと勢いだけで歩んできた野郎の助言ごときで立ち振る舞いを変えられるなら、こんなに思い悩んだりはしていないだろう。

心底まで根付いているのだ。一人きりな部長の不器用で下手くそな生き方は。

「ライブペイントをしよう」

だから、いつもの渡良瀬のままで良いと判断した。渡良瀬が持つ素材を隠すのではなく、圧巻のパフォーマンスを瞳に焼き付けてもらおうと画策したのだ。

「……ライブペイントですか？　それだと、いつものわたしと同じで……」

「新入生を放置したまま部長が絵を描いていたら、疎外感を与えてしまうかもしれない。そこらへんは俺が上手《うま》いことサポートする」

前傾姿勢だった渡良瀬が顔を上げて背筋を伸ばし、俺の話に耳を傾けてくるも……

「放課後の段取りを打ち合わせたいんだけど、残り時間がなぁ……」

美術室の壁掛け時計を横目で確認したが、昼休みが終わりそうな時刻を長針が指していた。いつ鐘が鳴ってもおかしくないのに、渡良瀬は席を立ち上がる素振りさえない。

「……わたしは午後の授業をサボります。美術部のほうが大切なので」

「マジでサボるの？」

「……センパイはどうしますか？」

流れていた空気が止まり、俺に選択が委ねられる。答えは一つしかないし、女子と授業をサボる初体験は心臓を過度に高鳴らせる。

「そういや、まだ昼飯を食べてないや。俺もサボりのプロだし、ご一緒させてもらうかな」

「……センパイ、お人好《ひとよ》しのアホ野郎ってよく言われますよね。昼食のために学校へ来ていたり、体育のときだけバカ騒ぎしてそうです。総合的に判断すると嫌いじゃないですが」

「あははっ、よく言われ……ねーわ！　こう見えても進路に迷ってるんじゃ！」

「……叔父さんに似てますね。いろいろと……嫌いじゃないですよ」

クラスの女子にもイジられるけど、あいつと似た者同士とか勘弁してくれ。俺のほうが地頭は賢いからマジでさ。嫌いじゃない、を付ければ許されると思ってそう。許すけど。

遠回しに茶化《ちゃか》してくる渡良瀬に翻弄されているうちに、昼休み終了の鐘が響く。お構いなしの二人は無反応で椅子に張り付いたまま腰を据え、作戦会議を継続することに。

まずは戦に備えて昼食タイム。渡良瀬もベタチョコの包装紙を剥《む》き始めたので、俺も弁当袋からサンドイッチを摘《つ》まみ出《だ》し、丁寧に包まれたラップを剥《は》がして豪快に齧《かじ》りつく。

渡良瀬《わたらせ》は大人しい風貌を裏切らず、小さく口を開けて慎《つつ》ましやかにパンを咀嚼《そしゃく》していた。

「同じパンばかり食べて飽きない？」

「……いえ、美味《おい》しいです」

「偏食だと栄養が偏って病気になるかもしれないよ」

「……別に長生きしようと思ってないので」

投げやりに呟《つぶや》き、淡々と大好物のパンを啄《ついば》む渡良瀬。

「……絵を描いている期間は食事の手間を省きたいんです。最低限のエネルギーを摂取する作業に頭を使いたくないし、余計に疲れたくないので」

「だから、いつも一人でベタチョコを食べているのか……」

「……教室は……わたしに無関係な雑音が多すぎます」

渡良瀬にとって、食事は生きるための作業でしかない。

弁当を楽しみに午前の授業を切り抜け、友達と駄弁《だべ》りながら美味《うま》い飯を食べる……それが普通の高校生だと認識していた俺とは相反する捉え方があるのだ。

「……わたしは自分自身が好きなものと、それを好きでいてくれる人間にしか貴重な時間を割きたくありません」

パンを完食した渡良瀬は、明確な信念を吐息に乗せる。包装紙を握り締めた音がひと際大きく感じられ、どちらも口を開くのを躊躇《ためら》う。

「俺は――」

　ぴっちりと閉じていた上下の唇を、俺は思い切って震わせた。

「俺は……渡良瀬とお喋《しやべ》りしながら飯を食ってる時間が好きだけどな」

　渡良瀬はやや俯《うつむ》きながら硬直し、左右に視線を逃がす。

「……わたしと話して楽しいですか？」

「楽しくてサンドイッチがめちゃくちゃ美味い」

　伊澄《いすみ》さんのサンドイッチが瞬く間に胃袋へ消えていく。あの人がウチで働き始めてから何度も作ってもらった味付けは舌に根深く馴染《なじ》んでおり、今日に限って全く別物だったり特段美味いというわけではないが、今は格別な満足感に満《み》ち溢《あふ》れていた。

　誰と食べるかで、こんなにも味わう感覚が異なる。小さい青春の隠し味に感謝したい。

「……センパイは物好きですね」

　困ったような小声の囁《ささや》きが、どことなく渡良瀬らしかった。

「そういや、サンドイッチって食べたことある？」

「……バカにしないでください。子供の頃に食べたことがあります」

　超偏食でも好物以外は食べないというわけではないようだ。残り一つのサンドイッチを何気なく差し出すと、渡良瀬は興味を宿した瞳でそれを見詰めてくる。

「野菜がたっぷり挟んであるから、偏食の渡良瀬にも食べてほしいな。もし身体《からだ》を壊したら絵も描けなくなるよ」

「……そこまで言うなら、食べてあげなくもないです」

不本意そうな言い回しはともかく、意外と素直になった渡良瀬《わたらせ》が手を伸ばし、ラップに包まれたサンドイッチを受け取る。

「牛乳とコーヒーを持ってるけど、どっちがいい？」

「……コーヒーは眠れなくなるので」

「ほい、それじゃあ牛乳」

弁当を取りに戻った際、ついでに食堂の自販機で購入した紙パック牛乳を手に持たせてあげた。右手にサンドイッチ、左手に紙パックを持つ渡良瀬の姿は年相応の女子高生そのもので微笑《ほほえ》ましく、筆を握っているときの集中が研ぎ澄まされた顔立ちとは程遠い。

単刀直入に言えば、かわいい。絵を描く以外はダメダメなので面倒を見てあげたいし、母性や庇護《ひご》欲に似たものを掻《か》き立《た》てられるというか……とにかく放っておけない後輩。

渡良瀬はサンドイッチの角に口を付け、ゆっくりと咀嚼《そしやく》する。具材の感触を確かめているのだろうか、閉じた唇はさほど動かず、最初の一口を噛《か》み締《し》めていた。

「……美味《おい》しい」

飲み込んでから一息吐《つ》き、ふいに零《こぼ》れ落《お》ちた感想。そのまま、渡良瀬は一切れのサンドイッチを頬張《ほおば》り、過剰なまでに咀嚼しては舌の上で味わっていた。

「……これはセンパイの親が作ったんですか？」

「いや、ウチの母親が営んでる喫茶店のパートさん。店で使い切れなかった残り物で弁当を作ってもらってるんだ」

押し黙った渡良瀬は最後の一欠片《ひとかけら》まで綺麗《きれい》に食べ切り、物思いに耽《ふけ》る。

「……わたしが好きな味でした」

感情の起伏が読み取りにくいものの、渡良瀬なりに絶賛しているようで、なぜか俺がご満悦な心境になってしまう。花菱珈琲《はなびしコーヒー》が誇る伊澄《いすみ》さんが褒められると嬉《うれ》しいんだよ。

「渡良瀬さえよければ、弁当をもう一つ作ってもらえるように頼んでみようか？」

「……さすがにそれは申し訳ないというか、ご迷惑をおかけするのではないかと」

「まあ、聞くだけ聞いてみる。使い切れない食材を廃棄するよりはマシだろうから」

そう提案してみると、渡良瀬は慎《つつ》ましやかに頷《うなず》いた。

「……お昼ご飯が少しだけ……楽しみになるかもしれませんね」

ほんの僅かに声色が明るくなった渡良瀬。今の俺は、手間のかかる後輩が喜びを露《あら》わにする瞬間を無意識に望み、それが叶《かな》うたびに心臓の鼓動が情熱的に煩《うるさ》く唸《うな》っていた。

どこにでもいそうな帰宅部の空虚な物足りなさはどこへやら、渡良瀬の世話焼き係として充実した日々に移り変わりつつあった。

日常の些細《ささい》な景色が光り輝いて見える。高校生活に求めていたものが、これだったのだ。

あーでもない、こうでもない。

昼食後の二人は意見を交換し合い摺《す》り合わせ、現状の最善な策へ寄せていく。全校生徒が授業に勤《いそ》しんでいる校内は静まり返っていたが、美術室は男女の声が途切れることなく聞こえ続け、見学を円滑に進めるためのリハーサルを入念に繰り返す。

それが付け焼刃だとしても、やらないよりはマシだと信じて。

孤高な部長を慕ってくれる部員が誕生することを——部外者が密《ひそ》かに祈る。

もう間もなく、放課後を告げる鐘が鳴る時間帯。

少しでも見栄《みば》えのするよう、画材が散らかった室内を手分けして整理整頓する音だけが木霊していたが、俺のほうは会話の糸口を探っていた。

渡良瀬《わたらせ》はヘッドホンを首筋に引っ掛け、音楽は聴いていない。俺たち以外の人間は近くにいないし、話しかけやすい条件が整っている。

知りたい、もっと。渡良瀬佳乃《よしの》という後輩の女の子を。

「渡良瀬ってさ、他人を好きなのか嫌いなのか、よく分からないとこあるよな」

やや怖気《おじけ》づきながらも、聞き難《にく》かった話題に触れてみる。

渡良瀬は片付けの手をピタリと静止させ、数秒の沈黙を挟み……また手を動かし始めた。

「……単純ですよ」

渡良瀬の呟《つぶや》きは、耳を澄ましてどうにか聞き取れる声量だった。

無駄な環境音を抑えるべく俺の手も無意識に止まってしまい、完全に聞き入る態勢へ意識が移行していくのが分かる。

「……わたしが好きなものを好きでいてくれる人を、わたしは好きでありたい。興味がない人には、わたしも興味を抱かない。それだけのことです」

「……本当に単純なことなんだな」

「……あの一年生が本気で絵を好きになってくれたのなら、わたしも頑張って教えてあげたいです。それが部長の仕事だと思うので」

真《ま》っ新《さら》なパネルをイーゼルに立て掛けながら、渡良瀬は仄《ほの》かに上機嫌を忍ばせた声を漏らす。気のせいかもしれないけど、平常の沈着な雰囲気が幾分か解け、物腰が柔らかい印象を受けた。

「……お喋《しゃべ》りはおしまいです。無駄口を叩《たた》かないで仕事してください」

ものの数秒でクールな顔に整えられてしまったが。

「俺は部員じゃないんだけどなぁ～」

「……補習の間は部員みたいなものですよ」

「初耳なんだけど」

「……今、部長権限で決めましたので」

したたかな部長さんに苦笑していると、控えめな無駄話を打ち切るチャイムが校内に響く。各教室でＨＲと清掃をしたのち、生徒は部活動や下校など各々の目的のため離散するのだが、遠くの足音や歓談が聞こえ始めた瞬間、渡良瀬の様子が顕著におかしくなってきた。

下級生に貸すためのスケッチブックを抱きかかえ、指を震わせている。

「……渡良瀬？」

話しかけても、苦言や憎まれ口どころか返事の一言すら発しない。

もしかして、不慣れな見学対応に緊張しているのだろうか。

「いつも通りでいい。俺がフォローするから、お前は描きたいように絵を描いていてくれ」

「……そんな情けなくて根暗な部長でいいのでしょうか」

「根暗な部長なんて見たことないけどな。お前が画材について熱弁するときとか、絵を描いている姿は眩《まぶ》しいくらい光り輝いてるよ」

「……センパイ、わたしをイジってきてますよね」

不満げな渡良瀬《わたらせ》だったが、手先の震えは自然に収まっていた。

「……来てくれるでしょうか、あの子は」

ぽつりと渡良瀬が漏らす。

そうか。見学に来てからの対応とか以前に、あの子が美術室に来てくれるかどうか……

最初の段階がもう不安で圧《お》し潰《つぶ》されそうなのだろう。

そわそわと落ち着きがなく、息遣いも不規則になっているのがその証拠だ。

「俺だったら、毎日でも来たい」

「……センパイは来なくても大丈夫ですけど」

この痛烈さよ……。帰宅部員への扱いは冷たかった。

「……いつも通りのわたしで良いのでしょうか」

「ああ。俺が思わず見入ってしまった後輩は、いつも通りの渡良瀬佳乃《よしの》だ」

渡良瀬は口を噤《つぐ》み、俺から顔を背けるように離れていく。そのまま自分のスペースへ移動し、筆を手に取って制作途中のパネルと相対した。

「笑った？　今、笑ったよな？」

ふいに溢《あふ》れた興奮の台詞《せりふ》は、渡良瀬の華奢《きゃしゃ》な後ろ姿に無視されてしまう。

気のせいだろうか、目の錯覚だろうか。

絶対に見間違いだと思うけど、顔を背けた瞬間に晒《さら》した渡良瀬の温和な顔は微笑《ほほえ》んでいるみたいで、その残像が頭の中を駆け巡り、脳内で何度も再生しては心が躍った。

「し、失礼します」

そして、ついに——下級生の女の子が美術室のドアを開き、俺たちの出迎えを受けた。

「どうも、体験入部の花菱《はなびし》です。一緒に美術部を体験しましょう」

作戦が始まる。準備万端の俺は爽やかに体験入部者を装い、下級生の目線を共有した。

「あっ、そうなんですね。よ、よろしくお願いします」

戸惑いの反応を示す下級生。三年生がこの時期に文化部の体験入部をするなんて、普通は想定しない。俺は見学者になりすまし、入部を促すためのサクラ。受け身で物静かな初対面の女子同士を二人きりで閉じ込めるよりは、賑《にぎ》やかしのアホ男子が紛《まぎ》れ込んでいたほうが雰囲気も温まる。

用意された椅子に下級生が恐縮しながら腰掛けたところで、パネルと対峙《たいじ》したまま背を向けていた渡良瀬が立ち上がり、こちらへ振り返った。

「…………」

仁王立ちした渡良瀬《わたらせ》は、何かを言いたげに口を半開きにするも……しばらく続く無言。

視線を頭上に向けたり、床に落としたりしながら立ち尽くす。

事態を察した俺はスケッチブックを捲《めく》って、前方を注視する下級生には気付かれないように鉛筆で文字を書き綴《かつづ》り、対面の渡良瀬にこっそりと掲げた。

【美術部で部長をしている二年の渡良瀬です。見学中に分からないことや質問などがあったら気軽に聞いてくださいね】

この文面が書かれたスケッチブックを目視した渡良瀬は、

「……美術部で部長をしている二年の渡良瀬ですー。見学中に……何かがあったら……どうにかしてくださいー。お願いしますー」

律儀に真似《まね》て読み上げたものの、読まされてる感が際立つ棒読み！　後半部分はアドリブで指導の放棄を匂わすというツカミの失敗っぷりを披露してしまった……。

部長として軽く挨拶する流れにも拘《かか》わらず、渡良瀬は緊張のあまり簡単な文面すらど忘れしていた。即座に察知した俺はカンペで凌《しの》ごうと試みたが……速筆を重視した文字が読みづらかったらしく、渡良瀬の細めた目つきと眉間のシワが遺憾の意を物語っている。

やれやれ、困った部長様だ。ごめんなさいね。

「……それでは、さっそく今日の活動を始めます」

事前に打ち合わせた渡良瀬の台詞《せりふ》を言い終え、まずは基礎となるデッサン。

予め《あらかじ》卓上に準備していたワインの空き瓶とリンゴをモチーフにした渡良瀬が、長方形のパネルに手を掛けたタイミングを見計らい、

「部長、それはどのような作業なの？」

ど素人っぽい質問を入れていく。

渡良瀬は一度集中しだすと絡みづらいオーラを発散するため、初対面の下級生が質問するのは荷が重い。下級生と似た立場を自称するやつが、初心者目線で解説を引き出してやるのが最適だと思ったのだ。

「……デッサンを始める前に環境を整えます。スケッチブックでも簡単なデッサンはできますが、今日はせっかく見学してもらえるので……何かしら勉強になればと」

ぎこちないものの、渡良瀬はどうにか答え始めた。彼女なりに初心者のことを考え、まずは関心を引くために基礎的な手順から説明していくらしい。

「……絵を描く前に木製のパネルへB3サイズの画用紙を〝水張り〟していきます。刷毛《はけ》に水を染み込ませて……画用紙の裏側に塗っていきましょう。ムラにならないよう、紙の中心から……外側に向かって塗っていくのがポイントです」

渡良瀬は分かりやすい言葉を用いながら、裏返した画用紙に刷毛を走らせる。中心からバツを描くように水を塗り、濡《ぬ》れた刷毛で続けざまに十字を引いた。

水の塗り残しがないかどうか目視で確認し、渡良瀬は刷毛を置く。

「……紙が水を吸うまで、少し待ちます」

そう言うと、渡良瀬《わたらせ》は棒立ちのまま唇を結ぶ。

……当然ながら美術室には静寂が訪れ、耳に残るのは吹奏楽部が吹く管楽器のみ。全員が沈黙する歯痒《はがゆ》い間は、緊張気味の新入生にとってストレスになるかもしれない。

【フリートークで繋《つな》ぐ】

テレビ番組のADを真似《まね》たカンペをチラつかせてみるが、渡良瀬は両手の人差し指を胸元で交差させて『無理に決まってるだろアホ野郎』みたいな意思表示を透けさせる。

よく考えなくても、場を繋ぐためのフリートークなど荷が重すぎるか。

「部長が日頃からやってる鉛筆の削り方を教えてください」

手を挙げ、俺なりの助け舟を出す。

「……えっと……鉛筆というのは、力任せに削ればいいというものではありません」

「えっ？　鉛筆削りは使わないんですか？」

下級生のうっかり発言が、カッターを持つ渡良瀬の動作を一時的に止めた。

鉛筆に関して同じような台詞《せりふ》を、どこかの帰宅部も言っていたような……。

「……ナンセンス。鉛筆デッサンにおいては、自分が使う鉛筆はカッターナイフで削るのが一般的です。鉛筆を寝かせて太い線を意図的に描く場合も多々あるため、通常よりも芯を長く突き出しておかないといけません。寝かせて使いやすいよう、削ったときに剥《む》き出しにする木部もなだらかな傾斜にしておきましょう」

「は、はあ」

「B系の鉛筆は芯が柔らかくて丸くなりやすいので、描いている途中でもこまめに研磨することが大切です。結構折れやすいので、芯は1・5センチくらい出せば大丈夫です。H系は硬いのですが、そのぶん減りにくいので最初に頑張って削りましょう。芯は2センチくらい出しておくと、寝かせても使いやすいと思いますよ」

「ほ、ほお」

怒涛《どとう》の語り口に圧倒された下級生から、間抜けな相槌《あいづち》が連発した。

フリートークは不可能でも、好きなジャンルの雑学ならペラペラと舌が回るのが渡良瀬佳乃《よしの》という後輩だ。初心者の下級生が渡良瀬のスイッチを無自覚に切り替えてしまい、不燃性だった瞳に布教の火が灯《とも》っている。

「……削りますか、鉛筆」

「え、その〜、あの〜」

「……削りましょう、鉛筆。楽しいですよ」

真新しい鉛筆とカッターナイフを握りながら饒舌《じょうぜつ》に語りだした部長と、気後れした様子の下級生。この対比が外野目線だと実に愉快で口角が勝手に上がってしまう。

孤独なイメージはあるが、これは普段の渡良瀬で。少なくとも、最近の俺はよく存じ上げている高揚の声音を惜しみなく披露していた。

根拠のない憶測だけど、渡良瀬はこういう部活をやりたかったんじゃないかな。一人の部室で黙々と描き進めるだけではなく、自分の好きなものを誰かと共有し、分かち合いたかったのだとしたら、とても不器用で愛らしい。

こんな自分好みの妄想、渡良瀬《わたらせ》にとっては最高に迷惑だろうけど。

「部長、そろそろ画用紙に塗った水が良い塩梅《あんばい》になったかと」

「……もちろん、あなたに言われなくても気付いていました」

咳払《せきばら》いした渡良瀬が平静を取り繕い、俺に対して不満を表明してくる。

ウソつけ。下校時刻まで熱弁するつもりだっただろ……とか、野暮《やぼ》なヤジは飛ばさず、陽気に平謝りしておこう。これで円滑な進行に戻れるし、思わず笑顔になった下級生も肩の強張《こわば》りを緩和してリラックスしやすい。

「……裏側に水分を染み込ませた紙をひっくり返し、パネルに置きます。紙の上下と両端がパネルからはみ出すので、パネルへ沿うように折っていきましょう。布か何かで紙の表面を擦《こす》り、しっかりと折り目を付けていくのがポイントです」

渡良瀬は口頭で説明した通りの手順を俺たちの前で同時に進めていた。実際に作業してもらいながらだと、脳内で思い浮かべるだけよりも遥《はる》かに手順が覚えられる。

俺が水張りをする機会は今後も皆無だろうけど、渡良瀬の後輩にあたる下級生は、もしかしたらと……新入生の入部を願い、寡黙な部長は懸命に喋《しゃべ》っているのだ。

「……紙が貼り付けられたパネルの四辺を、水張りテープで丁寧に留めていけば……」

水張りの仕上げと言わんばかりに、渡良瀬が水張りテープと呼ばれるものを紙の縁に貼り付けていき、熟練の手捌《てさば》きでパネルに紙を固定していく。パネルの角にもきっちりテープを巻き、パネル自体を机に置いた渡良瀬は大きく息を吐いた。

「……このまま乾燥させれば、パネルの水張りは完了です。鉛筆や消しゴムなどを用意して、いつでも描き出すことができますよ」

肉体作業を熟《こな》したせいか、顔色に若干疲労が浮き出た渡良瀬だったものの、序盤の一仕事を終えた今はどこか満足感を秘めているようにも思えた。

だからなのか、俺の両手は祝福の拍手を鳴り響かせてしまう。つられた下級生も後を追うように拍手をしてしまい、四本の手による乾いた二重奏が美術室に奏でられた。

「……あの、基礎の範囲なので……そんなに凄《すご》いことではないですので」

渡良瀬は照れ臭そうに謙遜するのが精いっぱい。拍手が続いている間はどう反応していいのか分からずに立《た》ち竦《すく》み、心底困って狼狽《うろた》えていた。

「今日は見学会だけど、実際にデッサンを体験してみてもいいの？」

見学者を装うサクラが素人目線で質問してみると、渡良瀬がこくりと頷《うなず》く。簡単な作業を肌で感じてもらうのが初心者へのアプローチとしては有効だろうし、俺も補習の課題を同時に熟せる。まさに一石二鳥であり、渡良瀬とも事前に打ち合わせ済み。

初心者でも描けそうなものなら、と下級生も承諾してくれたので、渡良瀬が二人分のスケッチブックを手渡してくれた。予《あらかじ》め準備しておいた空き瓶とリンゴの出番というわけだ。

「……まず、デッサンするための鉛筆を削ってください」

「誰が？」

「……鉛筆削りマイスター」

「ほんとに誰だ⁉」

この一週間、帰り際に鉛筆を削っていた俺はマイスターの称号を得てしまったらしく、喜ぶところなのか迷う。何も知らない下級生に本物の削り方を見せつけてくれるわ。

右利きの鉛筆削りマイスターは、左手に鉛筆を握り込む。右手に持ったカッターの刃を鉛筆の先端にあてがい、鉛筆を覆う左手の親指でカッター本体を押し出すと、先端が自動的にスライスされていく。右手を動かすのではなく、左手の親指でカッターの刃を前へ動かし、切り離された細かい木片がティッシュの上へ次々と降り積もった。

無表情の渡良瀬《わたらせ》がしきりに頷《うなず》いている。うむ、上手《うま》くできている証《あかし》だ。

鉛筆の軸を回転させながら削っていくと、やがて先端は鋭い傾斜となり、鈍く黒光りした芯が木部からお目見え。B系の芯を1・5センチほど露出させる意識で刃先への力を微調整しつつ、今度は刃を芯へ直角になるよう添え、円錐状《えんすいじょう》に研いでいく。

「どうよ……これ！　素晴らしいな！」

自画自賛の雄叫《おたけ》びが轟《とどろ》いた。帰宅部の鉛筆削りマイスターが、十分足らずの間に成し遂げたのだ。人肌など容易《たやす》く貫通する鋭利な先端に仕立て上げた鉛筆を指で摘《つ》まみ上《あ》げ、渡良瀬の眼前に誇らしく掲げる。

「これはもはや、熟練の鍛冶職人が仕立てた刀剣だろ」

「……いえ、文房具の鉛筆です」

誇張した比喩はノリが悪い渡良瀬に即刻訂正されてしまう。

削り終えた鉛筆を下級生にプレゼントし、俺たち見学組は机に並べたモチーフと向かい合う。卓上のモチーフと手元のスケッチブック。それらへ視線を交互に往復させながら、削りたての芯を縦横無尽に疾走させて大まかな形をとった。

「……ビンは円筒形、リンゴは球体として単純に捉えることができれば、ざっくりと形をとるのは難しくありません」

「ほう、なるほどね。勉強になるなぁ」

「……分かったふうな相槌《あいづち》を打ちながら実は何も分かってないセンパイ」

先輩に対する発言が辛辣すぎますね。もうちょい優しくしてほしいです。

「渡良瀬部長の助言は分かりやすいですね！　勉強になります！」

「……チョコレートをあげます」

従順な一年生に対してはベタ甘なのが理不尽なんだが！　渡良瀬は褒められて気を良くしたのか、下級生には一口サイズのチョコを差し上げている。

実際、俺と下級生のデッサンには実力差が一目瞭然で表れており、アドバイスの吸収力も向こうのほうが断然高い。ど素人の俺は迷い線が散乱し、消しゴムの多用による薄汚れた黒ずみも絵面を醜くさせ、空き瓶とリンゴの大きさもチグハグ。バランスも最低だった。

趣味レベルでも絵を描いていた下級生は必要最低限の線を用いて物体の外枠を手早く形作り、パッと見でもモチーフの正体が特定できる。

だが、想定の範囲内。絵心の欠片《かけら》もない俺が道化となってダメな例を演じ続ければ、下級生の実力が初心者にしては上出来という空気を演出しやすい。下級生を上機嫌にさせ、スタート地点から自信を持たせることが有能なサクラの狙いなのだ。

「……そこ、上手《うま》いですね。チョコレートをあげます」

下級生が上手く描けたらお菓子をあげる、というのも事前に打ち合わせ済みだったが、加減が分からない渡良瀬《わたらせ》はポンポンと積極的にお菓子を配るので、

「……ご褒美のチョコ、切らしてしまいました」

ほら、そうなりますよね〜。横目で傍観する俺は苦笑しつつ、その光景はずっと続いてほしい温かな日常の一幕だから、二週間後に卒業しても忘れないよう記憶に植え付けた。

「……空き瓶の中央に中心線を引いて、左右の幅が均等かどうか確認します。瓶の輪郭と中心線の距離を定規で測り、左右の長さが同じであれば左右対称で見栄《みば》えもします」

渡良瀬は予《あらかじ》め用意していた空き瓶のデッサンに中心線を引き、左右の外枠までの長さを定規で測る。左右対称を確認したら、今度は瓶の右側に縦の線を引き並べていく。

「……影となる部分に縦線を入れていき、明暗をはっきりと強調させます。リンゴは丸いので形に添うように縦線も丸みを帯びます。平坦《へいたん》だった絵が立体的になる、光源によって発生する陰影の描写……つまり〝調子をつける〟ことが美しいデッサンの基礎になりますね」

渡良瀬が目の前で線を引きながら教えてくれるので、すんなりと覚えられる。それを即

座に実践するのは難しいけれど、俺も下級生も聞き耳を立てながら熱心に見入っていた。

「……ここから先は明確に調子をつけていき、変に浮いてしまう線は擦筆《さっぴつ》で馴染《なじ》ませます。物体は底にいけばいくほど影が濃いので、鉛筆も柔らかいものに変えていきましょう。わたしが仕上げていくので、お二人は見ていてください」

渡良瀬は柔らかい2Bの鉛筆を寝かせ、薄く引いていた縦線をさらに濃く上塗りしていく。小刻みに上下する鉛筆は残像を纏《まと》い、乾いた摩擦音が高速のリズムを刻む。

擦筆という細長い器具の先端で一部を擦《こす》り、ワザとらしい縦線を自然に馴染ませ、本物の影のように溶け込ませる小技は渡良瀬にとって容易でも素人目線だと本格的な描写に思えて映える。用途に合わせた硬さの鉛筆を持ち替えたりする手腕が、見物人の無知な瞳を好奇で鷲掴《わしづか》む。丸みを帯びたリンゴの照り。それを鉛筆のみで強調するために拭い取られるくぼみの境界線。光の反射を表現した白い跡を作り上げ、最終の仕上げに入る。

陰影の描写――美術用語で言う〝調子をつけ始めて〟から約三十分後……渡良瀬は静かに鉛筆を置いた。

「……こんなところでしょうか」

平らな紙に描かれたモノトーンの絵なのに、微細なタッチが生み出す立体感。

影を部分的に消し取った白い領域により光源の方角が淡く表現され、反対側に位置する領域の黒が重厚に引き立つ。制作の過程は自らの目で見学していたはずなのに、これが数本の鉛筆だけで描かれた事実を未《いま》だに意識が受け入れてはくれない。

美術の世界に縁遠かった俺や下級生は、驚嘆の眼差《まなざ》しが暫《しば》し収まらなかった。

「……本格的に描き込むとなると四～五時間はかかってしまうため、今日はここまでにしました。お二人も参考にしやすいと思いますよ」

素人の二人から「マジですか……」という声が漏れた。すでに仕上がりの完成度だと疑わなかっただけに、これより上の段階があるなんて想像の域を超えている。

「……それで、この後は、えっと」

俺たちの感動を尻目に、眉を八の字に垂れ下げた渡良瀬《わたらせ》が困り果てていた。

そうだ、俺はサクラとして見学会をスムーズに進行させなければ。

「渡良瀬部長が風景画を描いている姿を見てみたいな。絵の具や筆の使い方とか、描いているときの雰囲気とか、初心者は知っておきたいと思うから」

俺が下級生のほうへ視線をやると、肯定の頷《うなず》きを返される。

「……それでは、ライブペイントをしましょう」

渡良瀬は自らのスペースへ移動し、画材の下準備を始めた。先ほど画用紙を水張りしたパネルがイーゼルに置かれており、特等席に腰掛けた渡良瀬とパネルが相対する。

見学会のメインイベント。渡良瀬が実際に風景画を描く工程を直《じか》に感じ取ってもらい、部活動における当面の目標点として意識付けをさせたり、アナログのイラストに対する興味を加速させたい。微小な好奇心に熱意の爪痕を残したいのだ。

渡良瀬の周辺には机が並べられており、道具台として様々な画材の類が所狭しと置かれている。その中でも目を引く、色とりどりの蓋つき小瓶。飛散した絵の具でカラフルに汚れた小箱に敷き詰められ、並外れた存在感を放っていた。

「……わたしが主に使うポスターカラーは安価で手に入りやすく、高校生にはありがたいです。わたしは二十四色ほどをメインとして、すぐ使えるように配置しておきます」

渡良瀬が説明した通り、二十四個の小瓶が箱の中へ規則正しく配列されていた。当然ながら小瓶に注入されているポスターカラーの色は全て別々で、すでに蓋は外されている。

「……空と雲を描いていきます」

背後から見据える俺たちへは目もくれず、渡良瀬は小瓶のポスターカラーを筆先で攫《さら》い、横一線に並べられた絵皿へ取り分けていく。作業の手を休めずに真《ま》っ新《さら》な画用紙を凝視したまま、早口の小声で解説を交え続けた。

用いるのは空気遠近法。風景の遠方にいくほど不明瞭にし、彩度を落とす。最奥の空はグレー系を中心に色を組み、最初に筆と触れ合うスタート地点だという。

最も遠く。明るくぼやけた空気感は純粋なホワイト。最奥の雲と空気の層から段々と色彩を濃く変化させるため、渡良瀬は絵皿の上で数色の絵の具を混ぜる。ホワイト、フレンチグレー、ブルーグレー、ブルーセレストが筆先で渦を巻くと、絵皿の上には青みがかった空気感の混色が誕生した。

配合を調整した影の色を数パターン……絵皿の枚数分ほど作り置き、色の伸びを良好にするため適量の水を差す。渡良瀬が水を垂らす器具は市販の醤油《しょうゆ》差し。高価な道具や気取った画材とは無縁なのが渡良瀬《わたらせ》らしいというか、素人目線には親近感が湧いた。

乾燥すると色合いが薄くなるため若干濃い目になるよう混色し、遠景から近景にかけて空と雲のグラデーションをつけていく。囁《ささや》くように解説しながら最善の色を次々と錬成し、なんの変哲もない平筆が情熱のステップを踏む。近景になるにつれて暗い青へ。閑散としていたキャンバスへ雲と影の層が幾重にも積み重なり、平面の雲海に鼓動が吹き込まれる。

風の流れを表現したい渡良瀬は潤いが残る塗りたての雲を〝カラバケ〟という専用の刷《は》毛《け》で擦《こす》り、滲《にじ》ませるようにして周囲の色へ溶け込ませる。

絵の世界のみで使える渡良瀬の魔法。筆を持つ細い腕を振るだけで、風に流される雲の模様や白濁にぼやける空気の靄《もや》を自在に出現させる魔法使い。

工程を重ねていくうちに、渡良瀬の口数は減少の一途を辿《たど》った。

俺たち相手に散漫になっていた意識が、立ち向かう絵の一点に拘束されている。会話が途切れ、自らの呼吸音が最も邪魔になる。渡良瀬が魔法を使う音を、もっと聴きたい。

初心者向けの解説がぴたりと止まっても、細身な後ろ姿で黙々と語り続け、現在進行形で色づき始めた画用紙でも鮮明に示す。

絵皿に色を作り、筆先に乗せた色を画用紙へ自在に解き放ち、筆先の汚れを筆洗にて落とし、絵皿に色を作る。素人目には、ほぼそれの繰り返し。

ひたすら、ただひたすら、脳内に想像した壮大な風景を細い筆先に宿し、指先の感覚を頼りに現実の世界へと創造していくのだ。

そして——見る者の瞼《まぶた》を震わせ、精神を滾《たぎ》らせる。

これだ、この感情。息をするのも煩わしい。瞬《まばた》きすら忘れ、眼球が乾いてもなお、視覚が吸い寄せられる。ずっと、時が経《た》つのも恐れずに堪能していたい。浸っていたい。

最も手前の雲や影は深海を模した暗い青。垣間《かいま》見《み》える微小な光の加減も考慮し、マリンブルー、ブルーセレスト、バントアンバーを混色したあと、コバルトバイオレットとオリーブグリーンも隠し味として仕込む。そのひと手間により青が強くなりすぎず、弱い自然光が存在感を覗《のぞ》かせるリアルな表情が描き加えられた。

どれだけの時間が経ったのだろう。魔法の終わりを悟る。もう間もなく完成を迎えそうになったとき、張り巡らされた興奮の糸に一抹の寂しさが入り混じった。


渡良瀬が筆を置き、深呼吸を合図に肩の力を抜く。

ほんの二時間前までは面白味《おもしろみ》のない画用紙でしかなかったのに、広大な空の情景がB3サイズの長方形に閉じ込められている。折り重なった多彩な青と雄大な雲、静止画にも拘《かか》わらず視覚が感じ取る上空の不規則な風。これは一人の女の子が作り上げた世界だ。

動きを止めた渡良瀬は言葉も発しない。見学していた二人も余韻に浸り、絵を見詰めて呆《ほう》けているだけ。三人が同じ方向をじっと眺めている沈黙の空間は、一見奇妙だけど居心地は申し分なかった。

「……あっ」

突如、渡良瀬《わたらせ》から可愛《かわい》い声が零《こぼ》れる。

上半身だけを捻《ひね》って振り返り、背後に座っていた俺たちと向かい合う。

「……マスクとエアブラシを使えば、もっと完成度は高められたと思いますが、時間的に難しいと判断しました。限りある時間の中では最善を尽くしましたが、中途半端な印象を抱かせてしまったら申し訳ないです」

「いや、マジで見入ってた！　ど素人の拙い感想だけど、二時間で描いた絵だとは思えないくらい凄《すご》い絵だと思う！　めちゃくちゃ凄い……いや、ほんとに！」

「絵も感動しましたし、集中して描いている部長もカッコよかったです！」

二人の見学者に拙い語彙力で褒めちぎられ、渡良瀬は照れ臭さに瞳を伏せた。

リップサービスでもなく、気を使っているわけでもない。

一刻も早く直接伝えたかったのだ。たった二時間の間に抱き続けた激情の結末を。

お前が俺たちに与えてくれた感動の身震いを。

「……すみません。途中から見学会だってことを忘れてしまいました」

普段よりも覇気が削《そ》ぎ落《お》とされた声色は、渡良瀬なりに謝罪の意を込めた表れ。

解説することを忘れ、妄想を具現化する魔法の錬成に没頭した。

「ふふっ……あははっ！」

喉元まで上昇した笑いの感情を我慢できず、豪快に吹き出してしまう。

「……やっぱり可笑《おか》しいですよね」

「ごめん、渡良瀬らしいなって思って」

不貞腐《ふてくさ》れた渡良瀬だったが、俺は馬鹿にしたわけじゃない。

「渡良瀬は絵を描くことが楽しくなって夢中になっていたんだろ？　謝る必要なんてないし、そんなお前を見ている俺のほうも夢中になってたからさ」

俺の言葉に同調したのか、隣にいた下級生もこくこくと頭を縦に振った。

渡良瀬は笑顔こそなかったものの、役目を全うして安堵《あんど》したのだろう。伏せた瞳に棘《とげ》はなく、強張《こわば》っていた眉尻をとろんと垂れ下げていたから。

渡良瀬は人形なんかじゃなく、感情を読み取りにくいだけ。彼女と過ごしていく中で些《さ》細《さい》な変化にも気付けるようになったのは、俺にとって一歩進んだ満足感があった。

時刻は午後六時半を回ったところ。二月中旬の太陽はさっさと眠りに落ち、すでに夜が上空を支配している。完全下校の一時間前、渡良瀬が部活を切り上げる時間帯だ。

「……美術部見学会を終わります。今日は来ていただいて本当にありがとうございました」

立ち上がった渡良瀬は、深々とお辞儀した。

年下相手でも関係なく、純粋に美術へ興味を持ってくれた人への礼儀。他人との交流が不得意な渡良瀬なりに、頑張って体現した最大限の感謝である。

下級生は恐縮し、反射的にお辞儀を返す。お互いに頭を下げ続けていたため、謎の膠着《こうちゃく》状態に陥り、呆《あき》れた俺が一声をかけて見学会は無事に幕を閉じた。

見学会の後、渡良瀬《わたらせ》は美術室備え付けの水道で絵皿や筆を洗い、その間に俺は下級生を昇降口まで送り届けることに。二人で美術室から退室し、天井の蛍光灯に照らされた昇降口へ着いたとき、俺は思い切って聞いてみる。

「美術部の雰囲気、どうだった？」

下級生はやや考えつつ、微笑《ほほえ》みをぼかす。

「緊張してましたけど先輩が明るくしてくれて、部長は丁寧に教えてくれて、実際に描かせてくれて、素晴らしい絵まで見せてもらいました。想像以上に楽しかったです」

好意的な反応ではあるものの、どこか歯切れが悪い。

なんとなくだけど、下級生が導き出す結論が伝わってくる気がした。

「ただ、部長さんみたいに青春を捧《ささ》げて絵に打ち込むだけの情熱は持ち合わせていませんでした。楽しく思い出作りしたい私なんかは、真剣に描く側の人間ではなかったんです」

「そっか……」

「でも、部長さんのファンになりました。これからも陰ながら応援して、絵を見ながら感動する側の人間であり続けたいと思います」

下級生は申し訳なさそうに会釈し、通学用の靴へ履き替えた。

そのまま昇降口の外まで見送り、遠ざかっていく背中を見送っていたが、

「もし部長さんが将来的に個展を開いたら、絶対見に行きますね！」

一瞬だけ振り向いた下級生は飾らない笑顔の白い歯を溢《こぼ》し、夜の闇へ消えていった。

無駄なんかじゃない。今日、渡良瀬がやったことは無意味じゃないんだ。

一人の見学希望者に興味を抱かせ、暫《しばら》くは忘れさせない何かを残し、部活動の部長として堂々と部員の勧誘を行った。決して大勢から称賛されなくとも、俺は褒めてあげたい。

あいつが落ち込まないように称《たた》えてあげたい。

不甲斐《ふがい》ない自分を冬夜の冷風に晒《さら》し、無力感を噛《か》み締《し》めながら天を仰いだ。


気落ちして美術室に戻ると、渡良瀬は帰り支度を整えていた。愛用の画材をリュックへ収納し、防寒用のアウターを羽織ったので俺より先に帰る……それが、ここ一週間の流れ。

「……すみません、今日もお先に失礼します。帰るときには戸締りをお願いします」

聞き慣れた台詞《せりふ》を言う渡良瀬は、俺に美術室の鍵を手渡す。

「美術室に一人で残ってもやることないし、俺も帰ろうかな。もう外も暗いから、徒歩だけど家まで送っていこうか？」

余計なお世話かもしれないけど、帰るタイミングが被《かぶ》ったので提案してみた。

「……センパイはもう帰りたいですか？」

「いや、すぐに帰る理由はないんだけどさ。なんだろう……」

自分自身でも動機は曖昧で不鮮明。

気恥ずかしい気持ちがふつふつと湧き上がってくるも、大半の生徒や教員が学校から離れ、広い建物に取り残された二人という特別な空気感は俺の青春を後押しする。

「まだ物足りないっていうか、もう少し渡良瀬《わたらせ》と話していたい……なんて」

……物足りなさを覚えていた。部活の時間だけでは飽き足りず、心が渇きに喘《あえ》いでいたからなのか、偽りのない言葉を抑制できない。

顔面が急激に煮《に》え滾《たぎ》り、上昇する心拍が血液の循環を露骨に加速させた。

「……それでは、付き合ってくれますか？」

視線を逸《そ》らした渡良瀬の滲《にじ》んだ呟《つぶや》きに意表を突かれた俺は耳を疑い「えっ、あっ、えーっと」なんて情けない動揺を晒《さら》してしまう。

首を傾《かし》げた渡良瀬は不思議そうに俺を見据えつつ、呟く。

「……もう少し、部活動に付き合ってください」

ああ、そういうことね。めちゃくちゃ紛《まぎ》らわしい……。

舞い上がったアホな男が勝手に解釈を間違え、無駄に焦ったダサい姿を渡良瀬の記憶から抹消するべく瞬時に表情を整えた。

「……って、部活動？　これから帰るんじゃないの？」

渡良瀬は美術室のドアを開け、立ち呆《ほう》けている俺のほうを横目で流し見ながら、

「……もっとお話し、したくないんですか？」

ぼそりと嬉《うれ》しい小声をくれる。ゆっくり部屋を出ていった渡良瀬を早歩きで追いかけよ

うとしたが、部室の電気消し忘れと鍵の閉め忘れにより、廊下で静かに叱られた！

　職員室に立ち寄った渡良瀬に付き添う形で俺も同行。夜の学校に居残っていた登坂《とさか》がこちらに気付き、待ってましたと言わんばかりに揚々と近づいてきた。

「へぇ～、今日は花菱《はなびし》も一緒か？」

「……わたしの付き人なので」

「やーい、佳乃《よしの》の召使い～、パシリ～」

　やかましいわ！　世話焼き係を満喫してるから良いけどな！

　登坂は美術室の鍵を返却されると、それとは異なる鍵を渡良瀬に渡す。部活を早く切り上げた渡良瀬は、ほぼ毎日この鍵を受け取っているのだろう。

「見学会、楽しそうだったな。あんなにハイテンションな佳乃は久しぶりに見た」

　どうやら、登坂は美術室前の廊下まで様子を見に来ていたらしい。

「……ハイテンションじゃない。あれは通常。わたしはいつでも冷静。平常心だったから」

「へいへい。そういうことにしときましょーか」

　可愛《かわい》らしく反論する姪《めい》っ子《こ》を緩み切った口元で受け流す登坂はさておき、どこかの鍵を借りた渡良瀬は職員室の出口へ向けて反転。夜の校舎を小さい歩幅で足早に進む渡良瀬を追いかけ、俺は自然と大股歩きになった。

　誰もいない階段を上っていくと、四階へ到着する。この階に目的地があるのかと思いきや、渡良瀬は最上階へ続く薄暗い階段に足をかけた。待ち受ける『生徒立ち入り禁止』の立て看板を素通りし、警告を物ともせず不気味な段差を上っていく。

「……はぁ」

さすがに疲弊したのか渡良瀬《わたらせ》は立《た》ち眩《くら》みを起こし、ついには手すりを掴《つか》んだ。いつもなら聞き逃していたであろう微細な息遣いでも、ほぼ無音に近い今は聴覚が拾う。

「大丈夫か……?」

「……問題ありません。情けないことに運動不足なので」

体育会系とはかけ離れた後輩の体力は心許《こころもと》なく、早足を止めずに階段を上り続ければ肩で息をするのも頷《うなず》ける。重い足取りと比例するように呼吸も荒くなった。

余剰な机や椅子、学校行事の備品などが踊り場に置かれ、所狭しと隅に寄せられている物置き状態の階段を上り、施錠された頂点のドアを開放した先は……学校の屋上で。

「……美術部活動の第二部を始めましょう」

遥《はる》か彼方《かなた》に散らばった光の粒を真上に望む場所。

遮るものなど何もない冬の星空が、俺たちを寒風と共に出迎えてくれた。

＊＊＊＊＊

物置き状態の踊り場より渡良瀬が引っ張り出してきたのは、イーゼルに乗せられた水張り済みのパネル。渡良瀬はリュックを降ろし、詰め込んでいた画材を取り出し始める。

「……机があると便利ですね。机があると便利なんですよ」

独り言を装った圧力をかけられ、空気を読んだ俺も余剰の机を踊り場から屋上へ運び込む。渡良瀬が卓上に並べるのは、もちろん画材。持参していた筆や絵皿、ポスターカラーなどを使いやすい位置に配置し、美術室の作業スペースが屋上の一角にも複製された。

わざわざ画材をまとめて持ち運ぶのも帰り際に手を洗わないのも、別の絵をすぐに描く予定が控えていたため。寒冷な屋上に隠れ、部活動の第二部に勤《いそ》しんでいたのだ。

屋上に存在する二つの星空。太陽が眠ったあとに人々を見守る星屑《ほしくず》の海と、長方形の画用紙に閉じ込められた渡良瀬の星空。瞳に映る景色を忠実に描き写したものではなく、無数の光体が燃え盛る赤と瑠璃色の独創的な星空は宇宙の星雲を連想させた。

「……星空が広がる夜になったら、この場所でこつこつと描いていました。見たままを忠実に描写しているわけではないですが、やはり実物を前にすると想像力を刺激されますね」

渡良瀬は椅子に着席し、語り掛けながら絵皿に色を取り分け、筆先で混ぜ合わせる。

画用紙の大部分には多種多様な色彩が花開いていたが、紙本来の素材が露出している部分も少なからず見受けられた。

「……進捗は半分程度です。下校時刻まで一時間もないですから、毎日少しずつしか進まないんですよ」

「自分の家では描けないのか？」

「……星があまり見えないアパートの狭い部屋で窮屈に描くより、貸し切りの屋上で星を眺めながら描くほうが遥《はる》かに楽しいじゃないですか」

口は止めても、筆を持つ手は休めない。渡良瀬《わたらせ》のほうから話題を振ってくる機会はあまりないので、俺が積極的に話しかけないと会話は途切れてしまう。

一週間前に出会ったときから時折抱いていた既視感。絵を描く渡良瀬の隣にいると、それが顕著に強く先鋭になっていくのが不思議で、纏《まと》わりつく困惑の正体を欲した。

「たまに音漏れしてるから、どんな楽曲を聴いてるのか気になってた」

「……子供の頃に叔父さんから譲り受けた音楽プレーヤーなので、少し前の曲が多いです。フジファブリックの星降る夜になったら、YUKIの星屑《ほしくず》サンセット、ELLEGARDENのスターフィッシュ、RADWIMPSのトレモロ、サカナクションのセントレイ、石崎ひゅーいの第三惑星交響曲……夜空を描くときは、この辺りを好んで聴きますね。素敵な曲ばかりなのでセンパイもぜひ聴いてみてください。なんでしたら、お勧めの楽曲が入ったCDも貸しますよ」

冷え切った外気温と相反する熱量の長文を早口で捲《まく》し立《た》てる布教。

絵と同様、身近な音楽に関しては饒舌《じょうぜつ》になるのが、すこぶる可愛《かわい》いな。

「俺は流行《はや》りの曲しか知らないんだ……。PINK FLOYDの原子心母とかは聴くんだけど」

「……センパイは五十年くらい留年してるんですか?」

だから気安く声をかける。渡良瀬を知りたいという欲求が、日に日に膨張していたから。

「たくさんの星は綺麗《きれい》だけど、実際に描くのは大変そうだな」

「……いえ、そこまでは。絵の具を付けた筆を棒で叩《たた》くと飛沫《しぶき》になります。飛び散った色を絵の上に散布させて無数の星を演出しました」

どんなことでもいい。渡良瀬が好きそうな話題を探し、質問を投げかけていく。

二人きりの屋上で延長された部活動だから、もっと喋《しゃべ》りたい。

「この絵が星空だっていうのは分かるけど、中央で輝く白い流れ星は実在してるの？」

磁力の如《ごと》く目を引き寄せる神々しい存在感。ハレーションで夜空を鮮烈に切り裂く彗星《すいせい》は、実在の流星群や彗星がモデルだとしたら正式名称があるのかもしれない。

そんな程度の気軽な質問だったのだが――渡良瀬は即答せず、作業の手を止め、ふいに夜空を仰ぎ見る。つられた俺も夜空へ眼差《まなざ》しを向けるものの、絵と酷似した星は流れていない。

この現実離れした星空のモチーフは、もしかして――

「……センパイは〝スノードロップ彗星〟をご存じですか？」

暫《しばら》く口を噤《つぐ》んでいた渡良瀬が、ぽつりと口を開く。

「名前くらいは聞いたことがあるけど」

「……四年に一度、二月の間に夜空を流れるという彗星です。専門家でも正確な日付を予見するのは困難らしく、目撃できる人は本当に稀《まれ》だと言われていますね」

概要は知っているが、その名称を聞くと……ちっぽけな心残りが再燃しそうになる。

「……わたしはスノードロップ彗星《すいせい》を描き始めたんですよ。この絵は空想も混ざっていますが、こんな感じで光るのかな……とか、勝手に思い浮かべていました」

「渡良瀬《わたらせ》は見たいのか？　その非科学的な彗星を……」

「……そうです。ただ待つのもヒマなので、夜空が綺麗《きれい》な屋上で絵を描くことにしました」

大多数の人間がスノードロップ彗星と邂逅《かいこう》することなく一生を終えるというのに、後輩の少女は一人きりで真偽不明な自然現象を待ち焦がれている。理想の光景を思い浮かべ、それを自分の色で表現しながら、夜空という無限大のキャンバスに星の光が流れるのを。

「ヒマを持て余してる俺と同類だな」

「……センパイとはヒマ潰し仲間ですね。サボってばかりで、どうしようもないです」

少しばかり、渡良瀬は声を躍らせてみせた。

「……この彗星が『スノードロップ』と名付けられた理由は分かりますか？」

「春が訪れる時季に流れて、スノードロップの花を咲かせるから……だったような」

スノードロップ彗星の別名は〝春の訪れを告げる星〟だったはずだから。

「……それも由来ではありますが、星へ祈った者に〝希望〟と〝慰め〟を与えるからです」

渡良瀬は夜空を見上げ、遠い眼差《まなざ》しのまま物思いに耽る。

花言葉に準《なぞら》えた胡散臭《うさんくさ》い迷信を俺が初めて知ったのは、前々回に騒がれた八年前の二月。

小学生だった俺は友達同士が迷信の噂話《うわさばなし》で持ちきりだったのに感化され、母さんに携帯電話でざっくりと調べてもらった。ＳＮＳやブログには唐突に咲いたスノードロップの写真がアップしてあるものの、彗星の写真や動画はないため真偽は定かではなく、ネット上の目撃情報は匿名のため鵜呑《うの》みにできない。俺の周りでも目立ちたがりの構ってちゃんが増長し、捏造《ねつぞう》の目撃エピソード語りに励む小学生が後を絶たなかったと思う。

しかし、世間はいつも通りの表情を崩さずに廻《まわ》っていた。身近で起きた唯一の出来事《できごと》といえば、一夜にして最寄りの病院にスノードロップの花壇がお目見えしたことだけで、数日後に友人と見に行った頃には花が枯れ落ちていたという拍子《し》抜けの笑い話未満。

当時、閲覧した覚えのあるネット記事は、こんな文言で締め括《くく》られていた。

【スノードロップ彗星を本当に待ち望んだ者だけが、いずれ邂逅するかもしれない】

なんとも迷信レベルで現実的ではない話だ。星が流れるとスノードロップが咲くとか、本当に待ち望んだ人しか見られないとか……ネットが普及していない時代に語り継がれ、いつの間にか噂話に尾ひれが付いたに決まっている。

子供騙《こどもだま》しにもならない。調べれば調べるほど、興味の熱は急激に冷めていった。

「……わたしは、春の訪れを告げる星を信じていますよ。子供の頃、この目で一瞬ですけど目撃していますから」

俺の訝《いぶか》しみが伝わったのか、渡良瀬は改めて体験談を述べた。子供の頃に一瞬見ただけにしては数ミリ単位の細部まで鮮麗に表現され、瞳から手を突っ込まれて心を直接握られるような美しい激情の虜《とりこ》にされる。生半可な悲しみくらいでは、もう忘却できないほどに。

「……星空の絵は、もう少しで完成させられるはずです。そしたらセンパイは……」

そこまで言いかけた渡良瀬《わたらせ》だったが、再びキャンバスへ視線を戻し、待ち焦がれているであろう景色を空想の世界で描き進める。

「……センパイの大絶賛が楽しみで仕方ありません」

途中で切った台詞《せりふ》を改めて言い直し、自分だけが知るお楽しみを勿体《もったい》ぶって隠すように俺を焦《じ》らした。

「小学生だった頃の話だけど……渡良瀬と同じようにスノードロップ彗星《すいせい》を信じる女の子がいたんだ。嘘《うそ》つき呼ばわりする俺に……『スノードロップ彗星の絵を描いてみせる』って豪語してみせてさ」

「……その女の子は、ちゃんと証明できたんですか？」

「俺が転校しちゃったから、それっきり。高校入学を機に町へ戻ってきたのは、その子が描いた絵をもう一度見たいっていう小さな心残りなんだよ」

この話を誰かにするのは初めてだ。演出された特別なムードが口を滑らせたのか、懐かしい感覚に後押しされ、淡い思い出に消えかけた昔の出来事《できごと》もぺらぺらと話せてしまう。

「……その女の子の代わりに、わたしが証明してあげましょう。とっても……とっても美しいスノードロップ彗星を描き上げてみせますから」

妙に重く圧《の》し掛かった渡良瀬の声音と表情。俺の中で鈍く引っ掛かり、美化した記憶と混在したため、これ以上の無粋な話を振るのも躊躇《ためら》われた。

「星はともかく、あの子は嘘つきなんかじゃないって信じてる。待つよ、いつまでも」

だから俺は……あの子と渡良瀬の面影を勝手に重ね、完成をただ待ち望むのだ。

昔も今も相変わらず、絵を描く寡黙な少女の隣で喋《しゃべ》りかけながら。

「……見学してくれた一年生、入部してくれるでしょうか」

驚いた。渡良瀬のほうから雑談を振ってくるなんて意外すぎる。しかし、見学会の話題は触れようかどうか迷っていたこともあり、意図せず唇を固く結んでしまう。

俺はもう、あの下級生が決めた結論を知っているから。

「……部員が増えたら向かい合いながらデッサンをして、見せあいっこをしてみたいです。長期休暇に合宿もしてみたいですね。自然豊かな場所で他愛《たあい》もない会話をしながら、経験が浅い後輩に指導したり……なんて」

対峙《たいじ》した絵に筆先を乗せた渡良瀬の弱く掠《かす》れた声は、冬夜の微風にすら攫《さら》われた。

「……たまに部長面して、差し入れのアイスを買ってあげたり。コンクールに入賞したらお祝いにファミレスで打ち上げをしたり……」

「渡良瀬……あのな。あの一年生は……」

「……憧れてたんです、そういう風景に。普通に学校へ通って、好きな部活に打ち込んで、たまには親しい人とお喋りする……そんな日常が、欲しかったんです」

駄目だ。励ましの言葉を紡ごうとしても、陽気に盛り上げようとしても、儚《はかな》くて痛々しい渡良瀬を直視できない。

俺が思っていた以上に、渡良瀬は見学会を心待ちにしていた。

渡良瀬《わたらせ》は他人が嫌いなんじゃない。他人との付き合い方が分からなくて、共通の好きなものを通じて会話の糸口を見出《みいだ》すしかない、臆病で繊細な年下の後輩なんだ。

苦しいよ、無性に。痛いよ、切実に。

どうして、報われなかった努力の結末を告げるのが俺の役目なんだろう。

「……次の見学会はいつにしましょうか。今度は一週間くらい体験入部をしてもらって、一枚の水彩画を完成させるとか——」

「渡良瀬……!!」

これ以上、黙って聞いていられなかった。こんなにも一方的に喋《しゃべ》りかける渡良瀬を止めてあげなければならない。もう渡良瀬は察しているだろうに、無理やり明るく振舞おうとしているのが、なおさら胸をきりきりと絞り上げた。

「あの子はもう来ない。自分で描くより、渡良瀬の絵で感動する側の人間だったって……」

それでも、伝えるべき事実を言語化しなければならない。絶対に来ない相手を待ち続ける行為は救いがなく、傍観する俺のほうが先に脆《もろ》く壊れてしまう。

これで正解だ。根拠のない残酷な期待を残すほうが、罪深いのだから。

「……そうですか」

渡良瀬は絵に拘束された視線を微動だにさせず、筆を躍らせる。

背後に立つ俺の位置では表情まで窺《うかが》えないが……肩は小刻みに揺れ、吐息が不安定に震えているのは気のせいじゃない。

「……実を言うと部員の勧誘に失敗したのは、これが初めてじゃないんです」

喉奥に痞《つか》えた嘆きを、渡良瀬は必死に捻《ひね》りだす。

「……これまで……いろんな新入生が見学にきました……。わたしは部長なのに……何もできなくて……どう接していいのか迷って、分からなくて……」

渡良瀬は一人で戦っていたんだ。かりそめの部長として、そして年上の先輩として、絵に興味がある後輩たちと憧れの部活動を始めるために。自分が好きなものを、これまでの苦労を、今後の目標を、他の誰かと分かち合いたいから。

「……黙って絵を描いているだけなんて……部活じゃないですよね……。何かを教えようとしても、わたしが一方的に喋りすぎてしまって……何もかもが下手くそで……」

渡良瀬は息を詰まらせ、湿りを帯びた台詞《せりふ》を吐露した。

「……気が付いたら誰もいなくなっていて……いつも一人になってました……」


俺と最初に会ったときの言動が、本来の渡良瀬なのだろう。

見ず知らずの他人を恐れ、どう対応していいのか混乱し、積極的に接触することを無意識に拒否していた。それでも、好きなものは語りたい。唯一、自分の好きなものを言葉で堂々と伝えられるコミュニケーションの方法だから。

渡良瀬は他人を嫌いなのではなく……適応することができていなかった。いや、他人との付き合い方をまるで知らなかった。渡良瀬《わたらせ》が育ってきた過去の環境を推測するのは難しいけれど、恐ろしいほどに生きるのが下手で、不器用で、寂しがりや。

渡良瀬佳乃《よしの》は——そういう女の子。それを知ることができたから。

他のやつらが面倒臭がって離れたとしても、放っておけないんだよ……俺は。

「ダメな部長ですね……わたしは……」

きっと、泣いている。

大粒の涙が頬《ほお》を伝ってもなお、未完成の星空を描いている。時折、現実の星空を仰ぎ見るふりをしながら、制服の袖で目元を拭い去っていた。

もう、居ても立ってもいられない。

背後に立つ俺は渡良瀬の両肩に左右の手をそっと置く。後ろから抱き締める資格や度胸はもちろんないので、中途半端な格好になったとしても。

「俺が入部してもいいかな」

怠惰で持て余していた時間を、残り僅かな青春を、俺は美術部で過ごしたい。

いや、渡良瀬のために使いたいと願った。そうしたいと思った。

「……冗談……ですよね？」

耳を疑う渡良瀬に対し、俺は首を横に振る。

「絵はほとんど描けないけどさ、話し相手くらいにはなれると思う」

「……わたしと一緒にいても、つまらないですよ」

「お前と出会う前までは、充実してるようで物足りない日々を過ごしてた。高校三年になって同級生が慌ただしくなっても、だらだらとヒマ潰しをしてたんだ……」

ふいに、思い返す。進路も決まらず、明確な目標もなく、ちっぽけな心残りを亡霊のように探して、ひたすら町を彷徨《さまよ》っていた怠惰な自分を。

「でも、渡良瀬と会うようになってから学校が待ち遠しくなったんだよ。いつの間にか、毎日が楽しくて仕方なくなって……美術部に入り浸るようになってしまった」

「……帰宅部なのに帰ってくれなくて……迷惑でしたが、意外と悪くない時間でした……」

渡良瀬の潤んだ苦言を受け、苦笑いをしてしまう。

何かに夢中になっている渡良瀬が羨ましかった。

けれども、今は……渡良瀬との日々に夢中になっている。言葉にするとクサいと笑われそうだから、キザな台詞《せりふ》は心の中に留《とど》めておくけど……これだけは直接伝えさせてくれ。

「これからも渡良瀬の話し相手になりたい。渡良瀬の絵を最初に見せてもらいたい。それが入部志望の動機です」

「……迷惑な人……ですね。あと半月も経《た》てば卒業しちゃうくせに……」

「もしかしたら、美術部の居心地が良すぎて留年するかもしれない」

「……ダメです。ちゃんと頑張って……卒業してください」

「もうすぐ卒業しちゃうような先輩はお断り……か？」

押し黙った渡良瀬《わたらせ》だったが、おもむろに立ち上がり、踵《きびす》を返す。

「……わたしの話し相手でもよければ、喜んで」

雨のあとは晴れ。

泣きじゃくっていた後輩は一転して晴れやかに様変わり、満面の笑みを涙の破片が伝う。

初めて目の当たりにした表情の不意打ちに感情が激しく揺れ動き、体内に響く鼓動の音が煩《うるさ》く鳴《な》り止《や》まない。この表情を記憶に何枚でも複写して焼き付けたいのに、しきりに蔓《はび》延《こ》る照れ臭さからか直視し続けられない。

ご勝手にどうぞ、ではなく『喜んで』受け入れてくれるのが、そこはかとなく感慨深くて。

このとき、はっきりと自覚した。

自分の素直な本心に嘘《うそ》はつけなかった。

友情ではなく恋愛感情として好きになったんだ。

花菱准汰《はなびしじゆんた》は、渡良瀬佳乃《よしの》を――

「渡良瀬の笑った顔、初めて見た」

「……笑ってないです」

言及した瞬間に不機嫌面で覆い隠してしまったけど、嬉《うれ》し涙《なみだ》が滲《にじ》んだ愛らしい笑顔を俺は生涯忘れることはないだろう。何年経《た》っても、何度も思い返すだろう。

「……センパイ。美術部の……花菱センパイ」

心底嬉しそうに、俺の名を呼んでくれる。


「……ようやく、小さな夢が叶《かな》いました」


ぼろぼろと泣き止まない渡良瀬。

瞳が水没した洪水状態の表情を見られたくないのか、俺の胸に顔を埋《うず》めた。

ヘタレな俺の右手がぎこちなく稼働し、渡良瀬の髪を梳《と》かすように撫《な》でる。思いっきり抱き締めてやれる関係性ではないけど、いつか——この想《おも》いを伝えられる日が来たら。

俺自身は大したことをしていないものの、渡良瀬にとっては大きな一歩。

美術部に入ってくれた部員とお喋《しゃべ》りがしたい……渡良瀬がずっと憧れていた小さな夢を叶えた瞬間に、俺がこれ以上を望むのは贅沢《ぜいたく》すぎだ。

もっと喋りたい欲がある。渡良瀬の絵を眺めながら、どうでもいい話を語り掛けていたい。渡良瀬が早口で語り掛けてくる得意げな顔を、苦笑いで受け止めていたい。

しかし、充実した気持ちは体感時間を速めてしまう。

【完全下校時刻の十分前になりました。学校に残っている生徒は速やかに電気を消し、忘れ物がないかを確認したあと、安全に気を付けて帰りましょう】

無情なアナウンスが学校中に流れ、物足りなさに包まれる。

以前は無駄に長く感じていた一日が、あっという間に終わろうとしている現実に焦燥が溢《あふ》れ、浅はかな悪知恵を搾り出した。

「……後片付けをして帰りましょうか」

目元の雫《しずく》を指で拭った渡良瀬《わたらせ》は、清々《すがすが》しい顔つきで俺の胸元から離れ、絵皿や筆を撤収し始める。明日は土曜日。渡良瀬に会えないのがもどかしく、たった二日間の週末が煩《もんもん》わしくさえ感じた。重い物の運搬を手伝いながら、恋愛的に押すか引くかで青少年は悶々と悩む。

閑散とした屋上に戻す後片付けを済ませ、校内へのドアに歩み寄っていく渡良瀬。

棒立ちで取り残されそうな俺は満天の星というムードに後押しされ、意を決した。

「渡良瀬の家は狭いうえに星空があまり見えないんだろ。週末だと校舎が夕方には閉まるし、昼間に部活動をしたとしても作業が進まないんじゃないのか？」

「……そうですね。実際、星空の絵は平日の僅かな時間しか描き進められません」

「だったら——」

渡良瀬を振り向かせるための一撃を、想《おも》いに託して言い放とう。

「週末の夜、星を見に行こう」

不意を突かれた渡良瀬は帰路へ傾いていた足を止め、思わず屋上側へ振り向く。

「……週末の夜は学校が施錠されていますし、忍び込もうとすれば警備会社が駆け付けると思いますよ」

顔色一つ変えない渡良瀬には、いまいち真意が伝わっていないらしい。

昔と違ってセキュリティが万全な現代の学校は、夜に忍び込む定番のシチュを容易には許してはくれないから、俺は遠くへ連れ出したいのだ。

「星空が綺麗《きれい》などこかの場所へ行ってさ、渡良瀬が絵を描いているところを眺めていたい。そして、たまに他愛《たあい》もないお喋《しゃべ》りがしたい」

部活動ではなく、プライベートな交流として。

会えない休日に渡良瀬が過ごすはずだった未知の時間を、奪い去ってしまいたい。

「……それは休日の部活動として、ですか？」

「そう、休日の部活動としてね」

はい、肝心な場面ではヘタレ。

部活動を強調することで、個人的な好意は関係ないという建前を守ってしまった。

「……ちなみに、どこへ連れて行ってくれるんですか、センパイ」

「それは当日のお楽しみ。俺が車を運転するから、絵や画材の運搬も心配しないでくれ」

本当は未定なんだけど、格好つけて見栄《みえ》を張る。

帰宅後に最寄りの星空観賞スポットをネットで検索している自分が想像できるね。

「……早く完成させるには、週末にも描く必要がありますね。でも、学校の屋上以外の場所では雑音が多そうだし、一人ぼっちでは怖いです。あまり人がいない静かな場所で、見知った人が近くにいてくれたら絵を描けるかもしれません」

絶妙に回りくどい言い草を披露するのが渡良瀬《わたらせ》らしかった。

「そんなに早く完成させたい絵なの？」

「……させたいです」

渡良瀬は、はっきりとした口調で断言した。

「……生命の時間には限りがあり、いつ命が尽きるかは予測できません。一週間後にはもう消えてなくなってるかもしれない。確証もなく末長い未来があると思い込むより、明日なんて来ないと言い聞かせながら、好きなことを今この瞬間にやり尽くしたいですね」

俺とは正反対の生き様。だらだらと先延ばしにし、今を怠惰に生きていた者とは有限の時間に対する価値観が大きく異なっていた。渡良瀬と出会い、俺は気付かされたんだよ。

「今やりたいことは、今しかやれないことなんです」

その一言が身体《からだ》の中で反響し、気持ちの脆弱《ぜいじゃく》な部分を擽《くすぐ》られた。

「だったらなおさら、時間を有効に使おう。週末、俺と星空を見に行ってくれる？」

「……新入部員がそこまでお願いしてくるのなら、部長として仕方なく付き添います」

俺が執拗《しつよう》に誘ったみたいな印象操作はさておき、テンションを急上昇させてくれる返事をもらい、表面上は平静を気取りながらも内心は浮かれ放題になってしまう。

表情筋がだらしなく緩まないよう、頬《ほお》に無理やりな力を込めた。

「明日の夜六時、学校前で待ち合わせ。これでいい？」

「……はい。それで」

夜の屋上で二人は細やかな約束を交わす。

俺はデートのつもりだけど、渡良瀬にとっては週末の部活動。お互いに意識は異なるものの目的は共通しており、星を眺めながら星空を描くこと。それには変わりない。

「二人で見られたらいいな、スノードロップ彗星《すいせい》」

「……はい」

高校三年も終盤に差し掛かってきた冬の終幕、ようやく俺にも甘酸っぱい青春の足音が聞こえてきた。あれだけ卒業したかった数週間前の自分はどこへやら、今は留年してもいいとさえ思ってしまうし、空っぽに過ぎ去った膨大な日々を返してほしいと後悔する。

願わくば、この感情をもっと早く知りたかったのに。

そう嘆くのは、充実を味わっている故の贅沢《ぜいたく》なんだろうか。

第三章 お勧めのCDを貸してくるような後輩

土曜日。昨夜は楽しみすぎて寝付けず、鉛を埋め込まれたように瞼《まぶた》が重い。

いつもの休日ならアラームなど設定せず、ダメ高校生は昼過ぎまで惰眠を貪るだろうが、現時刻は午前八時。すでに目覚めているどころか、なぜか労働が始まろうとしていた。

メニュー名に値段が添えられた手書きのボードを店先に出し、出入り口のドアに掛けられたＣＬＯＳＥの札をＯＰＥＮへ裏返す。

「いらっしゃいませ。二名様ですか？　こちらのテーブル席へどうぞ」

朝っぱらから仕事用のエプロンを掛け、年季の入った喫茶店に来訪した常連のお客さんをテーブル席へ案内。コップの水を提供したあとに注文を取り、ドリンクを作り、料理をテーブルまで運び、会計のレジを打つ。てきぱきとホールの仕事を熟《こな》す俺は店長の息子であり、店舗兼実家に住んではいるが従業員ではない。

はあ、意外と忙《せわ》しないな……。定番のブレンドとトーストサンドを嗜《たしな》む客が次々と訪れ、朝食の時間帯は小忙しく店内を動き回ったが、開店から二時間も経《た》った頃には客の影が少なくなり、ランチタイムまでは客足が落ち着く。食器が擦《こす》れる音や話し声が減ってくると、店内のアンプを震わす原子心母が存在感を主張して聴く者の心身を癒《いや》すのだ。

洗った食器の水分を拭き取り一息吐《つ》いたところで、邪魔者の影がゆらりと近づく。

「うふふ〜、お疲れさまでーす♪」

居住スペースから店舗へ降りて来た母さんが、軽快なステップを踏みながら店内の様子を窺《うかが》う。だらしない寝ぐせと、生活感が漂うパジャマ姿。拘《こだわ》りのアンティークな小物や大量のレコードで覆い尽くされた店内では異物として浮きまくっていた。

「ちょい待て、おい、あほか。パジャマで店舗に出てくるな」

「お客さん少ないし～良いじゃ～ん。この店で一番偉いのは母さんだぞう」

「二人しか働いてない職場でイキってんじゃねぇ」

年甲斐《としがい》もない猫なで声で『だぞう』とか抜かすのが……ウチの母さん。

「ふあぁあ……伊澄《いすみ》ちゃーん、ブレンドぉ。サビ抜きでぇ」

こら、寝起きでも小ボケをかましてくるな。伊澄さんが困っ……無表情だけども。

大あくびをかました母さんがカウンター席に座り、伊澄さんへコーヒーを強請《ねだ》る。お客さんもいる営業時間内に寝起きパジャマの店長が何食わぬ顔で現れ、コーヒーを注文している光景……一見《いちげん》の客には非常識に映るかもしれない。

「燈子《とうこ》さんが店でぐーたらしてると、いつもの花菱珈琲《はなびしコーヒー》って感じがするねぇ」

「看板娘の伊澄ちゃんを雇ってから、私のぐーたらが止まりませぇん」

でも、花菱珈琲にとっては平常。常連さんが笑顔で見守り、母さんがへらへらと応対するのも日常茶飯事だ。メニューの種類が豊富でもなく、値段が格安というわけでもない手狭な店に常連客が増えていく訳には、母さんの人柄による居心地の良さも少なからずある。

「――お待たせしました。ブレンドです」

「さんきゅ！」

伊澄さんが淹《い》れたてのブレンドを母さんのもとへ提供した。

コーヒーカップは受け皿《ソーサー》に乗せられ、砂糖やミルクをかき混ぜる用のスプーンも添えられている。マンデリン、コロンビア、キリマンジャロ、ブラジル……四種の豆がブレンドされた甘い酸味とコク深い苦みが共演する香り。懐古が凝縮した店内の空気へ浸透し、お洒落《しゃれ》で気取った大人の芳香に酔ってしまいそうだ。

「うん、伊澄《いすみ》ちゃんが淹《い》れるコーヒーは美味《おい》しいなぁ～。ワタシのとはレベチ！」

コーヒーカップに口を付けた母さんが恍惚《こうこつ》の絶賛を漏らすと、常連の客も同調したり頷《うなず》いていた。レベチ、じゃなくてレベルが違うと略さず言いなさい。

「なんで誰も『燈子《とうこ》さんのコーヒーも美味《うま》いよ』って庇《かば》ってくれないのぉ～!?　お世辞が欲しい年ごろなんだよぉ～！」

なんか騒ぎ始めた面倒な店長に向けられる常連さんの温かい眼差《まなざ》しに笑う。

「伊澄ちゃーん、誰も気遣ってくれないよぉ～。店長は悲しいよぉ～」

「――店長が悲しむ理由が分かりません。私が淹れたコーヒーのほうが美味しいからといって、なぜ悲しいのでしょうか。気遣うとは、どのように振舞えばいいのでしょうか」

「ひーん！　オブラートに包んでくれよぉ！　伊澄ちゃんには優しさがないのかぁ～！」

ワザとらしい泣《な》き真似《まね》をしながら、冗談めかして伊澄さんを批判する母さん。

「――それに店長のコーヒーが最も美味しいのは、みんな理解していると思いますよ」

「うあぁん……伊澄ちゃんにマジで惚《ほ》れる五秒前……」

年甲斐《としがい》もなく頬《ほお》を赤らめる母親っていうのはきついな……。ここにいる大半が店長とパートの会話を和気藹々《わきあいあい》とした掛け合いだと思い、自然な笑顔になっていた。

俺もまた、伊澄さんが来てからの雰囲気は好きだった。

伊澄さんは建前を言わない。というより感情の起伏に乏しく、こちらが露骨に表した感情も汲《く》み取《と》れず、思いついた言葉を取捨選択せずに淡々と紡ぎ出す。そんな伊澄さんを気味悪がる客も稀《まれ》にいた。ＡＩと会話しているような気分になるから、と。

花菱《はなびし》親子の能天気な人柄が覆い隠し、悪目立ちすることはなくなったのだが。

「僕もブレンド。それと……伊澄ライスも食べようかな」

常連さんもまったりとした空間に浸り、おかわりのブレンドを頼む。小腹が空いたのだろうか、裏メニューの伊澄ライスも一緒に注文した。

伊澄さんは眉の角度すら微動だにさせず、キッチンにて調理に取り掛かる。

「──私は……優しさを知りません」

抑揚の欠片《かけら》もない独り言が、近くにいた俺にだけは聞こえた気がした。

あの場で伊澄さんは、唯一笑っていなかった。

「今日は息子が店を手伝ってくれたから、いつもより遅く起きられたなぁ」

カウンター席でコーヒーを味わう母さん。

息子が開店からホールの仕事に入ったこともあり、今朝の母さんはゆっくりと遅い時間に起きることができたため、感謝の意を表しているのだろう。

「あの約束を忘れてないだろうな」

「なんだっけぇ～？　寝ぼけて忘れちゃったぁ～あいたぁ!?」

あからさまにとぼける母親の脳天へ軽いチョップの制裁を加えた。

「バイト代として、ランクルのガソリンを満タンにしてくれるって話だよ」

「忘れてないってぇ。夕方まで働いてくれたら、車のガソリン代を差し上げますよぉ」

「さすがに朝八時から夕方五時までは長くない？　昼休憩入れても八時間労働じゃん……」

「ハイオク満タンなんだから当たり前じゃーん！　ウチのランクルはリッター七キロも走らんのじゃあ～っ！」

昨晩、帰宅後の俺は『家の車を貸してほしい』と母さんに頼んだ。

友人から仕入れた星空スポットの泉《いずみ》ヶ岳《たけ》スキー場は、車でも片道一時間以上の登り。絵を描くからには画材の運搬も必要になってくるので、車移動が最善の選択肢となったのだ。

身分証明や就活にも使えるからと周囲に勧められ、免許も夏休みに取得済み。

母さんや伊澄《いすみ》さんを助手席に乗せて店の買い出しに行く日も珍しくはないため、運転が不安という気持ちは微塵《みじん》もなかった。

それに……カッコいいじゃん。好きな女の子を隣に乗せてさ、大型クロスカントリー車を運転するのは。それが時代遅れな感性で、親の車を借りただけの高校生だろうとね。

「どこの誰と行くのか、正直に話してほしいなぁ～。なぁ～。なぁ～」

セルフでエコーをかけてくる圧巻のウザさよ。

「クラスの男友達と遊ぶって言ったじゃん」

「母さんの色恋センサーが働くんですよぉ～。相手は女の子である……と」

黙秘権を発動させる。妖怪パジャマ女め、息子の仕事を妨害してくるな。

「大型車に女の子を乗せるとカッコいいとか思ってそうな時代遅れの顔してるぅ～っ！」

「そんなに器用な顔じゃないって！」

詳細に煩悩が浮き出る顔面ではないんだが……母親がたまに発揮する鋭い色恋の勘は、薄皮の誤魔化《ごまか》しなど突き破って本音を抉《えぐ》ってくる。

「准汰《じゅんた》が正直に話せばぁ……」

「話せば……？」

「バイト代、二倍にしますけどぉ！」

「後輩の女の子と星を見に行きます！」

まんまと金の誘惑に釣られて白状するアホ息子がよお。

「マジ？　マジ？　マジぃ？　いやぁ～、准汰くんの青春や～ん。素敵や～ん。レジの金、どんどん持って行っていいからねぇ！」

「いや！　店潰れるって！　ガソリン代とジュース代くらいで充分だから！」

レジを開けてぽんぽんと現金を取り出し始めたクレイジーな母さんを宥《なだ》め、俺はホールの仕事に戻り、出来《でき》たての伊澄ライスをお客さんへ提供した。

最も混み合うランチタイムも忙《せわ》しなく動き回り、体感時間はあっという間の日暮れ。ここからディナータイムまでは閑古鳥が鳴き、俺と伊澄《いすみ》さんにも気を休める余裕ができる。

ちなみに母さんは友人と日帰り温泉へ行ったから、夜までは帰ってこない。

「――准汰《じゅんた》さん、夕方には出掛けるんですよね。晩ごはんはどうしますか？」

カウンター内で伊澄さんと隣り合わせになると、そう尋ねられる。

「今日は食べずに出掛けます。その代わり、夜食として伊澄さんのサンドイッチを持っていきたいんですけど、もしよければ作ってくれませんか？」

「――サンドイッチで良いのなら大丈夫です。二人分を作りましょう」

「ありがとうございます！　伊澄さんがウチに来てから、飯の時間が楽しみになりました」

伊澄さんはディナーで使うための野菜を包丁で切り、俺が純粋に垂れ流す誉《ほ》め言葉を聞こえていないかのように聞き流した。

「一緒に星を見に行く相手が、伊澄さんのサンドイッチを美味《おい》しそうに食べてくれたんです。だから、また持っていけば喜んだ顔が見られるかもって……」

野菜を切る手元を注視していた伊澄さんが、ふいに俺のほうへ顔だけを向ける。包丁がまな板を叩《たた》くリズミカルな音も同時に止まり、伊澄さんと見詰め合うような体勢になった。

「――准汰さん」

「な、なんでしょうか？」

想像以上の強靭《きょうじん》な目力に硬直させられ、全身が直立不動で縛られる。

「――お相手の方が好きそうな具材を、挟んでおきますね」

静かなる声音でそう言い残し、俺のもとから離れていった伊澄さんは冷蔵庫を漁《あさ》り始めた。地味に緊張させられ、強張《こわば》っていた眼球の筋肉も解《ほぐ》れる。

なんだろう。冷酷に氷結した表情は変わらないのに、間近で感じた伊澄さんは確固たる意志を身に宿し、瞳の奥は祝福の色が咲いているような……上手《うま》く言い表せないけれど、伊澄さんなりに喜んでくれたのだろうか。

この人を何も知らない。渡良瀬《わたらせ》のときみたいに、伊澄さんと正面からちゃんと向き合うことができたなら、少しずつでも知っていけるのかな。

「伊澄さんも、誰かを好きになったことはありますか？」

恋愛の話題に便乗し、近寄りがたかった心の壁に踏み込んでみる。

調理台に食材を並べた伊澄さんは口を噤《つぐ》みかけたが、

「――あります……が、どうして好きになったのか、自分でも分かりません」

過去の映像を脳裏に蘇《よみがえ》らせたようだったが、不鮮明であることを断言した。

「その人と一緒にいて楽しいとか、少しでも会えないと寂しいとか……そんな想《おも》いを抱いたからじゃないんですか？」

「――分かりません。自分自身のあらゆる感情も、誰しもが一度は抱くであろう〝愛情〟すらも……私は知らない」

伊澄さんは首を振り、抽象的な言及に留《とど》めた。

「伊澄さんがウチに来てくれてから、自宅で夕飯を食べる機会が増えました。母さんも大げさにはしゃいでいるのは、伊澄《いすみ》さんとお話しできて嬉《うれ》しいからなんだと思います」

「――そうですか」

伊澄さんの表情は一切の変化を生じさせない。

「――私はアナタたちと一緒にいても楽しくはないし、嬉しくもないです」

人間として持ち合わせるべき喜怒哀楽が、伊澄さんの声には含まれていない。

プログラムされたように揺るがない発声は〝不快〟や〝無関心〟すら透けて見えず、俺が自虐で言う『中身が空っぽ』とは似て非なるものであり、魂のない人形と同等の『内面的な空白地帯』が存在していた。

「――何も、思いません」

俺と同じ人間なのに、違う。本来あるべきものが、欠落している。

続けざまに紡がれる言葉は、齢《よわい》十八の若造には到底理解しかねるものだった。

「――〝希望〟と〝慰め〟を与える流れ星に願いを託し、全ての感情を手放しましたから」

＊＊＊＊＊

夕方の五時には仕事をあがらせてもらい、いかにもなカフェの仕事服からカジュアルな私服へ着替える。伊澄さんが言った非現実的な台詞《せりふ》の真意は読めず、難解な比喩だろうと思うほかない。感情を知らないということを知る。ややこしい展開を処理しきれない脳が熱暴走しそうなので、まずは目先のデートに集中しなければ。

すでに日没を迎えた街並みには街灯が点灯し、通り掛かる車両はヘッドライトで進行方向を照らす。地元の風景は夜の訪れに身を預けていた。

適量のワックス。両手で練り上げたら髪全体を持ち上げながら空気を含ませ、無造作に馴染《なじ》ませる。サイドから襟足にかけて毛束を捩《ね》じり、ヘアスプレーを振りかけて髪型を仕上げた。片耳には安価なピアスを吊《つ》るし、ひと吹きの香水を手首に潜らせる。登校時や男友達と遊ぶときは、ここまで念入りな準備はしない。

好意を寄せる女の子と休日に会う……青少年にとって特別なイベントが控えていれば、できる限りの見栄《みえ》を張りたいと足掻《あが》くのが健全な心理だ。

「よしっ！」

往生際の悪さを自室の姿見で確認し、往復のガソリン代や免許証の入った財布だけは忘れないように携帯したのち、伊澄さんに一声かけていくため店舗へ降りる。

「それじゃあ、出掛けてきます。そろそろ母さんも帰ってくると思いますけど、それまでは店をお願いしますね」

「――はい。いってらっしゃい」

店を任せられた伊澄さんが、俺を店舗の出入り口まで見送ってくれた。

「伊澄さん、さっきのことですけど……」

「──待ち合わせに遅れますよ。女性を待たせてはいけません」

先ほどの真意を深掘りしようとしたが、伊澄《いすみ》さんは店の壁掛け時計を指差し、うやむやにされてしまう。すでに五時半を過ぎており、店先での立ち話を楽しむ猶予はない。

店舗の横に駐車していたクロスカントリー車の運転席に乗り、白い吐息がこもる車内で震えながらエンジンをかけ、暖房が効き始めるのを待たずにアクセルを踏み込んだ。

店舗の前を左折する初心者マークのランクル。渡良瀬《わたらせ》はどんな私服で来るのだろう……とか、くだらない妄想ばかりを巡らせ、逸《はや》る気持ちを加速させた。早く会いたい。前のめりになっていく恋心は、制限速度の五十キロをやたらと遅く感じさせたのだった。


学校近くの駐車場に車を停《と》め、週末の閑散とした校門前に立つ。

敷地内には教師の車が数台ほど駐車されているものの登下校する生徒の姿はなく、大半の窓に照明が灯《とも》っていない学《まな》び舎《や》が不気味な圧迫感の胡坐《あぐら》をかいていた。

待ち合わせの五分前。いくらアウターを着込んでも、深まりゆく冬季の低温が柔肌《やわはだ》に染み渡る。だが……寒冷な待ち時間が全く苦にならないのは、好きな相手を待っているから。

渡良瀬佳乃《よしの》を待ち焦がれる気持ちが膨張し、下降していく外気温と反比例するように体温をじわじわと上昇させていった。

ポケットからスマホを取り出し、ロック画面の時計を確認する。待ち合わせの五分前に到着していたのだが、今は待ち合わせの五分後。つまり渡良瀬の遅刻だ。

美術室には渡良瀬のほうがいつも先にいるんだけどな。

心の中で笑い飛ばしつつ、地図アプリで目的地への経路を再確認したりしながら、宵闇に浸る寒空の下であいつを待ち続ける。

結構……いや、かなり後悔した。お互いの連絡先を交換していなかったことに気付き、溜《た》め息《いき》を吐《つ》いて頭を抱えた。行き違いになっていたり、あるいは急用で遅れたり来られない場合でも、電話や通信アプリで連絡ができれば円滑に対応できる。

あれこれ不測の事態を考えず、余計な心配をしなくても済むのに。

待ち合わせをしているので渡良瀬を探しにも行けず、俺は校門前に釘付《くぎづ》けになっていたのだが、とある人影がこちらへ近づいてくる。

テンションは上がらなかった。どう見ても背格好が男性であり、ポケットに手を突っ込んでいる太々《ふてぶて》しい歩き姿なんて渡良瀬とは似ても似つかない。

「待たせてごめんね。どうも、渡良瀬佳乃です」

俺の前で立ち止まったアラサー男が、女性とは程遠い低音ボイスで話しかけてくる。

「冗談はオヤジ顔と寝ぐせ頭だけにしてください。あいつはそんな喋《しゃべ》り方《かた》しないっすよ」

「佳乃、タバコ吸いたいな。花菱《はなびし》センパイ、ライター持ってます？」

「高校生が堂々とライター持ってるわけないでしょ」

「ちっ、可愛《かわい》くねー教え子だな。教師にタメ口きくんじゃねーよ」

渡良瀬の名を語るおっさんに理不尽な舌打ちをされる。

もしかしなくても、この男は登坂《とさか》。

登校日には顔を合わせる担任教師が渡良瀬《わたらせ》との待ち合わせ場所に現れた状況を容易には呑《の》み込《こ》めないものの、それなりの思惑があるのだろう。たぶん、渡良瀬に関係する用件だ。

「佳乃《よしの》は来ねえ。それを伝えにきたんだ」

……登坂が現れた時点で予測はしていたが、露骨に落胆はする。夜の屋上で約束を交わした瞬間から心待ちにしていた反動に襲われ、剥《む》き出《だ》しの恋心を摩耗させられた。

「待ち合わせするなら連絡先くらい交換しとけ。オレは佳乃の伝書鳩《でんしょばと》じゃねーんだぞ」

登坂のボヤキなど、放心の耳には入らない。

「渡良瀬はどうして来ないんですか……？」

「お前のことが嫌いだってよ。能天気でアホだからキモいって文句言ってたなぁ」

渡良瀬にそこまで軽蔑されていたなんて……もう、立ち直れない。

「な～んてな、佳乃もそこまで鬼じゃねえ。お前のガチへこみ、まじウケるわ～」

「てめぇ！　純粋な教え子の恋路を弄ぶんじゃねぇよ！」

「辛気臭せぇツラしてるアホな教え子を励ましてやったんだろうが！　感謝しろや！」

「給料泥棒の不良教師に感謝する要素がないだろ！」

静まり返っていた校門前に、幼稚な男二人のアホくさい口論が響く。

時間の無駄だとお互いに察し、ほぼ同時に反論をやめたことで神妙な空気が張り詰めた。

「……佳乃は体調を崩したんだよ。本人はここに来るつもりだったらしいが、大事を取ってオレが休ませたってわけだ。すまんな、お互いに楽しみにしてたっぽいのに」

「……それなら仕方ないです。俺が登坂先生の立場でも、渡良瀬を休ませると思います」

ふざけた企《たくら》みは見出《みいだ》せず、普段は冗談好きな目も笑っていない。

そんな登坂の選択を納得して受け入れたが、ここで些細《ささい》な疑問が生じた。

「渡良瀬の叔父なのは分かりますけど、たまに親みたいな距離感で接しますよね」

「まあ……今は親みたいなもんだからな」

しきりに覗《のぞ》かせる親のような顔。叔父であり、保護者に近い立場だというのは分かるが、渡良瀬を前にした登坂の言動には親としての責任感すら滲《にじ》み出《で》ている。

元を辿《たど》れば……友人がいない渡良瀬にヒマ人の俺を引き合わせたのも、この人なりのお節介だった。登坂はとぼけるだろうが、美術の補習を渡良瀬に面倒見させるなんて不自然極まりない提案もそういう目的があったのなら頷《うなず》ける。

「もしかして、渡良瀬と一緒に住んでるんですか？」

「ああ……ちょっと訳ありでな。オレが保護者として面倒見てる現状だ」

登坂はそう囁《ささや》くと、来客用駐車場のほうへ足を踏み出す。

「星空スポットに行こうとしてたってことは、どうせ親の車を借りてきたんだろ。寒いからオレのアパートまで乗せてってくれ」

「歩いて帰ってくださいよ……！」

「佳乃に会わせてやらんこともないが、どうする？」

そのエサは卑怯《ひきょう》だろ。物足りなさと会いたい欲求が溜《た》まった今の俺が、無下に断れないのを見越したうえでの誘い文句なのだから。

「……渡良瀬《わたらせ》のお見舞いに行きたいです」

「それじゃ、決まりだな」

なぜか登坂《とさか》を家まで送り届ける羽目になったが、魅惑の交換条件があるため悪い気はせず、むしろ役得かもしれないと期待が膨らむ。渡良瀬の体調や気分次第にはなるけど、好きな後輩の私生活という未知の一面に触れられたら……それだけでも満足なのだ。

「うわっ、初心者マークのランクル！　ダサっ！」

うざっ！　駐車場で馬鹿笑いするクソ教師を轢《ひ》き殺してもいい法律を制定してくれ。

物騒な冗談を思い浮かべながら、当初の目的地とは異なる方角へ出発。

不機嫌な曇り空の下に敷かれたアスファルトを初心者マーク付きの車で快走し、住処《すみか》に取り残された渡良瀬のもとへ今すぐ行こう。

＊＊＊＊＊

学校から車で数分足らず。高層の建造物が少ない町の背景に埋もれそうな月並みな二階建てアパートへ案内され、付近のコインパーキングに車を停《と》める。

階段を使って二階に上がり、角部屋に位置する登坂の自宅へ通された。

十畳程度のリビングにはテレビとソファが配置され、フローリングに脱ぎ散らかされた衣服が独身男性のリアルな生活感を醸す。リビングの側面には寝室と行き来するための戸があり、誰しもが想像する一般的な１ＬＤＫの構造だった。

「あー、散らかっていてすまんな。寝室は佳乃《よしの》の部屋になってるから、リビングがオレの生活スペースなもんでよ」

「先生はソファで寝てるんですか……」

「この家では佳乃様が絶対王者だからな。弱い者は強い者には逆らえねぇ」

姪《めい》に領土を奪われた叔父の切ない上下関係は、俺みたいに他人事《ひとごと》だと笑いの種だよ。

ベランダ付きの窓はあるものの、隣接している民家により景観は遮られ、この部屋から夜空を眺めることは叶《かな》わない。目につく範囲では画材が一つも転がっておらず、キャンバスなどが置かれていた痕跡なども見当たらなかった。

「佳乃、起きてるか～？」

寝室へ声をかける登坂。引き戸一枚を隔てた向こう側には渡良瀬がいると思うと、途端に吹き出した緊張の汗が乾燥肌を濡《ぬ》らす。

しかし寝室からの返答はなく、物音すら聞き取れなかった。

「……たぶん寝てるな。しばらくは起きねぇし、そっとしておくか」

登坂は散乱した衣服や生活用品を拾い上げ、部屋の隅に寄せ集める。一時的に物を片付けたリビングは先ほどよりも広い印象を与え、男二人がくつろげる程度には改善された。

「佳乃《よしの》が起きるまで待つか？」

「先生さえよければ、待たせてもらいたいです」

冷蔵庫から缶ビールとペットボトルの緑茶を持ってきた登坂《とさか》がソファに座り、緑茶を手渡された俺はソファの対面にある座布団へ胡坐《あぐら》をかく。

腹を割って話す。登坂が放つ空気感から意図を察した。

「軽い発熱だから心配することはねぇ。元々、佳乃は身体《からだ》が強いほうじゃねぇんだよ」

「だから、学校も休みがちだったんですね……」

「ああ、お前と知り合う遥《はる》か前から……あいつは弱くて、いつも一人だった」

渡良瀬《わたらせ》のクラスに行った日のことを思い出す。同級生が渡良瀬の存在を軽視していたり、うろ覚えだったり……周囲に馴染《なじ》んでいるとは到底考えられなかったが、体調不良による欠席や早退をせざるを得なかったとすれば腑《ふ》に落ちる。

「性格も偏屈で捻《ひね》くれてるから、友達なんてできやしねぇ。お前みたいに能天気なお人好《ひとよ》しだったら、佳乃と仲良くなれるかもしれない……オレが望むのは、それだけだった」

人差し指でプルタブを開けた登坂が缶ビールを一口啜《すす》り、経緯を話し出す。

寝ている渡良瀬に配慮しているのか、やや声量は抑えながら、だ。

「やり方が回りくどいですよ……。美術の補習なんて嘘《うそ》をつかなくても、事情を話してくれたら俺は断らなかったのに」

「義務感や同情みたいな薄っぺらい動機がなくても、お前は本気で佳乃と向き合ってくれるやつだと思うが、普通の学校生活みたいに自然な流れで打ち解けてほしかったんだよ」

酒が進む登坂の舌が軽快に回り、上機嫌な様子で慎《つつ》ましく笑う。

その砕けた表情は学校の教師ではなく、娘を思いやる親の顔そのもので。

「先生のそういう顔、あまり見たことがないので気色悪いっす」

「今は勤務中じゃねぇから真面目な教育者の顔はできねぇんだ。許せって」

「真面目な教育者の顔こそ一度も見たことないっす」

エアコンが放出する温風により温まっていく身体。頬《ほお》や唇も柔らかく蕩《とろ》け、くだらない雑談にも花が咲く。学校のこと、それ以外のこと……俺たちは校舎内では話せない会話に没頭し、口を結ぶ隙すらないほど喋《しゃべ》り倒した。

登坂は担任の教師でありながら、親友のような間柄。直接言うのは恥ずかしいけど、俺が無意識に寄せる信頼は揺るぎないものになっていた。

渡良瀬が屋上で星空を描いている話題に移り変わったタイミングで俺は大した思惑もなく、こんな質問をぽろりと漏らす。

「先生は〝スノードロップ彗星《すいせい》〟を信じますか？」

その瞬間、微細な電流が走る。そう錯覚するほど空気は一変し、饒舌《じょうぜつ》だった登坂の威勢はどこかに奪い去られた。おもむろにテレビのリモコンへ触れた登坂は、公共放送のニュース番組にチャンネルを合わせる。

「……校内でも生徒たちがよく話してたな。もちろん半信半疑のやつらが大半だが『今年の二月は星が流れるかもしれない』って信じるやつも少なからずいるらしい」

「渡良瀬《わたらせ》も信じてる一人ですよ」

そう言うと、登坂《とさか》も控えめに頷《うなず》く。

「スノードロップ彗星《すいせい》は……流れる」

意外だった。登坂は確証のない噂話《うわさばなし》なんて信じないと思っていたし、幻想的な浪漫《ろまん》が独り歩きした迷信など鼻で笑いそうな性格をしているからだ。

「先生は結構ロマンチストなんですね。似合わないです」

「勘違いすんな。オレは星を実際には見てねぇし、見たいとも思わねぇ」

「それじゃあ、なぜ信じるんですか？」

登坂は缶ビールを飲み干し、気落ちしたように目線を下げた。


「八年前……彗星に願いを託したお人好《ひとよ》しの女子高生がいたからだよ」

呆《あき》れ笑いを装う登坂の声は重く沈んでいく。

「流れ星を見たら願いを唱える……子供騙《こどもだま》しのありきたりな迷信を信じて、彗星に祈ったら願いが叶《かな》ってしまった。それだけの話だ」

「どんな願いだったんですか……？」

「さあ、そいつしか知らねぇ。でも……そいつが願いを託した八年前の夜、願いが、願いが届いた場所に、スノードロップの花が咲いたのは偶然じゃないと思ってる」

とある人物が一人だけ脳裏を過《よぎ》る。

偶然ながら俺の身近にも、星に願いを託したと自称する人がいた。

「ここから先は……お前が知りたいと思うなら、話す」

登坂の言葉を受けた俺は迷いなく肯定を選び、一度だけ頷く。

何も知らない部外者のままでいたくない。放っておけない渡良瀬のことを、そして『星に願いを託したお人好しの女子高生』のことを、今こそ知るべきだと欲求が騒いだ。

「佳乃《よしの》は……実の両親に愛されなかったんだよ。佳乃にとって親の声は不快な〝雑音〟も同然だったんだ」

雑音——俺と出会った当初の渡良瀬が、ヘッドホンと音楽で遮断していた不快な音。

自分が好きなものではなく、自分の好きなものに無関心な者が発する音を、渡良瀬は忌み嫌っていた。

「生まれつき佳乃は身体《からだ》が極端に弱くてな、小学校にもあまり通えていなかった。それどころか……姉夫婦は弱っていく娘の育児すら放棄していたが、たかが大学生の部外者にはどうすることもできなかった」

当時を思い起こしたのか、憤りと無力感を登坂は語気に絡ませる。

「公務員の教師を志したのは社会的信用を得るためで、佳乃の治療費や養育費を安定して稼ぐためだった。ちゃんとした立場の大人になれば、佳乃を助けてやれると思ったから」

当時は親の脛《すね》を齧《かじ》る子供だったからこそ、登坂《とさか》は堅実な将来への道を選んだ。

現状の自分に可能な選択肢を増やし、それなりの金銭や社会的な信用を得ることで渡良《わたら》瀬《せ》を救いたいと願っていたのだろう。

「その教育実習で……オレは三年ぶりに再会した。お喋《しゃべ》り好きな幼なじみの女子高生に」

登坂の眼差《まなざ》しからは覇気が抜け落ち、声も脆《もろ》く掠《かす》れていく。

「佳乃《よしの》が普通の生活を送れるようになったのは、あいつの願いを星が叶《かな》えてくれたから。その代わり……あいつは……オレたちの前から……」

テーブルに点々と落ちる透明な雫《しずく》。憎たらしいいつもの登坂の面影など消え失《う》せ、苦渋の瞳から決壊した大粒の涙が重力に身を任せながら、頰《ほお》を伝い滴り落ちていた。

「……あの彗星《すいせい》は無条件で願いを叶えるんじゃない。全ての感情と引き換えに〝慰めの希望〟を与えるだけなんだよ」

〝希望〟と〝慰め〟を与える流れ星に願いを託し、全ての感情を手放しましたから
伊澄《いすみ》さんの姿が鮮明にフラッシュバック。

登坂が発した言葉と重なり、容易に言い表せない気持ち悪さを覚えた。

「そんな子供騙《こどもだま》しの非現実的な迷信、俺は信じられないですよ……」

「オレだって迷信に尾ひれが付いた作り話だと思いたいが……あいつが感情を手放してから今日までの八年間、オレはこの現象について調べ続けたんだ。書籍やネットには嘘《うそ》っぽい体験談や過度に脚色された情報も転がってたが、あいつと同じ時期に同じような体験をしたと訴えるブログの記事や掲示板への書き込みも僅かにあった」

信頼のおける身近な人物が不可思議な現象に陥り、同時期に同様の現象へ陥っていた人間が世界のどこかにひっそりと存在していた。登坂のように迷信を信じなかった生き方をしていた人間であっても、彗星やスノードロップとの因果関係を否定できはしない。

それが——今日までの八年間で導き出された結論。

「オレはＳＮＳでコンタクトを取り、何人かと電話で話したり実際に会って話を聞いたが……全員から何も感じ取れなかった。会話はできるのに、笑ったり苦しそうだったりもせず、ひたすら淡々と出来事《できごと》だけを話すから……まるでＡＩや人形と話してる気分だったよ」

ウチの喫茶店を訪れる新規客が伊澄さんに抱く第一印象と似ていた。

人間相手に話している気がしない……あの人の雰囲気に慣れるまでは怪訝《けげん》な眼差《まなざ》しを向ける客も少なくなかった。八年前からの登坂も、そんな印象を得ていたのだとしたら。

「ただ、嘘をついたり演技をしている素振りは微塵《みじん》もなかった。今思えば……嘘をつくという醜い感情すら喪失していたんだろうな」

実際に目撃していない彗星の存在は信じられないけど、自分の五感で確かめた体験談は信じざるを得ない。最も信頼している大切な人が訴えるのなら、なおさら。

登坂《とさか》の心境は、そんな狭間《はざま》を彷徨《さまよ》っているのだろうか。

「感情を失った人たちに話を聞いていく中で、不思議な共通点にも気付いた」

「共通点？　星に願い事をしてそれが叶《かな》った……とかですか？」

「それはそうなんだが、願いの対象が同じだったんだよ。佳乃《よしの》のために願ったあいつも含めて、他人のために彗星《すいせい》へ祈ったんだ」

一般的には、願い事は自分のために使う。叶えたい夢、出世や飛躍、受験の合格祈願、金銭の所有、成就させたい恋愛、不本意な現状からの脱却、健康の維持……願い事とは自己中心的な欲望の塊であり、神社でお参りする際も大抵は自分の願い事を唱えるものだ。

しかし、大切な他人のために祈る人もいる。

どこかのお人好《ひとよ》しな女子高生が、幼かった渡良瀬《わたらせ》のために願いを捧《ささ》げたように。

「どうして自分のために祈ったやつがいないのか……小さな疑問を持ったオレは、ＳＮＳの書き込みを頼りに、自分の合格祈願や恋愛成就を祈ったらしい人たちと会ってみようと思った。だけど……本人たちには会えなかったよ」

登坂は重い一呼吸を挟み、息を吹きかけるように言う。

「閏年《うるうどし》の最後に星が流れたとされる夜——亡くなっていたらしいからな」

喉が詰まり、俺の相槌《あいづち》が閊《つか》える。

そんな、まさか、どうして。情報の整理が追い付かず、駆け巡る衝撃を吸収しきれず、すんなりと受け入れられそうにない思考の渋滞が螺旋状《らせんじょう》に絡み合って解《ほど》けなかった。

「そいつらの家族や知人に聞いた話だから間違いねえ。四年周期の二月二十九日……そいつらの書き込みも同時期に止まっていた」

「様々な要素が重なっただけの偶然……だと思いたいです」

「それが普通の感覚だろうな。四年に一度の一ヵ月間しかスノードロップ彗星が流れる機会がないうえに、あの彗星と本当に邂逅《かいこう》したとされる人数が少なすぎる。ロマンチックな噂話《うわさばなし》だけが独り歩きして、大事にならないのはそのためだ」

　確かに、この手の怪奇談や迷信は昔から多々ある。不思議な超常現象に乗っかり、作り話や脚色をする連中なんて現実にもネットにも無尽蔵に蠢《うごめ》いているし、それを鵜《う》呑《の》みにしている人も数多い。でも、登坂は最も近い人物を介して現象を目の当たりにし、自ら駆け回って真実を確かめ、俺に語ってくれた答えに行き着いたのだ。

　表面上は信憑性《しんぴょうせい》を疑う俺だったが、完全なデタラメと切り捨てるほどの自信は、もはや持ち合わせていなかった。

「佳乃は彗星の存在を信じて、ずっと待ち焦がれていただろ」

　そうだ。渡良瀬はスノードロップ彗星が流れる瞬間を待ち続けている。

　渡良瀬が星を見たいと願うのは、スノードロップ彗星の絵を描きたいからだと思いたかったけど……しかし本当は、願い事があるからなのだろうか。

　もし、星に願いを託してしまったら、渡良瀬はどうなるのだろう。

　この部屋から夜空が眺められないのも、渡良瀬に彗星を見てほしくないから。胸に秘めた願いを託してほしくないから。

登坂《とさか》が言う〝あいつ〟のような人間の抜け殻になるのを恐れて。

「だったら、渡良瀬《わたらせ》が屋上で夜空を眺めるのを止めないと駄目じゃないですか。俺なんかと星空を見に行く約束を許しちゃ……駄目じゃないですか」

「窓がない部屋にでも閉じ込めない限り、夜空を完全に隠すなんて不可能だろ。行動を制限したところで焼け石に水だしな……佳乃《よしの》を束縛する保護者には死んでもなりたくねえ」

彗星《すいせい》を懸念する登坂の行動は矛盾しているが、親代わりとしては……これ以上はない。

「……初めてだったんだよ。学校で誰かと楽しそうに絵を描いていたり、友達とどこかへ行く約束をする佳乃は初めてだったから……好きなようにしてほしかったんだ」

この人は叔父であり、父親。小さい頃から一緒に暮らす娘も同然な渡良瀬が好きなものに夢中になっているところを、無粋に邪魔することなどできはしない。

たとえ、奇跡的に彗星と邂逅《かいこう》することになったとしても。

「それに……お前と佳乃が仲良くするのを見守りてえっていう……不思議な感覚もある。最近のオレは甘すぎるっていうか、お節介すぎてしゃーないわ」

ここ最近の自分自身に疑問は感じつつも、深刻には捉えていない様子の登坂。

まだ、心の末端では信じきれていない。少なくとも俺は夢見がちな性格じゃないし、いくら能天気と括《くく》られようが現実とファンタジーの区別はできているつもりだ。

でも……登坂や伊澄《いすみ》さんが世迷言《よまいごと》を言い聞かせる人じゃないことも、分かっている。

「これからも佳乃のこと、よろしく頼むな。お前がいれば、たぶん……佳乃が願い事をする必要もないと思う」

「無責任なこと言わないでください……」

優しげに微笑《ほほえ》んだ登坂が、そのまま立ち上がると、

「星に願わなくても……佳乃の願いは叶《かな》っているからな」

聞き取れないような小声で何かを言い残し、冷蔵庫へ追加の酒を取りに向かった。

酒が不味《まず》くなる杞憂《きゆう》な話題はお終《しま》いとでも言わんばかりに、登坂は本棚に収納してあったフォトアルバムや使い古しのガラケーをテーブルに並べ、意気揚々と漁《あさ》り始める。

「佳乃の写真がいっぱいあるから、酒の肴《さかな》として観賞しようや」

にんまりと口角を上げ、魅力満載の提案をしてくる登坂。ここまでくると親バカの領域であり、娘の成長を自慢したい父親そのものである。酔いも回ってきたためか、サービス精神旺盛なのが俺にとっては好都合だ。

俺と登坂は堅すぎる握手を結び、小中学校時代の渡良瀬を網膜に浴びた。

小学生の渡良瀬は当然ながら身長も小さく、あどけない顔もふっくらと丸みを帯びていた。犬に吠《ほ》えられて泣いている。誕生ケーキの前で笑顔になっている。ブランコで遊んでいる。授業参観で挙手している……九歳から共に暮らし始めた軌跡を登坂が見守り、記録してきた成長の物語がそこにはあった。

「おいおーい、小学生の佳乃が可愛《かわい》すぎるのは分かるが見惚《みと》れすぎだろ〜」

「あっ、いや、えーっと……俺は……」

登坂《とさか》のイジリを返せず、紡ごうとしていた言葉が吹き飛ぶ。

俺はこの子を——小学生時代の渡良瀬を知っている。一週間前に彼女と出会った瞬間から鏤《ちりば》められていた既視感のピースがすべて繋《つな》がり、パズルが完成したのだ。

充電したガラケーの電源を入れると、中学の制服を着た渡良瀬《わたらせ》の写メが大量に保存されていた。緊張した面持ちの入学式、湖の畔《ほとり》で風景を模写している横顔、マイクを両手持ちしながらカラオケで歌う意外な一面、登坂がこっそり撮ったと思われる可愛《かわい》らしい寝顔。

どれだけ写真を眺めていても、まだ知らない渡良瀬の姿を欲し、朝までオールできそうな気分になっていく。星空を見には行けなかったけど、それ以上な秘蔵コレクションを無償で拝めた満足度は計り知れなかった。

「あと、あれも見るか？　佳乃《よしの》が小学校時代に描いていた絵」

気分を良くした登坂は、クローゼットに保管していた渡良瀬の過去の絵を引っ張り出す。

どれも風景画。小学生の頃、めちゃくちゃ好きだった絵に酷似していた。

一際目を引いたのは、色鉛筆で描かれた紫塗《まみ》れの絵……ページの裏に記されていた『紫レタス畑』というタイトルを見知りすぎていたのは、俺が名付け親だから。腑《ふ》に落ちた感動が深呼吸となって熱く漏れる。

そうか、昨日の未完成だった星空の絵は……俺は渡良瀬の絵を、以前から。

ひっそりと闇雲に探していた心残りの相手は——

そのときだった。寝室とリビングを仕切る引き戸が開き、寝室側に立っていた部屋の主と視線が交錯する。

なんという僥倖《ぎょうこう》。俺にとっては新鮮な立ち姿に見惚《みと》れてしまう。

なぜかというと……水玉のパジャマを着た就寝スタイルの渡良瀬佳乃だったから。

「……目が覚めたらやけに煩《うるさ》くて、しかもセンパイの声がしたから何事かと思いましたが」

じっとりと燻《くすぶ》る瞳で凝視してくる渡良瀬は、不機嫌を隠そうともしない。

「……どうして、わたしの写真を広げながら勝手に盛り上がってるんですか。恥ずかしいので即刻片付けてください」

はしゃいでいた男二人は静かなる渡良瀬にねちねちと叱られ、「すみませんでした……」と潔く謝りながら泣く泣くテーブルの上を更地に戻したのだった。

その後は家の主《あるじ》と化した渡良瀬がソファに座り、男どもはフローリングに正座でお叱りを受ける状態が数分間は続いたのだが、ふいに渡良瀬の勢いが止まる。

「……すみませんでした。今日は待ち合わせ場所に行けなくて」

畏《かしこ》まった謝罪をもらうも、見るからに本調子ではない。

渡良瀬の頬《ほお》はまだ紅潮しており、額には薄《うっす》らと汗の粒も浮き出ていた。

「まだ熱があるんじゃないのか？　星空は今度でいいから、今日はゆっくり休もう」

「……まだ少し、ふらふらするので今日は安静にします」

渡良瀬はソファから腰を上げようとしたが、すぐに座り直す。

「……お腹《なか》、へりました」

気難しい顔での子供っぽい台詞《せりふ》を不意打ちされ、思わず笑ってしまう。

「……笑いどころじゃないですけど」

「ごめんごめん」

「……風邪薬を飲むために食べないといけません。食いしん坊というわけではないですよ」

「はいはい、分かった分かった」

へらへらと茶化《ちゃか》すように応対すれば、遺憾の意を込めた指先で軽く肩を叩《たた》かれる。

ムッとした渡良瀬《わたらせ》の不機嫌面や仕草も愛らしくて、俺は好きなんだよ。

「……ベタチョコ」

「女王様、申し訳ありません。ただいま在庫を切らしており、取り寄せ中であります」

「……この発熱はベタチョコ切れの禁断症状なのかも」

登坂《とさか》と渡良瀬の仲良し親子コントかな？

「写真と絵を見ちゃったお詫《わ》びに、すぐ食べられそうな軽食を用意するよ」

正座で痺《しび》れた足をどうにか伸ばした俺は、徒歩三秒のカウンターキッチンへ移動した。

渡良瀬の大好物であるベタチョコのストックも切らしているらしいが、俺にとっては好都合。アパートへ着く前に登坂と立ち寄ったヨークタウンで購入した見舞いのフルーツもあるし、伊澄《いすみ》さんに夜食を用意してもらったことも思い出す。

「……センパイ、料理できるんですか？」

「実家の喫茶店をたまに手伝うから、簡単な料理の補助くらいならできるかな」

俺は口を動かすのと同時に、ナイフの刃を添えたリンゴを回しながら、深紅の皮を器用に剥《む》いていく。なぜか知らないけど、登坂と渡良瀬が尊敬の眼差《まなざ》しを照射してきた。

「佳乃《よしの》、あいつ凄《すご》くね？　ただのアホじゃなかったんだな」

「……認めたくないですが、凄いと思う。叔父さんよりも凄い」

「てめぇ花菱《はなびし》！　佳乃に褒められたからって調子こくなよ！　留年させっぞ！」

ただフルーツを切ってるだけなんだけども。

いつも何を食って生きているんだ、この二人は。お節介ながら心配になってしまう。

おおかた市販の総菜や冷凍食品、カット野菜みたいな献立が大半なのかな。

それはともかく、美麗に切ったリンゴと洋梨を大皿へ盛り付け、中心にサンドイッチを飾ればサンドイッチとフルーツの盛り合わせ、の出来上《できあ》がり。

尊敬の眼差しをやめない二人が待つリビングへ運び、大皿をテーブルへと置いた。

「……このサンドイッチ」

渡良瀬は勘付いたのか、即座に反応を示す。

「そう、昨日の昼に食べたサンドイッチ。渡良瀬が気に入ってくれたから、その人にまた作ってもらったんだ」

サンドイッチを見詰めた渡良瀬は両手を合わせ、サンドイッチを摘《つ》まむ。三角形の角を抉《えぐ》るように噛《か》みつき、ゆっくりと咀嚼《そしゃく》した。

昨日と同様、舌の味覚を研ぎ澄ましながら味わい、慎《つつ》ましやかに飲み込む。

「……やっぱり、好きだった味ですね」

そして、渡良瀬《わたらせ》は同じ感想を細々と呟《つぶや》くのだ。

渡良瀬の様子を窺《うかが》いながら、サンドイッチに口を付けた登坂《とさか》も無言で咀嚼《そしやく》。心行くまで風味や味を確かめ、小さな三角のパンをぺろりと平らげた。

二個目も、三個目も、登坂の口内に消えていく。

本来ならば「病人以上に張り切って食うなよ」とか、くだらない茶々を入れるところだが……登坂の潤みきって揺れる瞳の奥が、俺の生意気な口を噤《つぐ》ませた。

「めちゃくちゃ美味《うま》かったたって……これを作った人に伝えといてくれ」

戸惑う俺に対し素直な感謝の伝達を求め、外の空気を吸いにベランダへ行ってしまう。

「……ひゃまにはふるーてゅもおいひいれすね《たまにはフルーツも美味しいですね》」

「よく噛《か》んで飲み込んでから喋《しやべ》りなさい。行儀悪いでしょ」

オカンか、俺は。よほど空腹だったのか、リンゴと洋梨を頬《ほお》いっぱいに詰め込んだ渡良瀬のハムスター顔が、ひんやりとなった雰囲気をちょっとだけ癒《いや》してくれた。

「眠くなってきた？」

「……まだ、眠くならないです」

熱っぽい渡良瀬の額に冷却シートを貼ってやり、二人でテレビを見たりゲームをしながら過ごした。渡良瀬のテンションが最高潮になったのは、お勧めされたバンドの公式ＭＶ

を動画サイトで見ているとき。肩を並べながら座り、ノートパソコンの画面を注視した渡良瀬が好きな曲を解説してくれる……微熱により頬が赤らむ横顔に惹《ひ》かれた俺はパソコンがある正面と渡良瀬がいる右隣のどっちに見入るかで迷い、目線がぶれてしまう。

チラ見に気付かれ「よそ見しないでください」と怒られたけど、お前の横顔を見ていたんだよなんてキザったらしい台詞《せりふ》は咄嗟《とっさ》に言えないから、皿の上に一切れだけ残っていたリンゴをしゃくりと齧《かじ》り、うやむやにした。

渡良瀬が眠くなるまでのお部屋デートに身も心も委ねる甘ったるい充実感は、じわりと蜜が染みたリンゴの味と似ている気がした。

夜十時を回り、帰り支度を整える。

目がとろんと蕩《とろ》けてきた渡良瀬を寝かせるため、名残惜しいけど今日はこのへんで帰宅しよう。週が明ければすぐに会えるから。

玄関に移動した俺が靴を履いていると、足取りが重そうな渡良瀬もこちらへやってくる。どうやら玄関まで見送ってくれるらしく、さりげない気遣いが無性に嬉《うれ》しかった。

「風邪薬は飲んだ？」

「……はい。飲みました」

「水分は小まめに補給して、部屋も暖かくして寝てくれよ」

「……心配性ですね。センパイというより、お兄ちゃんみたいです」

渡良瀬《わたらせ》のお兄ちゃん……悪くないのでは？

いや、その間柄だと恋愛に支障をきたすから無理だな～。俺はセンパイでいたいな～。

「……変なことを考えてないで、ちゃんと安全運転で帰ってくださいね」

「はいはーい」

相変わらず俺の感情は顔面に筒抜けらしい。

綿あめよりも軽い返事をしながら、玄関のドアノブに手をかける。

「……あっ、ちょっと待ってください。渡したいものがあります」

帰ろうとした俺を引き止めた渡良瀬はいったんリビングへ引き返し、再び玄関へ戻ってきた彼女の手にはケース入りのCDが数枚握られていた。

「……昨日、お勧めのCDを貸すと言ったので……よければ聴いてみてください」

「わざわざCDを貸し借りしなくても、曲名さえ教えてくれたらサブスクで聴いたのに」

「……一度、やってみたかったんです。その……親しくなった人に好きなものを貸したり、貸してもらったりするのを……。センパイがご迷惑でなければ、ですけど……」

普段から漫画やゲームを貸し借りする俺にとっては気軽な行為でも、渡良瀬にとっては憧れの交流だったのかもしれない。そんな意図を汲《く》み取《と》り、ありがたく借り受けたCDケースには【ちゃんと返してくださいね、センパイ】と書かれた付箋が貼ってあった。

付箋を見れば返し忘れに気付く配慮なんだろうけど、借りパク常習犯みたいな顔をしているのかね、俺は。友人に返し忘れた漫画やゲームは家に山ほどあるけどさ。

「……聴き終わったら感想を聞かせてください。センパイの好みに合いますように」

期待が半分、不安が半分といった表情の渡良瀬。好きなものを誰かに薦めるとき、もし相手の趣向に合わなかったらと思う複雑な気持ちは分からないでもない。

こういう人間臭い顔もできる。渡良瀬が持つ様々な表情を……ようやく思い出せた。

「それじゃあ、体調が回復するまでは早く寝てくれよ」

「……リトルトゥースなので、今日は夜中の三時までは寝られません」

「深夜ラジオも我慢しなさい。心配性なお兄ちゃんからのお願いです」

ちろりと舌を出すパジャマ姿の渡良瀬……めちゃくちゃ可愛《かわい》いじゃん。

「また、俺たちの部室で会おうな。おやすみ」

「……はい。おやすみなさい」

もう正式な部員だから、俺たちの部室。渡良瀬も否定しないのが、こっそり嬉《うれ》しい。

遠慮がちではあるけれど、お互いに小さく手を振り合い、通り抜けたドアが完全に閉まるまで……交わった視線を切らすことはなかった。

最寄りの駐車場から見上げる二月の寒空は、分厚い雲に覆われて星空の欠片《かけら》もない。

楽しんだ余韻に浸りたい俺を嘲笑《あざわら》うかのように、冬色の凍えた雨が——頬《ほお》に触れた。

第四章
ワガママを言うような後輩

週末が過ぎ去り、怠惰な学生ほど憂鬱になる月曜日。

以前の俺も気怠《けだる》さに服従していたが、現在は通学する足取りも羽が生えたように軽やか。単位を補う補習は嫌々ながら熟《こな》しているものの、放課後が待ち遠しくて教室の壁掛け時計を何度もチラ見していた。

「お前、そわそわしすぎだ。もう少しだから補習に集中しなさい」

日替わりの補習を監督する教師陣に注意されるほど、逸《はや》る気持ちが抑えきれない。

誰かを好きになると、視界に映る世界が色鮮やかになり、毎日を心待ちにするようになる。渡良瀬《わたらせ》と出会い、怠惰に支配されていた心境は様変わりした。

午前の学校に登坂《とさか》の姿はなく渡良瀬の様子を窺《うかが》い知ることはできなかったけど、週末に聞かされた突飛すぎる話が幻聴だったかのように変わらぬ日常は平常通り。

今日一日、心待ちにしていた放課後へのチャイムが鳴る。

教師より先に教室を出たのは、まさかの自分で。少し前までは用事もなく友達と教室に残り、どこ行こうか、どこで遊ぼうか……二度と戻らないであろう高校生の青春を浪費しながら、うだうだと決めあぐねていたのに。

迷うことない行き先は、もちろん美術室。部長の渡良瀬が先に待ち構え、自らの領域に引きこもりながら絵を描いている風景が目に浮かぶ。

そんな日常を、待ち望んでいる。素知らぬ顔で部室に入り、夢中で色彩の世界に没頭する渡良瀬の背後から、ずっと眺めていたい。

足裏に浸透した美術室への経路を辿《たど》り、廊下を直進すれば——目的地のドアを目視できるのだが、重力に逆らっていた足が地面に縛られ、ドアの付近で静止させられてしまう。

気配がしない。室内からは物音一つすらせず、ドアの窓を覗《のぞ》いて確認できる範囲には先客の影も形も確認できなかった。

ドアの取っ手に指を掛け、腕に力を加えてみるも……開放を拒むドアは強固に踏ん張り、スライドしようとしない。開かない訳は単純だ。明らかに施錠されている。

「俺のほうが先に来てしまったのか……」

多少の恥ずかしさを覚えたのは、真っ先に教室を飛び出すくらい放課後を待ち侘《まわ》びていた自分自身の姿を冷静に思い返したため。

自ら絵を描くことより、絵を描いている渡良瀬と共に過ごしたい。邪《よこしま》な理由で部長の渡良瀬より先走る新入部員という構図を再認識したのも、恥じらいに拍車をかけた。

鍵は渡良瀬が借りてくるだろうから、俺は美術室前の廊下で待つことに。

「今日は連絡先を交換しないとな」

渡良瀬の家に行った際は半信半疑な情報を整理するのに苦労し、連絡先の交換は頭の片隅にもなかったが、この状況は土曜に引き続いて待ちぼうけをくらうかもしれない。

改めて連絡先を交換しておく重要性も強調されるし、交換を提案しやすい口実にもなる。

渡良瀬が日直や掃除当番などで部活に遅れたり、やむを得ない早退や欠席のときも連絡を交わしていれば無用な心配を避けられるので、今日こそは。

放課後になれば部活で顔を合わせるのは残り数日であっても、電波で繋《つな》がってさえいれば卒業後でも会うのは容易《たやす》いと思いたい。先輩風を吹かせ、甘い食べ物でも差し入れに行くくらい……渡良瀬《わたらせ》は許してくれるかな。就職先が未定のまま卒業したら毎日でも美術室に入り浸ってしまいそうな気がするけど、面白い話をするから邪険に扱わないでほしいな。楽器を持った吹奏楽部、その他の文化部……面識のない下級生たちや顧問の教師が廊下の壁に寄りかかる俺には見向きもせず、ただただ通り過ぎていく。

ヒマ潰しにスマホを弄《いじ》っても落ち着かず、冷え込んだ廊下の床を足先が何度もノックした。この貧乏揺すりは気温が低いからなのか、曖昧な焦燥が発信源なのか、自分でも正体を見出《みいだ》せないまま、本日の仕事を終えた夕日が地平線へと早々に沈む。

もう間もなく春が訪れる前触れ。末期となった冬の哀愁が漂う日の入りを廊下の窓より見届けながら、渡良瀬と共有するはずだった放課後の三十分が無為に経過していた。

さすがに居ても立ってもいられず渡良瀬の教室へ赴くも、帰宅部と思われる二年生が数人で駄弁《だべ》っているだけ。

「渡良瀬っていう生徒を探してるんだけど、学校に来てた?」

「えーっと、渡良瀬さん……ですか? いえ、今日は一度も見かけてないですけど」

急に話しかけられた二年生の生徒は、あっけらかんと言い放つ。

あいつの名前と顔を一致させるのに数秒の間を置いた反応は個人的に苛立《いらだ》たしいが、クラスに溶け込めていないのは事実らしいので俺が腹立たしく思っても意味がない。

俺にとっては、ただ一人。幼い頃から孤独で不格好だけど、好きなことには愚直な頑張り屋さんの渡良瀬しか考えられないのに。

どこにもぶつけられない憤りを笑顔の裏に隠した俺は礼を述べ、今度は職員室へと立ち寄る。体調不良の線が濃厚だろうけど、念のため登坂《とさか》に事情を聞くためだ。

「先週の微熱が長引いてる。早朝に病院へ連れて行ったんだが、軽い風邪だろうってことで今日は休ませたんだ。風邪を他人に移したり、無理して拗《こじ》らせでもしたら大変なんでな」

職員室にいた登坂は午前中に不在だった理由と渡良瀬の欠席を説明してくれた。

体調不良の長引きは楽観視できないものの、重症ではなさそうで安堵《あんど》の息を吐《つ》く。

「佳乃《よしの》は幼少期から身体《からだ》が弱かったし、オレにとっては慣れっこだ。たぶん、そのうち元気になるだろうさ」

「部室に来ないので心配してましたが、一先《ひとま》ずは安心しました」

「愛《いと》しの佳乃と会えなくて寂しいよぉ〜って感じだろ。なぁ？」

正直その通りで反論の余地もないんだけど、登坂の小馬鹿にした口調が腹立つので肯定はしない。渡良瀬の家は学校から遠くないし、見舞いに行ったほうが良いのだろうか。

「あいつは薬を飲んで安静にしてるから、お前も真っすぐ帰れ。ただでさえ単位がギリギリなのに、風邪でも移されて最後の追試を欠席したらマジで留年するぞ」

「……分かりました」

浅はかな思惑を見透かされたのか、やんわりと釘《くぎ》を刺されてしまう。つい一昨日《おととい》、見舞いに伺ったばかりなので連日のように押し掛けるのは気が引けてしまうのは否定できない。

「だったら、せめて食事だけでも届けて良いですか？　ウチは出前をやってませんけど、先生が帰宅しそうな時間帯にそっちへ配達しますから」

「ふふっ、お前……二代目世話焼き係が板についてきたな」

往生際の悪い俺に観念したのか、登坂《とさか》は温和な笑みを吹き溢《こぼ》す。

「佳乃《よしの》を気遣ってくれてありがとな。お前が佳乃と仲良くなってくれて、ほんとに良かったと思ってる」

素直な面持ちで感謝を表明されると、後頭部がむず痒《がゆ》くなる。もっと……軽口を叩《たた》いてくれよ。渡良瀬《わたらせ》絡みで垣間見《かいまみ》えるようになった綺麗《きれい》な登坂には当分慣れそうにないからさ。

「ベタチョコ切らしてるから、ついでに調達してきてくんねぇ？　あれがないと佳乃が不機嫌でさぁ、もちろん買ってきてくれたら代金は払うからよ」

どさくさに紛《まぎ》れてパシリを押し付けてきやがる。そうそう、これが本性ですよ。

「あのパン、どこに売ってるんですか？　近くのスーパーでは見たことないですけど」

「オレは通販で取り寄せてるけど、ヨークとかウジエで見かけたら購入よろ！」

購入よろ、じゃねーよ。教え子をパシるような悪い大人にはならないでおこう。

ベタチョコに関しては可能であれば、ということなので、渡良瀬の風邪が治るまでの間は俺が食事を届ける運びとなった。

夕方に帰宅すると、電球色のダウンライトが灯《とも》った花菱珈琲《はなびしコーヒー》が出迎えてくれる。

この時間帯は客足が伸び悩むため、母さんはカウンターでくつろぎ、伊澄《いすみ》さんはディナーの準備などに勤《いそ》しんでいた。これがウチの普段通り。忙しい時間帯だったら遠慮してしまうが、今みたいに空気がまったりと落ち着いていればキッチンも借りやすい。

「伊澄さん、ちょっといいですか？」

仕事用のエプロンを掛けた俺は、伊澄さんを呼び止める。

「風邪に効きそうな料理を作りたいんです。伊澄さんのお勧めレシピがあったら教えてほしいなと思って」

「──准汰《じゅんた》さん、風邪をひいたんですか？」

どう見ても俺が健康体だからか、伊澄さんに首を傾《かし》げられる。

「いえ、友人が寝込んでいるらしいので、微力でも何かしらの支えになりたいんです」

「──誰かの支えになりたいと思う気持ちが、私には分かりません」

皮肉でも嫌味《いやみ》でもない。

躊躇《ためら》わずに本音を打ち明ける伊澄さんは、純真な真顔だった。

「伊澄さんも……たぶん、分かっていたはずなんですよ。少し……忘れてしまっただけなんだと思います」

「──准汰さんは私の世迷言《よまいごと》を信じてくれるんですね。誰も信じてはくれなかったのに」

「星に託した願いが叶《かな》うとか、代わりに失うものがあるとか……そんな超常現象を完全に受け入れられたわけじゃないですけど——」

伊澄《いすみ》さんの瞳を見据えた俺も、自分が信じる感情の衝動に従い躊躇《ためら》わない。

高校生のガキなのだから、青臭い信念を宣言させてくれ。

「もう〝嘘《うそ》つき〟なんて言わず、信頼している人が言った言葉を信じたい。人の良さだけが取り柄の花菱准汰《はなびしじゅんた》は、そういう生き方でありたいんです」

こんなことを恥じらいもせずに言い放っても、伊澄さんは真剣に受け止めてくれるのを知っている。強い炎が燃え移るように、喜怒哀楽を失っている相手にも再び感情が宿ってくれることを信じて、俺は感情のままに語り掛けるのだ。

「——分かりました。私で良ければお手伝いしましょう」

俺と違って伊澄さんはヒマなんかじゃない。母さんが呑気《のんき》にサボれるのは、伊澄さんが地味な作業を何食わぬ顔で熟《こな》しているおかげだ。そのうえで俺の自己満足にも構ってくれるのだから花菱親子はもう一生頭が上がらないし、伊澄さんの時給アップも止まらない。

ディナーまでの限られた時間だったが、伊澄さんにお勧め料理の作り方を教えてもらう。

喫茶店で出す本格的なものではなく、手軽な家庭料理に伊澄さん流のアレンジを加え、身体《からだ》の温まりや消化の良さ、栄養バランスも考慮した献立を試作してみることに。

「そういえば、ベタチョコって知ってます？ その友人が大好物なんですけど、販売地域が限定されているみたいなんですよね」

二人で黙々と料理しているのも味気ない。

食材を扱う手は積極的に動かしながらも、伊澄さんに雑談を振ってみる。

「——知っています。というより、私もたまに食べていますよ」

予想外の返答をもらってしまい、包丁を握る手が停滞してしまった。

「もしよかったら、伊澄さんが購入している店を教えてもらえると助かるんですが」

「——山形の親族から実家に送ってもらっています。食べ切れないくらい手元にありますので、必要な分だけ差し上げましょうか？」

「ありがとうございます！　このご恩は給料にプラスさせていただきますね」

「こら！　店長に内緒で従業員の給料をアップさせるな！」

伊澄さんの給料アップを独断で決めたが、すぐ側《そば》にいた母さんに速攻でバレる。

「母さんがサボってるとき、代わりに働いてるのは伊澄さんでしょ。部下の頑張りをきっちり反映させるのが上司の務めだと思うけどな。職場はホワイトにしようぜ、な？」

「ワタシは有能なオーナーなので伊澄ちゃんのお給料アップを承認します」

ちょろい。単純にもほどがある母親は扱いやすくて助かる。

その後、俺が調理している間に実家へ一時帰宅した伊澄さんはベタチョコを詰めた紙袋を持参し、十数分ほどで店に戻ってきた。丁度、そのタイミングで試作品が完成したため、伊澄さんに味見を求めてみる。

「——上出来《じょうでき》です。これならお相手も満足するのではないでしょうか」

小皿に取り分けた試食を伊澄さんが口に含み、素っ気ない声音で褒めてくれる。それだけでも、確固たる自信が漲《みなぎ》ってきたのだから男子は単純な生き物だ。

「准汰《じゅんた》くーん、好きな女の子のために頑張るなんて素敵やーん♪」

「いいから仕事しろ。もし伊澄《いすみ》さんに辞められたら、この店は潰れるからな」

俺と伊澄さんが厨房《ちゅうぼう》に並び立ち、カウンターで頬杖《ほおづえ》を突いているサボり店長が気安く話しかけてくるひと時も、実は最近のお気に入りになっていた。

「──准汰さん、いってらっしゃい」

伊澄さんに見送られ、喫茶店の出入り口から屋外へ踏み出す。

登坂《とさか》が帰宅しそうな時刻になったため、数種類の料理を別々に入れたいくつかのタッパーを大きめのランチバッグへ収納し、車に積んで運び込んだ。

アパートへ帰宅していた登坂にランチバッグとベタチョコを詰めた紙袋を渡すと、翌日には洗浄済みのタッパーを登坂が返却してくれる。

渡良瀬《わたらせ》は残さず食べてくれたようで、学校に行きたがっているらしい。放課後の美術室に入り浸り、日が暮れたら屋上へ行き、飽きるほど絵を描きたい……と。

長引いたとしても二～三日ほどで風邪は完治し、必要はなくなると思っていたやり取りだったが、翌日も……渡良瀬が登校してくることはなかった。

明日こそはきっと。明日こそは──

平静を保つための根拠のない言い聞かせが、脳裏を虚《むな》しく空回りしていた。

＊＊＊＊＊

渡良瀬と会えなくなってから瞬く間に一週間が過ぎた。

暦が二月下旬に差し掛かっても状況に劇的な変化は感じられず、当初は楽観視していた自分自身を嘲笑《あざわら》うかのように焦燥が募る。

渡良瀬の家に持って行った料理も食べ残しが多くなり、登坂に何度聞いてみても「心配するな」の一点張りで、渡良瀬に負担をかけたくないという理由を盾に見舞いも断られ、俺は八方塞がりとなった。

「もう、飯の配達に来なくていいからな」

放課後の廊下で登坂に呼び止められた俺は、残酷な台詞《せりふ》を告げられる。

現状で渡良瀬と繋《つな》がっている細い糸が、無慈悲に切られてしまう。

「いや……でも、渡良瀬が元気になれるような栄養のある食事は必要ですよね。パンばかり食わせてたら……治るものも治らないでしょ！」

恐れた。無期限に交流が断たれてしまうのを本能が拒否し、抵抗の声を荒らげさせた。

「食事に関しては問題ねぇ。お前が心配することじゃねぇから」

「渡良瀬に聞きたいんです……！　渡良瀬が俺のことを必要としているかどうか……本人の口から教えてほしいんだ！」

立ち去る登坂を怒鳴りつけるように叫ぶと、大人の背中は遠ざかるのを一時的に止めた。

「あんたが……渡良瀬《わたらせ》の人生に俺を関わらせたんだろ……！　なのに今さら……渡良瀬がいない退屈な毎日に戻れって言うんですか……」

「……分からねぇよ。どうしてお前を佳乃《よしの》のところへ導いたのか……オレ自身も未《いま》だによく分かってねえ」

「なんですか、それ……!!」

煮え切らない曖昧な態度の登坂《とさか》に苛立《いらだ》ちが高まる。

大人はいつも身勝手で、応援しているふりをしながら不意打ちで殴ってくる生き物だ。

「勘違いすんな。お前と会わないのは佳乃の要望なんだ」

「……どうして」

「高校三年生の貴重な残り時間を、もっと有意義に使ってほしい。自分の将来を考えたり、友人との思い出を作ってほしい。だから、わたしの不明瞭な人生に構っているヒマなんてない。それが……佳乃からの伝言だ」

握り締めた拳が震え、無力感による憤りが頂点を迎えようとしていた。

「無価値な男の将来なんて捨ててやります。俺は渡良瀬がいてくれれば……それだけで」

登坂も、渡良瀬も、無責任だ。

だったら、最初から関わらないでくれよ。ヒマを持て余した怠惰な高校三年生に、充実した日々の味を覚えさせないでくれよ。

それをいきなり取り上げられてしまったら、学校に来る最大の意味を見失ってしまったら、真《ま》っ新《さら》にリセットされた現在地に立ち尽くしてしまうから。

花菱准汰《はなびしじゅんた》の人生なんてどうでもいい。本来は無駄に消費されるだけの時間を、渡良瀬佳乃のために費やさせてくれ。

「そういや、花菱の卒業が決まったぞ。もう補習にも来る必要はねーから、お疲れさん」

「そんなことはどうでもいいんだよ……登坂っ!!」

俺に背を向け続ける登坂は、微量の吐息に小声を混ぜる。

「お前は……すべてを捨てそうな危なっかしさがあるからな。やかましくてお人好《ひとよ》しだった幼なじみ……みたいに」

そう意味深に言い残し、歩を踏み出した登坂の後ろ姿は離れていく。

廊下の角を曲がり、嫌な大人の姿が目視できなくなっても、俺は棒立ちのまま腕を震わせて灰色の床を見下ろしていた。


当然ながら納得して引き下がれるわけもなく、その日の夕闇が迫る時間帯に登坂のアパートへ出向いたのだが、インターホンを鳴らしても物音すら返ってこない。アパートの寝室に取り残されているであろう渡良瀬と一足先に接触したかったのだが、もぬけの殻と大差ない無反応が途切れることはなかった。

職員室で残務を片付けていた登坂より先に学校を出たのは間違いない。

「花菱だけど……渡良瀬、部屋にいるの？」

玄関の扉をノックしながら、語り掛けてみる。居留守を使っている気配もないため、扉の向こうには誰も存在していないのだろうか。それとも、近くのコンビニかどこかへ買い出しに出掛けて一時的に不在という可能性も否定はできない。

暫《しばら》くの間、アパートの二階通路で待たせてもらったのだが、同じ階の見知らぬ住人が稀《まれ》に通り過ぎるくらいで、夕闇から夜に移り変わっても状況は変化の兆しすらなかった。

登坂《とさか》と鉢合わせたら面倒だ。アパートから名残惜しく立ち去った俺は一人きりの帰路に就く。おぼろげな街灯と擦《す》れ違う車のヘッドライトが映す面白みのない夜道。ただただ無力感を増進させる苦痛な道のりを、明日の記憶には残したくないと思う。

三日連続で訪問を繰り返してみたが、結局は渡良瀬《わたらせ》の在宅すら確認できず……不本意な現状が維持されるばかりに終始し、好転することはなかった。

四日目にもなると痺《しび》れを切らし、放課後の学校を離れた登坂のあとを密《ひそ》かに付ける。尾行に気付かれないよう一定の距離を保ちつつ、通行人の一部に紛《まぎ》れ込みながら視線を張り付かせた。不自然だったのだ。他の先生に裏取りをした退勤時間を考えると、登坂が直帰していれば鉢合わせするはずなのに、昨日までは一度も帰宅に被《かぶ》らなかったから。

案の定、経路が違う。アパートの方向ではない脇道に逸《そ》れて歩き続ける教師を、俯《うつむ》き気味の早歩きで追跡してみせた。

悪い予感が巣食い、次第に膨張していく不安が足元を竦《すく》ませる。あまり立ち寄らない地域とはいえ、一応は地元の範囲内。登坂の目的地に関しては複数の候補が考えられたが、歩き進んでいくうちに周囲の風景が一つの場所へ収束していた。

胸騒ぎに比例し、暑くもないのに額を濡《ぬ》らす発汗。広大な敷地に聳《そび》え立《た》つ建造物の足元は駐車する車の往来で混雑しており、多数の老若男女が建物に出入りしている。

外気温のせいではない悪寒が背筋に蔓延《はびこ》り、軽度の動悸《どうき》を引き起こす。

なぜ——登坂は入院設備もある総合病院に来たのか。

渡良瀬が風邪を拗《こじ》らせて入院でもしていたのなら、家に不在だったのも合点がいくけれど……会うのを拒絶するまでに至ったのは腑《ふ》に落ちない。

このまま、蚊帳の外へ弾《はじ》き出されてしまうのか。嫌だ。

よく分からねえとか抜かす不鮮明な気まぐれで引き合わされ、空っぽな人生を好きな子に預けても良いとさえ思わされるようになった直後、身勝手に引き離される。

大人の都合を易々《やすやす》と許容できるほど俺の精神は成熟していないから、短絡的な行動を衝動で起こすことを恐れない。

この先に待ち受けているものは、喜ばしい真実などでは絶対にないだろう。

でも……俺は、渡良瀬佳乃《よしの》と放課後に会う日常を取り戻したい。

底知れぬ不安に駆られた弱い心に鞭《むち》を打ち、竦みかけた両足を前進させる。

正面玄関より病院内に消えた登坂《とさか》を追い、ロビーから病棟の通路へ移動したのを遠目で確認して、病院利用者に擬態した健康体の俺も同様のルートを辿《たど》った。

やはり、登坂の目的地は一般病棟。面会受付にて必要事項を記入し、患者が入院している場所へと入っていく。

遅れること三十秒後。受付の職員に差し出された面会者名簿へ記入するのは、自分の名前や渡良瀬《わたらせ》の名前、入室時間、患者との関係など。どこからどう見ても友人の見舞いだから別に不自然に思われることもなく面会証を手渡され、受付は完了した。

俺を突き動かすのは、若気が抑えられない恋愛感情の暴走。

渡良瀬の意思を直接、聞きたい。

病室が一定の間隔で並んでいる小奇麗な廊下に足を踏み入れ、受付の人に教えてもらった渡良瀬の病室へ近づく。知りたい。でも知りたくない。この先に待ち受ける事実に直面してしまったら、二人の部活が過去の思い出に葬られてしまうような気がして。

しきりに病室のほうを横目で見たり、廊下で俯《うつむ》きながら考え込んだり……スマホで時刻を確認すると、一時間半が経《た》とうとしていた。

ふと、渡良瀬の病室から人影が現れる。面会を済ませたであろう登坂と目が合いそうになり、瞬時に視線を足元へ逃がしたが……もう遅かった。

「お前、どうしてここに……」

………っ‼

もはや、やむを得なかった。

俺の選択は全速力で駆け出し、登坂の横をすり抜けること。病院の廊下を走り抜けるという罪悪感を拭い去り、不格好な前傾姿勢で短距離を疾走するしかなかったのだ。

背後を振り返る余裕はないが、登坂が静止を呼びかける強い声は耳に届く。そんなもので潔く止まるような覚悟なら疾《と》うに引き返していた。若気の至り。迷いはもう、ない。

「渡良瀬……！」

十八年の人生で最も遠く感じた数メートルの距離。踏み出した靴底を床に擦《こす》らせ、方向転換のブレーキをかけた俺は病室の入口を開く。

窓際にベッドというオーソドックスな個室……天井の蛍光灯に照らされた渡良瀬の姿は実に受け入れがたく、咄嗟《とっさ》に目を背けたい衝動に駆られた。

細い腕から伸びる点滴の管が痛々しく、脱力したままベッドに横たわる身体《からだ》へ申し訳程度の布団が被《かぶ》せられており、色白の美麗な顔を台無しにするような酸素マスクが口元を大きく包む。息を呑《の》んだ俺はその場で立ち竦《すく》み……唖然《あぜん》と絶句することしかできない。

「渡……良瀬……」

名前を呼ぶ声が掠《かす》れる。

放心の拙い足取りで入室した俺は、渡良瀬が眠るベッドへ歩み寄った。

長いまつ毛の瞳は閉じられ、酸素マスク越しの脆弱《ぜいじゃく》な寝息を感じ取れる。それ以外は生命の鼓動を示す兆しがほとんど見当たらず、寝返りを打つどころか瞼《まぶた》すら微動だにしない。

ただの軽い風邪が二週間足らずの間に、どうしてこうなったのか。理不尽な現実を突きつけられ、ぐちゃぐちゃに握り潰された心情が合理的な思考を麻痺《まひ》させた。

「今は寝てる。そっとしとけ」

背後から降りかかった男の声で、手放しかけた平静をかろうじて繋《つな》ぎ止《と》める。

数秒後に遅れて入室してきた登坂《とさか》が、すぐ後ろに立っていたのだ。

「……バカ野郎が」

頭を軽く小突かれるが、本気の怒りというよりは半ば観念を含んだ表情を登坂は晒《さら》す。

「最初は風邪だと思ってたんだよ。薬を飲んでも熱が引かなくて、複数の病院で診察を受けても目立った異常はねえとか」

これ以上は隠し通せないと判断したのか、登坂は事の顛末《てんまつ》を話し始める。

「入院しても悪化の一途を辿《たど》って……衰弱した佳乃《よしの》は学校に通うどころか、自力で歩くのすら困難になっていった。その時点で、思ったより遥《はる》かに深刻だと察したよ」

星空を見る約束が叶《かな》わなかった日、渡良瀬《わたらせ》はすでに……いや、星空を描いていた屋上の特等席を教えてもらったときにはもう、異変の兆しが見え隠れしていたとしたら。

情けないほど、無力だった。渡良瀬のことを眺めているのが好きとか抜かしていたのに、どこかにあったであろう些細《ささい》な兆候も見逃し、結果的に何も手を施してあげられなかった。

「……何もできねえよ。オレたちは医者でも神様でもねえんだから」

唖然《あぜん》と立ち尽くすガキの自己嫌悪など見透かしている大人は、達観の眼差《まなざ》しで庇《かば》う。

「目立った異常はない？　そんなわけねぇだろうが。それなら、どうして佳乃は学校へ行けないんだよ。絵を……描けなくなってしまったんだよ……なぁ……」

苦しそうな息が混じる登坂は、渡良瀬の寝顔を見詰めて言葉を絞り出す。

俺なんかより、この人のほうが長い年月を渡良瀬と共有してきた。ここ最近の俺が溜《た》め込《こ》んでいた焦燥や苛立《いらだ》ちとは比にもならないほど、親として渡良瀬を想《おも》っているから。

「佳乃が……何をしたって言うんだ……。こいつはちょっと偏屈かもしれねえけど……絵を描くのが好きな……ただの高校生なのに……。ふざけんな……ふざけんなよ……！」

嘆きと憤りの濁流で紡がれた純真の涙を、この大人は流せる。

俺にでもなく、医者にでもなく、たった一人の女の子を無意味に弄ぶ神様の悪戯《いたずら》を、憤怒のままに吐き捨てた言葉で批判する資格はこの人にある。

「……佳乃は自分自身のために……願いを託してしまったのかもしれない……」

他人のために願いを託した者は感情を喪失し、自らの願いを託した者は命を失う。

登坂の絞り出した台詞《せりふ》が引っ掛かり、三週間前の日常を振り返る。

そうだ。渡良瀬と出会った日の帰り、友人の声より先に俺の足を一時停止させたのはグラウンドの枯れ草に紛《まぎ》れていた一輪の白い花。ニュース映像でしきりに紹介されていたスノードロップの花と……瓜二《うりふた》つだった。

「二月の初めにグラウンドの片隅で……一輪の白い花が咲いてました。渡良瀬が一人で部室にいるみたいに……誰にも気付かれず、ひっそりと……」

「やっぱりそうか……。今月のオレやお前の行動は……全部……佳乃《よしの》の願いで……」

生徒の前で無力さを露呈させた教師の立ち姿は、大人として模範になるべき凛々《りり》しさを著しく欠いており……ただただ、潜在的な弱さを曝《さら》け出しているだけ。

「八年前の二月二十九日……身体《からだ》が弱かった佳乃は命を落としかけたんだ。絶望的な昏睡《こんすい》状態から奇跡的に助かったとき……病院の花壇を覆い尽くすように白い花が咲いてたよ」

「登坂《とさか》先生が彗星《すいせい》に祈ったんですか……？」

「いや、オレが駆けつけたのは奇跡が起きた後だった。ここにはいないもう一人の家族が、佳乃の命を救ってくれたから……」

前々回の閏年《うるうどし》に奇跡を願ったのは渡良瀬《わたらせ》の家族。俺が知らないであろう、どこかの誰か。

当時、小学生だった俺は友人たちに誘われ、不自然にスノードロップが咲いた最寄りの病院を見に行ったが、好奇心旺盛だった小学生たちを落胆させる結果となった。

噂《うわさ》を聞きつけた俺たちが行った頃には、すでに跡形もなく枯れ落ちていたから。

「もし、渡良瀬が彗星と邂逅《かいこう》していたとしたら……何を願ったんでしょうか」

「……はぐらかされたが、高校に入学した佳乃には〝小さな目標〟があったのは分かる。できるだけ自力で探そうと頑張っていたけど、佳乃にとっては高望みだったものが……」

渡良瀬の小さな目標。探していたもの。それは、俺にも心当たりがあって——

「一人だけの美術部に入部してくれるやつ……高校入学から二年かけても手に入らなかった部員が、二月になって唐突に見つかっちまった。とても偶然とは思えねえよ……」

渡良瀬の願いによって、怠惰に卒業するはずだった帰宅部の運命が書き換えられたとしたら、二人だけの放課後も、渡良瀬を好きになった恋心も、彗星に捻《ね》じ曲《ま》げられた偽り。

「渡良瀬の口から聞くまでは……受け入れません。俺は……自分の意志で渡良瀬と一緒にいたいと思ったんです」

「願いの詳細なんて意味を持たねえ。自分自身のために慰めの希望へ縋《すが》ってしまった……都合のいいように捻じ曲げた未来の代償で、佳乃の命が擦《す》り減っている現状だけが……ここにはあるんだよ」

俺が迷信を受け入れようが拒絶しようが、もはや関係ない。原因不明の衰弱が渡良瀬を蝕《むしば》み、想像もしたくない結末に進んでいる現状が、そこにはあった。

現代の医療でどうにもできないのなら、治す方法はただ一つ。星が流れ終わる二月二十九日までに彗星と邂逅して、俺が——

「お前が何を考えてるのか、だいたい察せるが……やめとけよ」

若造の短絡的な考えなどお見通しなのだろう。登坂が釘《くぎ》を刺す。

「かつてのオレも苛立《いらだ》つだけの無力なガキだったから……お前は何もできねえ」

「大人ぶって分かったようなことを言うなよ!!　このまま渡良瀬を見殺しにできるか!!」

どこにもぶつけられず、煮《に》え滾《たぎ》った憤怒の矛先。

声を荒らげながら登坂の胸ぐらを掴《つか》んだ感情任せのガキに対して、どこか諦観に身を委ねた腹立たしい大人は脱力し、いつもは憎たらしい目も虚《うつ》ろだった。

「花菱《はなびし》は……春の訪れを告げる星を一度でも見たことあんのか？」

その問いかけに困惑しつつ、俺は首を横に振る。

「一点の曇りもない純粋な人間の瞳にしか、夜空を切り開くような輝きは映ってくれない。迷信を訝《いぶか》しんで嘲笑《あざわら》っていたオレたちみたいな人間は……傍観者にしかなれねえんだよ」

青臭い反論を封じられ、反抗を削《そ》がれ、胸ぐらを掴《つか》んでいた腕から力が抜けていく。

この人とは、似た者同士だったんだ。大切な人を救う主役にはなれず、藁《わら》にも縋《すが》る純粋な願いの前には……指を咥《くわ》えて傍観している役割しか与えられない蚊帳の外。

立ちはだかる者に憤り、外面の良い正論を喚《わめ》き、実効性のない正義感を振《ふ》り翳《かざ》して、主役の仕事を成し遂げた気分に浸りたいだけの脇役未満。何もできはしない。

八年前の登坂《とさか》を、そっくりそのまま生き写したかのように。

「……誰も幸せになんかならねえ。もし、お前が佳乃《よしの》を生き長らえさせたとしても、今度はお前が……佳乃を悲しませるだけだ」

消え入りそうな忠告を置き土産に、失意の登坂は病室から去って行く。何層にも降り積もった悲しみを背負う背中に投げつける激励や怒声など、どこにもありはしなかった。

静まり返った個室に取り残された俺は、ベッドの脇に置かれていた面会者用のパイプ椅子に座る。低くなった目線の先に渡良瀬《わたらせ》の横顔があり、本来の清純な顔つきを汚す酸素マスクが切実に邪魔だった。

布団の縁からはみ出していた渡良瀬の右手を握る。いつも筆を掴んでいる細い指先は凍結してるかの如《ごと》く俺の体温を奪い、先鋭な冷たさが痛いくらいに手のひらを刺す。

こんなにも細く冷え切った手で……現実の空間に空想の色彩を浸潤させ、顔色一つ変えずに生み出した壮大な世界による感動に打ち震えさせてくれたのか。

「こんな場所じゃなくてさ……また学校で会おう。部員は二人しかいないけど、美術室とか屋上で部活をしような」

語り掛けたつもりだが、渡良瀬が眠っているのなら独り言になってしまう。


「……おそいです、センパイ」


でも、返事が届いた。

それは酷《ひど》く予想外で、じわりと染みた歓喜が自らに滲《にじ》む。

幻聴ではない。薄《うっす》らと瞳を開けていた渡良瀬が、しょぼくれた俺のほうへしっかりと眼《まな》差《ざ》しを送っていたからだ。

「……わたしが起きたら……目の前にセンパイがいたこと……二度目ですね……」

喋《しゃべ》るたびに酸素マスクが曇り、耳に馴《な》染《じ》んだ声もくぐもって聞き取り難《にく》いけど、同じ思い出を共有している女の子は間違いなく後輩の渡良瀬佳乃だった。

「……今は……放課後ですか……？」

「ああ、放課後だよ。もし部活中だったら、今ごろは屋上にいると思う」

「……眠りすぎました。部活の貴重な時間を……無駄にしたくないのに……」

落胆を表す嘆きを漏らした渡良瀬《わたらせ》。部活ができる状態ではないのは自覚しているはずで……精いっぱいの強がりにしか思えない。

「俺と出会った頃には、すでに異変を感じていたのか……？」

「……出会ってから……一週間後くらいだったかもしれません。少し歩いただけでも息があがるようになって……屋上に行くのも……酷《ひど》く疲れるようになりました……」

見学会を実施し、渡良瀬が屋上へ連れて行ってくれた日にはもう……。

「なぜ……センパイはここに来てしまったんですか……」

「放課後は……渡良瀬の話し相手になりたいからだよ」

意図していなかった回答だったらしく、渡良瀬は微《かす》かに口角を上げたのだが、

「……こんな情けない姿を……センパイには見せたくなかったのに……」

鼠色《ねずみいろ》の天井へ視線を逃がした渡良瀬は、声色を霞《かす》ませていく。

「……わたしが絵を描いている姿を……センパイは褒めてくれたから。そのわたしだけを……センパイには憶《おぼ》えていてほしいです……」

「絵を描いている渡良瀬は大好きだけど、俺に見せてくれた姿はそれだけじゃないだろ。説教する怒り顔、好きなものを語る得意げな顔、部員ができて喜んでいる笑顔……出会ってから日は浅くても、いろんな時間を一緒に過ごせたと思う……」

「叔父さんすら知らない顔を……センパイには晒《さら》してしまったかもしれません……」

儚《はかな》げに苦笑する渡良瀬につられ、俺も懸命に笑みを作ってみせた。

一緒にいた年月の長さは微々たるものでも、二人で過ごした密度なら他の誰にも負けていないと自負できる。登坂《とさか》も知らない渡良瀬の表情を、咄嗟《とっさ》に滲《にじ》んだ感情を、特等席で堪能させてもらった記憶は何物にも代えられないからこそ、濃密な放課後を独り占めしたい。

「……渡良瀬のどんな顔も好きになれると思ってたけどさ……やっぱり、今のお前を見ているのは辛《つら》いな……」

「……わたしも……見せたくなかったです。だから……会いたくなかったです……。その悲しそうな顔は……部室に入り浸る能天気なセンパイに……似合わないですよ……」

今の俺は、そんなにも悲愴《ひそう》な表情をしているのだろうか。

ハリボテの笑顔を、取り繕っているつもりなのに。


「……わたしは……たぶん、死んでしまうでしょう……」


塗り固めていた上っ面の笑顔が、脆《もろ》くも崩れ去る。

「笑えない冗談はやめてくれ……」

信じない。冗談ではないのを嫌というほど察しているのに、どうか冗談であってほしかった。

「……センパイと出会う前日の夜、わたしは星に——祈ったんです」

校庭の片隅でスノードロップを見かけた日、俺と渡良瀬《わたらせ》は初対面を迎えた。前日の夜には咲いていたとすれば……花を開花させた要因は渡良瀬の願い。

前夜には彗星《すいせい》が流れてしまっており、俺が見たとき制作中だったスノードロップ彗星の絵は真新しい記憶をもとに描き進められた、ということになる。

「……スノードロップ彗星は……写真や映像には映りません……。この目に焼き付けた映像を表現するために……わたしは星空を描き始めたんです」

スノードロップ彗星が迷信や俗説の範囲に収まっているのは、心の底から星を信じる者の肉眼でしか捉えられないため。

映像に記録することを放棄し、見惚《みと》れる瞳に深く刻み込み、創作者として表現したいがために絵を描き始めた——それだけで終わらせてほしかった。

「……彗星の存在は信じていましたけど……ありきたりな迷信には頼らないつもりでした。それでも人間というのは不思議なもので……流れ星を見てしまったら、自力では叶《かな》えられない願いを唱えてしまうんですね……」

「どんな願いを託したのか……教えてほしい」

「……センパイが予想して、答えを当ててみてください」

渡良瀬は俺のほうを見据え、気恥ずかしそうに笑ってみせた。

出会った頃に比べると微笑《ほほえ》んでくれるようになり、そのたびに俺の恋心は高鳴りを制御できずに易々《やすやす》と弄ばれる。

そんな心地良い新鮮な気持ちを、もっと知っていきたいのに。

「美術部に部員が入りますように……とか？」

「……ちょっと惜しいですけど、不正解です。センパイに言うのは恥ずかしいので……願い事は墓まで持っていくことにしましょう……」

冗談めかした渡良瀬は、生気が失《う》せた生白い顔を苦笑いで覆い隠そうとする。

重苦しい空気を明るくするためだろうか、渡良瀬が不慣れな軽口を叩《たた》いたのに、この状況では……笑ってあげられないんだよ。

「これだけは聞いてもいいかな……？」

「……なんでしょうか」

「その願いを……他人のために祈ったのか。それとも……自分のために祈ったのか」

心なしか瞳を細めた渡良瀬は形作った微笑を崩さず、ひっそりと言う。

「……自分のためです」

二つある選択肢のうち、絶対に受け入れられない最悪な結末が想定できる答えだった。

登坂《とさか》の仮説が正しければ、他人のために願った者は感情を失う。

そして、自分のために願った者の末路は――

「……スノードロップの花言葉は……希望と慰めです。小さな願いすら自力で叶えることもできず……慰めの希望に縋《すが》った浅ましい人間には……やがて罰が下るんですよ……」

つらつらと自虐を並べ立てる渡良瀬を励ます言葉など持ち合わせておらず、俺は聞き役に徹することにしか存在価値を見出《みいだ》せない。

「……そして、スノードロップには隠し花言葉もあるそうです……。これに関しては根も葉もない伝承や俗説に過ぎないんですけど……」

渡良瀬《わたらせ》は前置きしつつ、躊躇《ちゆうちよ》せずに唇を開く。

「……あなたの死を望む、と」

この不可思議な彗星《すいせい》に〝スノードロップ〟という通称が定着したのは、祈りを捧《ささ》げた場所に同名の花が咲くという理由だけではないとしたら。

願った者に慰めの希望を与え、叶《かな》えた願いの代償を奪い消えていく。

それが、罰。自らのために願った者の死を望む救いようのない結末が、遥《はる》か昔から言い伝えられ、いつしかスノードロップの花に例えられていった。

「……こんな根拠もない非科学的な話を……センパイは信じてくれますか……？」

「お前が言うのなら、俺は信じる」

「……わたしは嘘《うそ》つきかも……しれませんよ……。本当は元気で……センパイに構ってほしいから……演技しているだけかもしれません……」

「渡良瀬に騙《だま》されても……悪い気はしないから。むしろ……嘘つきであってほしいな」

「……お人好《ひとよ》しですね……。そういうところ……嫌いじゃないですよ……」

嘘であってほしい。

実際には彗星など悪質な都市伝説であってほしい。

でも——血の気がない渡良瀬の顔色や握り続けている手の悍《おぞ》ましい冷たさは、紛《まぎ》れもない現実で。他人を騙す名演技であるはずが、あるわけなかった。

「……美術部は……活動休止にしましょうか……」

突然の提案は往生際の悪い俺をも絶句させる。

「いきなり何を言い出すんだよ……。お前にとって唯一の逃げ場所で、大好きな絵を描ける部活動だろ……」

「……わたしがいなくなって、センパイが卒業したら……どのみち部員はいなくなります」

「お前が帰ってくるまで……俺が美術室に通い続ける。留年したって構わないから、来年も渡良瀬が一人ぼっちにならないように……」

「……駄目ですよ。センパイはちゃんと卒業して……これから先は社会で生きていくんです。留年なんかしたら……わたしが叱りつけますから……」

お互い、ほぼ同時に笑みが零《こぼ》れた。

こうやって他愛《たあい》もない雑談をする放課後が、俺は心が焼け焦げるほど待ち遠しかったのに、永続的に締め付けられる鈍痛から解放されることは決してない。

「……合格です」

聞きたくない。やめてくれ。俺が求めていたのは、そんなことじゃないから。

「……センパイの補習は……合格です。もう……部室に来る必要は……」

「補習なんてどうでもいい……！　俺は……正式な部員になっただろ……！　留年したっ

て良い！　渡良瀬《わたらせ》ともう一年……同級生の部員になるから、お前は部室にいてくれ……」

　高校卒業間近でもガキなんだ、俺は。渡良瀬の言葉を最後まで聞くことができず、俺の意思を強い剣幕《けんまく》で覆《おお》い被《かぶ》せ、身勝手に吐き出す。すぐに感情を乱す子供染みたやつの哀願でも、渡良瀬は嬉《うれ》しそうに口元を綻ばせて……微《かす》かに頷《うなず》いてくれる。

「……ヒマそうなセンパイに……一つ頼みたいことがあるんですけど……」

「ヒマそうな……は余計だけど、俺にできることなら協力するよ」

「……わたしの画材と星空の絵を……ここに持ってきてはもらえないでしょうか……」

　苦笑いを忍ばせた渡良瀬は申し訳なさそうに助力を求める。

「起き上がるのも難しい状態なのに、絵を描けるのか……？」

「……描きたいんです……あの星空は……最後まで描き上げてから……」

　それより先に続くであろう結末を、俺は聞き返して知る勇気がなかった。

「なんで……そこまでして描きたいんだよ……」

「……決まってるじゃないですか……絵を完成させないと……センパイに〝嘘《うそ》つき〟呼ばわりされた……ままなので……」

「やっぱり……子供の頃に会った女の子は渡良瀬だったんだな……」

　繋《つな》がった過去を、ようやく渡良瀬と分かち合うことができた。

　初対面から抱いていた居心地の良さも、渡良瀬が目指していた最終到達点も、俺がこの町を離れる直前の八年前から始まっていたとしたら、説明がつく。

俺は、取り返しのつかない愚行を犯した。子供が軽はずみに口走った言葉が、渡良瀬の道を呪いのように縛りつけてしまったのだから。

「……センパイは……いつから気付いていましたか……？」

「お前の家へ見舞いに行ったとき、登坂《とさか》に見せてもらった写真もそうだし、昔の絵も……あれは紫レタス畑だろ。あの女の子が最初に描いてくれた絵だったから、さすがに……な」

「……気付くのが遅いです。結構……気付いてくれアピール……してたんですけど……」

「そっちの名前も知らなかったうえに、八年前と比べると容姿もだいぶ成長していたからな。まさか同じ学校の後輩だとも思わなくてさ……ごめん」

「……わたしが大人っぽくなりすぎて……分からないのも無理はないですが……」

息苦しそうに軽口を呟《つぶや》いてくれるのが痛々しくて……愛想笑いすら、俺は上手《うま》く返せなかった。病院側の許可をもらい「明日にでも病室へ搬入する」という口約束を告げられた渡良瀬は、この状況下であっても幸せそうに感謝と謝罪の意を述べる。

ありがとうございます。ご迷惑をおかけしてすみません、と。

こんな形で思い出の答え合わせをしたくはなかった。もっとドラマチックに再会し、俺が卒業するまでにスノードロップ彗星《すいせい》を証明してくれる未来が欲しかった。

「……絵を描き上げたら……センパイの心残りは……消えそうですか……？」

「あんな子供の幼稚な言葉を真に受けて……今まで星空を描き続けてきたのか……」

「……そうですよ。たった一人の友達に褒めてほしくて……わたしは……」

今にも途切れそうな言葉を、懸命に繋《つな》ぐ健気《けなげ》な後輩がいる。

打たれ弱い先輩は心苦しくて見ていられず、目を背けたい逃避の衝動に抗《あらが》った。

「……わたしは救いようのないバカですね……。センパイより……ずっと……」

「俺は……!! そんなお前を……不器用すぎるけど一生懸命に生きる渡良瀬《わたらせ》を……」

——俺は、好きになってしまったんだよ。

「……たくさんお喋《しゃべ》りしたからか……少し疲れてしまいました……」

友達を、疲れさせてしまった。俺は唇を浅く噛《か》み、ぼやけた瞳を正面に抑えつける。

「ごめんな。また明日の放課後……いっぱい話そう」

「……はい……今日の部活動は終了します……。また明日……話しましょうね……」

言い終えた渡良瀬はゆっくりと瞳を閉じ、安息の眠りに落ちていく。

か細い寝息が聞こえても二人の堅く結ばれた手は離れず、面会終了まで続く沈黙の空間は誰にも邪魔されることはなかった。

翌日、渡良瀬の絵やイーゼルを搬送するために学校へ顔を出したが、通りかかったグラウンドの隅へ寄り道すると……二月初旬にひっそりと花開いていた一輪のスノードロップは生命力を失い、くすんだ鈍色《にびいろ》と化して朽ち果てていた。

取り戻したのは、望んでいた放課後なんかじゃない。

病室に画材やイーゼル、そして未完成だった星空の絵を運び込んでも、渡良瀬が筆を握る機会は訪れなかった。病室の一角に設営した作業スペースには誰の手にも触れられないパネルがイーゼルに乗せられ、虚《むな》しく佇《たたず》んでいるだけ。

画用紙の素材が剥《む》き出《だ》しのまま放置された星空は時間が止まり、再び色づいていく未来を切実に待っていた者を無言で嘲笑《あざわら》う。

それどころか、日を跨《また》ぐたびに渡良瀬の口数は減っていく。

「……センパイ……わたしが貸したＣＤ……聴いてくれましたか……？」

「まだ全部は聴いてないけど、もう返したほうがいいか……？」

「……ゆっくりで……いいですよ……。いつまでも……待ってます……から……」

「もうちょっと待っててくれ……。俺が聴き終わるまで……そしたら感想を言うよ……」

渡良瀬はそっと頷《うなず》いて目を瞑《つぶ》り、浅い眠りへ落ちていく。

得意げに語ってくれよ、絵のうんちくを。長々と解説してくれよ、お勧めの楽曲を。

今度は居眠りせずに、よそ見もしないで……話の最後まで相槌《あいづち》を打つからさ……。

俺が聴き終わらない限り、渡良瀬はＣＤの返却をずっと待っていてくれる……なんて、希望的観測を自分に言い聞かせるしかなく、借りたＣＤを聴き進めることができなくなった。

食事すら満足に食べることができず、気休め程度の点滴が命の灯《ともしび》をこの世に結び付ける。

連日、病室に入り浸る俺に……渡良瀬は苦言を呈した。留年が決まったんですか、と。

卒業できるけど無職になるかも。俺がそう言い……二人で笑う。登坂《とさか》には就職留年を勧められ、三人で笑う。渡良瀬《わたらせ》に心配させたくないので……就職相談のために登校はしていたが、放課後に施錠された美術室の前を通ると——渡良瀬の影を無意識に探す。

渡良瀬が不在の四角い教室は物音すらせず、色彩すら失われたかのよう。

二人がいた背景はモノクロと化し、数少ない思い出も風化していくのだろうか。

参加を保留にしていた同級生たちとの卒業旅行。通信アプリで効率よく打ち合わせできるグループ機能のメッセージ欄に【ごめん。今回は不参加で】と書き込む。卒業の祝いで呑気《のんき》に舞い上がる精神状態とは程遠く、むしろ留年して学校に留《とど》まろうかと考えてしまう。でも、お前がいない学校に留まったところで、無意味な一年を繰り返すのみでしかない。

八年ぶりに渡良瀬と再会し、特別な感情を得るのが遅すぎたけど……退屈な人生にもようやく道標《みちしるべ》ができたから、これからは毎日が楽しみで満《み》ち溢《あふ》れると疑わなかったのに。

渡良瀬がいてくれた夢のような青春は抜け落ちたまま、あの時間が戻ってくる兆候すら見失い、冬の季節は俺たちを取り残して春に移り変わる準備を始めていく。

すでに卒業は確約され、もう登校する意味はなかった。渡良瀬の病室へ通い、部活動の再開を心待ちにする日々が過ぎていったが、もはや俺が一人で話しかけているだけで。

渡良瀬が絵を描きながら二人でお喋《しゃべ》りする放課後は、過去の面影に攫《さら》われていった。

二月二十九日。四年に一度のみカレンダーに記される今日は、人々の関心が迷信に引き寄せられ、春の訪れを告げる星を一目見ようと日付を跨《また》ぐ一秒前まで夜空を眺めさせる。

星が流れ終わる日の静けさに包まれゆく冬の終わりの夜でも、俺たちは目新しくもない四角形の病室に閉じ込められていた。

登坂《とさか》は病室から席を外し、美術部の先輩と後輩を二人きりにしてくれた。

俺と渡良瀬は部活仲間であり、愛を語らう恋人同士ではないのに……情に絆《ほだ》されたからなのか、二人の放課後が残り僅かなのを悟った遠回しな配慮なのか。

自分が大人だからと、偽りの余裕を取り繕うのは馬鹿げている。親代わりとして最も近くにいた登坂も……姪《めい》っ子《こ》と話したいはずなのに。

あいつは見栄《みえ》を張り、生意気にも空気を読んだのだ。それは格好良くて、愚かすぎる。

「……センパイ……今日だけ……ワガママを言っても……良いですか……？」

衰弱に侵された渡良瀬は震える声を懸命に振り絞り、パイプ椅子に座っていた俺へゆっくりと話しかけてくれた。

「……学校で……部活が……したいです……」

控えめすぎるワガママ。渡良瀬にとっては病人と見舞い人ではなく部長と部員。病状を顧みず放課後を有意義に過ごそうとしている姿が、俺にとっては溺れるように……苦しい。

後輩に三月一日は来ない。俺も時間稼ぎの励ましはせず、渡良瀬の運命を悟り、言う。

「ああ……お前のワガママを叶《かな》えるよ。俺たちが部活をしていた場所へ……行こう」

酸素マスクを自ら外した渡良瀬の瞳に秘められた意思。その場に屈《かが》んだ俺へ縋《すが》りつくように渡良瀬が身を寄せ、そのまま車椅子に座らせてあげる。好きな子が凍えてしまわないよう俺が着ていたアウターを渡良瀬《わたらせ》に羽織らせ、首にはマフラーを巻いてやり、月明かりが差し込む病室を後にした。

面会時間の終了間際なのが功を奏したのか病棟の進路上に人影はほとんどなく、患者の気分転換を装い車椅子を押して歩く男子高校生を咎《とが》める者はいない。

警備員室の前をすんなり通り抜けた俺と渡良瀬は病院の外へ。三月間近とはいえ残雪が至るところに縄張りを主張していたが、車椅子の車輪で轍《わだち》を残していきながら親の車を停《と》めていた駐車場に向かう途中──大人ぶっている教師が空《むな》しく立ち尽くしていた。

「八年前も、今も……大切なやつがいなくなるのを、ただ待つだけなのか……」

背後から近づいてきたのは教え子だと察したらしく、静かに語り掛けてくる。

こちらからは窺《うかが》えない表情が、何の変哲もないありふれた夜空に向けられていて。

「……お前ら、部活をしに学校へ行くんだろ?」

「渡良瀬の頼みなので……先生が止めても俺は行きますよ」

「思春期なガキどもの行動なんてお見通しだ。それに……大学生だった頃のオレが花菱《はなびし》の立場だったとしたら、たぶん同じことをしていたんじゃねえかな」

行く道を阻む様子はない棒立ちの大人を尻目に、車椅子を押す俺は歩みを速めた。

「絵も学校に運んだし、屋上の鍵も開けてある。ワガママな部長の面倒を……最後まで見てやってくれ」

感傷的な勢いに任せた連れ出し行為を、この大人は正論で止めるどころか見て見ぬふりをしようとしている。今までに晒《さら》したことのない弱々しい声音で、ガキどもの愚行を正当化してくれる。こいつは大人のふりをした子供で、渡良瀬を娘のように愛する親なんだ。

「希望も慰めも見えねえな……オレには」

見えない星に追《お》い縋《すが》ろうとする無力な大人の物悲しい後ろ姿に、高校生のガキ如《ごと》きが喋《しゃべ》りかける生意気な言葉など持ち合わせていない。渡良瀬を助手席に乗せた俺の車が病院を出発する際の登坂《とさか》は、虚《うつ》ろな眼差《まなざ》しを夜空に預けたままだった。


学校までは、ものの数分。部活の生徒や教職員が残る校舎の窓は明かりが漏れており、いとも容易《たやす》く校内へ立ち入ることはできた……が、エレベーターなどは当然ないため、かろうじて意識を繋《つな》ぎ止《と》めている渡良瀬の脱力した身体《からだ》を背負う。

本当に、軽い。想定よりも遥《はる》かに小柄で軽量な体重と微々たる体温を背中で預かり、途絶えかけた呼吸を耳で拾い、やけに不気味な夜の校舎を歩きながら階段を上っていく。

「……センパイ……知ってますか……？」

ふいに耳元で話しかけてくる渡良瀬の呼吸が浅くなり、不規則に揺れ始める。

幸せと苦痛が隣り合わせの拷問みたいな二月が終わったら。

俺は一人、お前のいない世界に取り残されてしまう。止まってくれ。凍り付いてくれ。

出会わなくてもいいから。声を交わさなくてもいいから。

お前が絵を描き続けている未来には、お前の絵をどこかで褒める馬鹿な先輩がいるから。

無価値な俺の人生をすべて奪い取ってでも――消えないでくれ。

「……二月二十九日には……終わりの流星群が降るそうです……。希望と慰めが冬を連れ去ってしまったら……次に星が降るのは……やはり四年後になるんでしょうか……」

「……二月二十九日に終わりの流星群が降るのなら、次も四年後の閏年《うるうどし》だろうな」

「……少し前にわたしが見たのは一つだけの……すごく綺麗《きれい》な……白い星でしたよ……。夜空が爆《は》ぜたみたいに……光り輝いた星が芸術的な軌道を描いて……」

渡良瀬《わたらせ》が願ったとされる二月初旬に遡ったネットのニュース記事やSNSは閲覧済みだが、関連する目撃情報などは皆無だった。おそらく、渡良瀬にしか目視できなかったのだ。

「……センパイには……わたしの絵で見せてあげますから……待っていてくださいね……」

「……待ってる。お前が描いてる姿を……俺は眺めて待ってるから……」

「……無口に……なりますけど……たまに話しかけてくれても……良いですよ……」

「……分かった。どうでもいい雑談ならまかせておけ」

湿り切った涙声を誤魔化《ごまか》しながら言うと、渡良瀬は一瞬だけ微笑《ほほえ》んだような吐息を溢《こぼ》したものの、呼吸以外の機能が著しく低下していく。

「……花菱《はなびし》……センパイ……いますか……？」

視界が不鮮明に……なっているのか。

渡良瀬が俺を探すために呼び、消えゆく言葉を繋《つな》ごうと唇を小さく震わせる。

ただでさえ脆弱《ぜいじゃく》に掠《かす》れた声は、耳を澄まさないと聞き取れない。

「いるよ。もうちょっとで屋上に着くから……そしたら、星空の続きを描こうな……」

「……そうですか……安心しました……」

一言一句聞き漏らさぬよう、俺は顔を傾けるも……血の気が引いた顔色が間近に感じられ、雪よりも白い肌は息を吹きかけただけでも溶け消えてしまいそうで直視していられない。俺にできるのは、受け入れがたい現実を受け止めることだけ。

果てしなく無力な人間は何もできず、最も近くで見守り、自らの涙で濁った瞳を逸《そ》らすことしか……できない。

「……ごめん……なさい……」

「どうして……謝るんだ？」

ふいに背後から謝罪する渡良瀬に対し、歩き続ける俺は力のない疑問符を浮かべる。

「……星空の絵を……完成させられなくて……センパイ……楽しみにしてたのに……」

「それを完成させるために……今から部活をするんだろ。もうちょっとだから……もうちょっと……だからさ……」

目の前の階段を上り切れば、もうすぐ屋上に到着する。

今日くらいは完全下校時刻なんて無視しよう。俺も一緒に怒られてやるから……お前が絵を描いている姿を見ているのが、なによりも好きな時間だから。

「……すみま……せん……最後の最後まで……面倒を……かけました……」

返そうとした言葉が喉奥に閊《つか》え、首を横に振ることしかできない。

今、何かを言おうとすれば……塞《せ》き止《と》めていた感情が涙となって溢《あふ》れ出《で》そうで。

「……准汰《じゅんた》……センパイ……」

俺の名を呼び、沈黙の間を打ち消す。

妙な新鮮さを覚えたのは、気のせいじゃなかった。

「渡良瀬《わたらせ》、今……下の名前で……」

「……こっちのほうが……仲良しの……お友達って……感じがしませんか……？」

嬉《うれ》しいはずなのに、視界が曇って直視できないから……。

「そうだな、佳乃《よしの》……」

せめて俺も——愛らしい名前で呼び返させてくれ。

「……准汰……センパイ……馴《な》れ馴《な》れしい……ですよ……」

「こっちのほうが仲良しの友達って感じがするだろ……？」

自分の台詞《せりふ》を引用され、困り笑顔を晒《さら》してくれる……佳乃。

親しみやすい呼び方の、佳乃。

階段を上り切った先の踊り場。俺の背に身を預ける佳乃が向ける視線の先には絵画用のイーゼルに立て掛けられた一枚の絵があり、踊り場の片隅にひっそりと佇《たたず》んでいた。

この絵が完成することはない。中途半端に途絶えた絵の世界が再び描き出され、時間が動き出すのは不可能だと……お互いに嫌というほど分かっているから。

「……いつか……遠くの星空の下に……連れて行って……くれますか……？」

「ああ、今度こそ遠くに行こう。満天の星の下で絵を描いているお前を……見たい」

「……よかったです……本当に……よかった……」

背中越しに言葉を紡ぐ後輩の声は、苦痛に歪《ゆが》んではいない。

春の陽射《ひざ》しにも似た穏やかさで微笑《ほほえ》んでいる表情が、伝わってくる。

俺の肩を握り締める手に微量の力を込めていた佳乃から、呼吸の音すらも消えていく。

佳乃……。

待って……嫌だ……。

ご卒業、おめでとうございます
またいつか、放課後の部室に来てくださいね
わたしは楽しみに、准汰センパイを待っていますから

心からの安堵《あんど》を込めた息が一度だけ聞こえ、佳乃は静寂の眠りに落ちていく。

未施錠のドアを開けて無人の屋上に身を晒すと……白い結晶が強い風に煽《あお》られ夜空を舞い、雪の知らせを告げてくれている。

四年に一度の日に降る雪を……後輩の女の子が知ることは、ない。

たぶん瞑《つぶ》っているだろう瞳が再び俺を映すことは、ない。

俺の両肩を後ろから掴《つか》んでいた小さい手の体温が、次第に離れていく。心地よい肌触り

も遠ざかっていき、咄嗟《とっさ》に抱きかかえた彼女の身体《からだ》から生命の鼓動が抜け落ちていく。

現実を受け入れたくなくて、学《まな》び舎《や》の屋上に呆然《ぼうぜん》と取り残された俺の膝も頽《くずお》れ、現実逃避に縋《すが》るしかなかった。蒼白《そうはく》の渡良瀬《わたらせ》は温《ぬく》もりを失い、頬《ほお》についた雪は溶けない。後輩の指は、もう握り返してくれない。堪《こら》え続けた涙が溢《あふ》れて頬を伝っても冷たすぎる手を握り、無様で滑稽だろうと執拗《しつよう》に祈る。

話半分で聞き流していた幼稚な迷信や信憑性《しんぴょうせい》のない都市伝説ですら、信じずにはいられない。願う。しがみつく。手を伸ばす。

自分の存在を生贄《いけにえ》に投げ出してでも、空っぽな人生を失ったとしても、俺は——

生きるのが下手くそなお前に、生きていてほしいんだ。


その日は、特別な夜だった。

空からの降雪が覆っていた闇夜を優雅に泳ぐ光の粒。

人間が作り上げた人工の灯《ともしび》など嘲笑《あざわら》う汚れなき純白の飛礫《つぶて》で、拡散する光の尻尾を夜空にたなびかせながら、見上げる人間の意識を魅了という名のもとに占拠してしまう。

病院で見上げた冬空は黒と瑠璃色の単調なグラデーションだったのに、真っ白い絵の具を染み込ませた筆を豪快に弾《はじ》いたような……点描の星空が広がっていた。

これは、佳乃《よしの》が描きたかった夜空だ。

今まさに自分の瞳に描かれ、現実の出来事《できごと》であると脳が認識している。これほどはっきり目視できて、手足の末端までをも感動で痙攣《けいれん》させてくれる光景が夢であるはずがない。

流れ星……いや、正式名称すら特定できない謎の彗星《すいせい》が無数に降り注ぐ流星群が白い足跡を残し、果てしない星空の中心を美しい軌跡で流れる。

佳乃が言っていた、二月の星が流れ終わる知らせ。

まさしくその瞬間だと、眠りかけていた全神経がしきりに奮い立つ。

ただ黙って見惚《みほ》れる自分はそこにおらず、咄嗟の感情に身を委ねて願う。


過去の渡良瀬佳乃が、春の訪れを告げる星と邂逅《かいこう》しないように

無我夢中だった。遥《はる》か彼方《かなた》へ去り行く真っ白な彗星へと懇願した。

何度も、何度も、何度も、絶望しかけた心の中で同じ文言の祈りを捧《ささ》げ、流れ星に願いを込めるという陳腐な行為を、ただただ繰り返す。

元気になった佳乃と待ち望んだ放課後に戻る、という願いではない。慰めの希望に縋ったということは、もう以前と同じ関係には絶対にならないからだ。

だったら、美術室で再会しない世界になれば、いい。

佳乃が捻《ね》じ曲《ま》げてしまった運命を元に戻せば、いい。

いずれ感情を手放すであろう俺が、佳乃を傷つけてしまうよりは——待ち望んでいた絵

を見ても無感情に突き放してしまうよりは。

出現から、ものの数十秒。夜空を散歩していた彗星《すいせい》の核が目視できなくなり、彗星の足跡を示していた淡いダストテイルとイオンテイルも消失した。黒と瑠璃色のグラデーションを取り戻した空は自分の瞼《まぶた》に遮られ、俺自身も眠りへと誘われていく。

次に目覚めたとき、佳乃は疎遠になったいつわりの嘘つきになっているだろう。

だったらもう、俺は永遠に眠ったままでいい。

無慈悲な現実を受け入れるくらいなら、夢の中の非現実に逃げ込んでしまったほうが、誰も不幸にならないから。

お飾り程度の粉雪が舞う二月二十九日の屋上。二度と喋《しゃべ》りかけてはくれない佳乃《よしの》を抱き締め、俺は現実から目を背けるように意識を手放した。

＊＊＊＊＊

……眠りに落ちていた感覚が少しずつ、もどかしい遅さで戻っていく。

瞳を閉じていても、ずっと閉じていたくても、若干身震いする肌寒さと鳥の鳴き声が睡魔を取り払い、停止していた思考が徐々に覚醒していくのが分かった。

さん……。

じゅんたさん……。

何度も呼び掛けてくる女性の声と、肩を軽く揺すられる振動。

上半身を起こしながら重い瞼を開けば、窓から差し込んでいた斜光が刺さり無防備だった目が怯《ひる》む。独特な閑静さと寒冷な大気も相まって、目覚めた時間帯は早朝だという直感が働いた。

「──准汰《じゅんた》さん、朝です。起きてください」

自室のベッドで目覚めると、傍らに立っていた伊澄《いすみ》さんが俺の顔を覗《のぞ》き込《こ》んでいた。

沈殿する睡魔が残留し、砂漠と化した喉が激しく渇いて水分を欲す。

全身に蔓延《はびこ》る倦怠感《けんたいかん》は身に覚えがなく、前日の記憶を思い返そうとすると脳内の映像に靄《もや》がかって不快な眩暈《めまい》に見舞われる。

脳裏には断片的な光景が複雑な乱気流を生じさせていたが、起床して一分も経《た》った頃には記憶から零《こぼ》れ落《お》ち、清々《すがすが》しいほど呆気《あっけ》なく蒸発していった。

夢を──見ていた気がする。

進路も目標も曖昧に濁して先送りにしていた俺が、放課後に楽しみを見出《みいだ》していたような青春のひと時。その幸せな時間は現実逃避の悪夢なのか……起床した瞬間に唯一残った喪失感が原因不明の息苦しさを引き起こす。吐き気が、する。

「──准汰さん、体調でも悪いのでしょうか」

「いや……大丈夫です」

心配している様子ではない無表情の伊澄《いすみ》さんに指摘され、我に返る。鼓動を速めていた心拍は基準値を取り戻し、過熱した吐息も次第に収まってきた。

枕元に添い寝するスマホのロック画面を確認すると、現時刻は三月一日の午前七時。

すぐに制服へ着替えれば、朝食をとる余裕もありそうな理想の起床時刻だ。

「今日は卒業式なので、いつもより遅い時間帯の登校です」

怠《だる》いゆえに重い尻を持ち上げて起立し、部屋のハンガーに掛けられていた制服に触れるが、伊澄さんの指摘により寝ぼけた頭が正常に稼働していく。

そっか、今日は高校生の日常を失ってしまう日だ。

自由登校期間の補習により卒業を迎えられたが、進路は未定のため学校に届く求人票から候補を絞り新卒採用試験を受ける……そんなつまらない二月だった、はずだ。

自問自答する。どこかに通う大切な用事は本当になかったか、と。

「伊澄さん……昨日の俺は何をしていたんですか？」

「――質問の意図は理解しかねますが、昨日はお店の手伝いをしていました。店長がご友人と遊びに行くので、その間は准汰《じゅんた》さんが店を手伝うと」

「せっかくの春休みなのに家の手伝いかぁ……」

「――ご友人との卒業旅行代を稼ぐため、年始からは手伝いを増やすと提案していたのは准汰さんでしたよ」

そう……だった気もするけど、混濁した見知らぬ記憶が靄《もや》に覆われ、先ほどの現実逃避に近い夢と今困惑している現実との境目が定かでなくなる。

「なんか、頭が重い……。昨日の俺は疲れるほど扱《こ》き使《つか》われてましたか……？」

「手伝いは日中だけです。夜はご友人と〝春の訪れを告げる星〟を見に行ったようですが」

昨日は二月二十九日。迷信を遊ぶ口実に利用し、いつものグループで野外に集うのは不自然ではないものの……昨夜の出来事《できごと》すらぼんやりと霞《かす》み、伊澄さんの言葉に首を傾《かし》げる。

ここ最近の自分は、いったい何をしていたんだろうか。

確か……遅刻を覚悟でのろのろと登校し、登坂《とさか》に苦言を呈されながらも反省せず、留年の危機が迫ったから補習や追試に努めて、空いた時間は店の手伝い……直近の一ヵ月は忙《せわ》しなく動き回っていた覚えがある。

それにも拘《かか》わらず、記憶の随所へ虫食いの穴が開いていた。

最近の出来事を漁《あさ》ってみるが、店の手伝いは簡易な口約束で受諾するので、当日に母さんや伊澄さんから指摘されるまでは忘れていたりもする。

通信アプリを開いてみたが、卒業旅行のグループには俺のアカウントも書き込んでおり、参加する気満々の前向きなメッセージが羅列されていた。幹事の友人が示した卒業旅行の代金は結構な額だったが、交通費や宿泊費なども合算すると妥当なところ。

とはいえ高校生には厳しいので、小遣い稼ぎになるなら手伝いを断る理由はない。

店を手伝う以上の外せない用事があるわけでも、ない――

……なんだろう。予定なんてないはずなのに、どこかへ行かなくてはいけないという義務感が、小さな渇望と化して気持ち悪さを孕《はら》ませる。

自分の将来を疎《おろそ》かにしている高校生には無縁な心情だと諦めていたのに、いざ卒業が控えると膨張する感傷の風味に毒され、進路を焦り始めたのだろうか。

すべてを賭けて好きになれるものなど、怠惰な俺には思い当たらないというのに。

「じゅんた、じゅんた、じゅんたぁ～♪　お小遣いあげるから掃除を手伝ってくんろ～♪」

ああ、だから伊澄《いすみ》さんが起こしに来たのね……。

息子が金欠なのを良いことに、ここぞとばかりに手伝わせようとする母さんを早急に黙らせるため、仕方なしに仕事着へ着替えた俺は階段を降りる。

いまいち釈然とせず、眠気は冷めても曇り空の心境は晴れないまま。


手短に身支度を整えたあと、伊澄さんと手分けして開店準備を進める。

店先に出すボードへ今日の日替わりメニューを書く母さんを尻目に、俺は店内の清掃に勤《いそ》しんでいたのだが、とある発言でテーブルを拭いていた手が止まった。

「あちこちで咲いた不思議なスノードロップ、枯れ始めちゃったんだってねぇ」

店内のテレビを観《み》た母さんが何気なく発した話題。朝の報道番組ではスノードロップ彗《すい》星《せい》とやらの話題が取り上げられ、世界中のどこかで星が流れると咲くという胡散臭《うさんくさ》いスノードロップの花が映像で紹介されていたものの、今朝から一斉に萎《しお》れてしまったらしい。

司会者やコメンテーターが落胆し、この不可思議な現象の終わりを嘆く。

「スノードロップ彗星を母さんは信じてる？」

「うーん、ロマンチックだとは思うケドねぇ。星が流れると花が咲くとか、願いが叶《かな》うとか、肉眼でしか見えないとか、噂話《うわさばなし》に尾ひれが付きまくってる感じはするなぁ」

不本意だが、彗星の超常現象に対する考え方は母さんと合致している。

こんな迷信は言い伝えの過程で飛躍した設定とこじつけが盛られており、星の存在すら捏造《ねつぞう》と訝《いぶか》しむ世間の声も少なくはない。俺も否定派側の人間……なはずだった。

「スノードロップ彗星は本当にあるって……俺は思う」

だけど、なぜか信じずにはいられない。

彗星の存在や現象を肯定し、真実として受け入れないと気が済まないんだよ。

「――存在しますよ、春の訪れを告げる彗星は」

俺たちの会話に反応した伊澄さんも、引き締まった表情の中に明確な意思を持って力強く肯定し、目先の仕事へ再び意識を戻す。

伊澄さんが言うのであれば、絶対に存在する。星に祈った者の願いは叶う。

どこにも根拠を持ち合わせない自らの確信と、伊澄さんの確固たる断言が共鳴し、身体《からだ》の芯を体内電流が擽《くすぐ》るほど根深く響いた。

子供騙《こどもだま》しの迷信を嘲笑《あざわら》わない自分自身に驚くのと同時、一度たりとも邂逅《かいこう》したことのない星なのに……学校の屋上から見渡す夜景が脳裏を過《よぎ》り、細部まで作り込まれた夜空へ鮮明な降雪と流星が降り注ぐ。空回った頭が即興で構築した架空の妄想にしては、現実離れしていないのが不思議でならず、妙な引っ掛かりを覚えてしまう。

「俺……子供の頃にでもスノードロップ彗星《すいせい》を見てたのかな？」

「そんな話、あんたから聞いたことないけどなぁ。むしろ冷めてた側の子だったよ？」

首を傾《かし》げる母さんには思い当たる節がないようだ。

「准汰《じゅんた》と伊澄《いすみ》ちゃんが言うのなら、ワタシも信じよーっと。働かずに金持ちになりてェ〜」

現象は信じられないけど、自分が信頼している人の言葉は信じる。

こういう言動の一つ一つに俺と母さんの血縁が現れているし、常連さんにも「似た者親子」だと頻繁に弄《いじ》られるが、そこに不快が生じることはないのだ。

「准汰、今日は感動の卒業式でしょ？　最後の高校生を楽しんでらっしゃい！」

一時間で手伝いを切り上げさせてもらい、今日で最後の学生服に着替え、感慨深そうな母さんに送り出されるが不思議なことに実感がなく——沈着ともまた、異なっていた。

三月一日は天候にも恵まれ、右肩上がりの気温がしぶとい残雪を溶かし、田舎の風景を包み隠していた余白が消えつつあったため、住民の誰しもが春の訪れを実感していた。

卒業式は大半の三年生にとって特別なもの。

三年間に堆積した膨大な回想の海に沈み、青春の甘酸っぱさを笑顔や泣き顔で表現したり、味わった苦渋を今後への反骨心として燃焼させたり、一区切りを迎えた感傷を秘めて黄昏《たそが》れる……体育館に整列した百人以上の生き方が喜怒哀楽で渦巻く一日に、何も感じていない人間が紛《まぎ》れ込んでいるとしたら、そいつ自身が異端さを最も理解している。

いや、完全な無ではない。ごっそりと欠け落ちていることにすら、そいつは気付けない。あれだけ純白だった色素がくすみ、花びら全体が重力に引かれて萎《しお》れ、最期を迎えるのを待つばかりとなったスノードロップの姿を、現在の自分は模しているのだろうか。

学校の花壇にも朽ちた花の残骸が折り重なっていたが、補習や就活で登校していた数日前は土壌しかなかった……はず。それ以上の関心はなく立ち止まらずに通り過ぎたけど。

壇上に立つ校長の冗長な祝辞を聞き流す途中でも、虫食い状態だった穴が拡大していき、身体《からだ》の中に散布されたホワイトの絵の具で焦燥の色味すら真《ま》っ新《さら》に塗り潰される。

どうでもいい。もう終わった出来事《できごと》だろうから。

それより、卒業後の進路はどうしようか。当面の間は実家の手伝いをしながら、やりたいことが見つかったら改めて考えればいいよな。

恐ろしいほど平坦《へいたん》な心は波風を一つも立てず、卒業生の代表が感動的なスピーチを述べても感情の僅かな飛沫《しぶき》すら跳ねない。抱いたはずの感情は白い風に攫《さら》われ、期待や喜びを無遠慮に殺す。よく、分からない。ただ棒立ちしている間に、卒業式は閉幕してしまった。

教室に戻った友人たちは惜別の雰囲気に酔い、共通の思い出話や内輪ネタに花を咲かせながら、二度と戻らない高校生活を少しでも長引かせようと青春の残り香に縋《すが》りつく。

嬉《うれ》しくも、悲しくもない。なぜか、興味がない。今朝起きた瞬間から少しずつ歯車が狂い始めたが、どう修正すればいいのだろうか。昨日までの自分に、手が届かなかった。

　気を利かせた友人が俺に話題を振っても、無関心の相槌《あいづち》を打つだけ。一人話題にも入れず、友人たちのどうでもいい駄弁《だべ》りが鼓膜を無遠慮に横断していった。

　寂しいとか、話題に入りたいといった疎外感みたいなものは皆無に等しく、案外すんなりと受け入れられた自分は『大人に近づいたのだ』と楽観的に解釈した。

「昨日は夜中まで遊んでたせいで、校長の祝辞んときはマジで寝るかと思った。准汰《じゅんた》も眠そうにボーっと突っ立ってたし、自分らの卒業式なのに他人事《ひとごと》みたいな感じで笑うわ」

　半笑いの友人に茶化《ちゃか》される。卒業式では終始、興味なさそうに突っ立っていた様子を。

「昨日は……スノードロップ彗星《すいせい》を見に行ったんだよな、お前らと」

「星を見るのは集まる口実というか、卒業前に遊ぶための冗談交じりなノリだったじゃん。三本木《さんぼんぎ》でボウリングした後、俺の部屋でスマブラしただろ？　えっ、もう忘れた？」

「昨晩……めちゃくちゃ綺麗《きれい》な流星群を学校で見た気がするんだよ……」

「え～、准汰って迷信とか真に受けるタイプ？　あんなもんを信じてるのは小学生か本気で神頼みしたいやつだけだろ～」

　共通のようで噛《か》み合《あ》わずの気持ち悪い会話が、さらに惑わす。

　二月二十九日は例年通りのヒマ潰しとして消費した……この世界の登場人物たちは、そう淡々と教えてくれる。疑問を持つ花菱《はなびし》准汰こそが異物、という顔を向けてくるのだ。

「このあとカラオケでクラス会があるけど、お前も行くんだよな？」

友人たちはクラス会に心を躍らせながら、羽目を外すために続々と教室を後にしていく。

参加者の頭数に含まれていた俺も一声かけられ、友人たちの背を追うように足を踏み出しかけたが……未知の心残りに後ろ髪を引かれ、教室前の廊下より先には進めなくなった。

「悪い……ちょっと寄り道があるから、先に行っててくれ」

友人にそう言い残し、大勢の進行方向とは反対のほうへ歩み出す。帰宅部なので特に思い入れのない文化部の縄張りを、なぜか散策したいという欲求が這《は》いずり回《まわ》る。

移動教室の経路にある廊下や階段。ここを制服姿で通り過ぎる風景は見納め。

名残惜しくもないのに、校舎の隅々を見回しながら進む自分がそこにはいて、無駄に遠回りするルートへと身体《からだ》が逸《そ》れる。気が付けば、すでに夕方。部室棟へ続く日当たり抜群な廊下には沈みゆく夕日の射光が差し込んでおり、オレンジ色の花道が出迎えてくれた。

デジャブだろうか。帰宅部には無縁な場所なのに、何度も往復したという見知らぬ記憶が霞《かす》み、目の前の視界を遮ってくる。心待ちにした目的地。そこで待つ誰かのもとへ行こうとしている俺自身を知らないのに、全身の細胞が俄《にわ》かに色めき立つ。反射的に背けた顔を右手で覆い、深呼吸をして心身を落ち着かせ、ゆっくりと顔を上げた。

――運命の歯車は、唐突に回り出す。

対向より徒歩で近づいてくる女生徒。影に隠れていた全体像が夕暮れのスポットライトに炙《あぶ》り出《だ》され、燃え盛った色合いに染まる少女はヘッドホンで耳を覆い、スケッチブックを宝物の如《ごと》く胸元に抱き寄せ、二人の距離はさらに縮まっていく。

十メートルが五メートルになり、一メートル以内……そして、歩みを止めない茜色《あかねいろ》の少女は、廊下の真ん中で立ち尽くした自分と擦《す》れ違う。

どちらも進行方向を見据えたまま、赤の他人として正反対の方向に立ち去っていくはずだったのに……胸の奥底がきりきりと痛み、無音の悲鳴をあげて収まらない。正体不明の激情が這《は》いずり回《まわ》り、思考回路が焼け焦げてしまう感覚に襲われた。

思わず、少女が進んで行ったほうへ踵《きびす》を返す。

錯乱混じりの切望が宿る瞳の先。

同様に振り返っていた少女が立ち止まり、無機質な廊下で両者の眼差《まなざ》しが交差していた。

どうして、俺は両足を静止させられたまま硬直しているのか。

どうして、スケッチブックを持つ小柄な少女は身動きを放棄しているのか。

お互いがお互いを見詰め合っていても無駄に時間が過ぎるだけで、そのあとに起こすべき行動の選択肢が見つからない。両者が動きを同時に止めるという奇怪な行動を即座には呑《の》み込《こ》めずに戸惑い、やや離れた距離を保つしか選択肢が思いつかないのだ。

「あの……」

ようやく、自らの声が漏れだす。

俺の唇が動きを示したのを悟ってか、声の侵入経路を塞ぐヘッドホンを外してくれて。

「……わたしになにか用ですか?」

初めて聞いた少女の声。

遠慮がちで聞き取り難《にく》いものの、静かすぎる校内のおかげか淡白な返事は耳に届いた。

脳内で反響する感覚は違和感の塊。

元々の記憶領域に存在する既知の声と重なり、謎の苛立《いらだ》ちが降り積もっていく。

「キミと、どこかで……会ったことがある気がするんだ」

古典的なナンパの手口と間違えられないだろうか。

そんな懸念を上書きした嘘《うそ》偽りない欲求が、ありきたりで曖昧な台詞《せりふ》を口走らせる。

「……同じ学校なので、この瞬間みたいに校舎のどこかで擦れ違ったりしてると思います」

「俺もそうだとは思うけど……」

「……わたしには上級生との接点がありません。たぶん、貴方《あなた》の勘違いですよ」

沈着の仮面を纏《まと》った女生徒は、俺の勘違いだと切り捨てる。

「それじゃあ、キミが振り返った理由を教えてほしい」

先ほど、俺と女生徒は擦れ違いざまに横目で視線を交わし、ほぼ同時に振り向いた。

進めていた歩を止め、こちらへ身体《からだ》を反転させたのは自らの意思によるものだろう。

「……貴方と〝同様の勘違い〟を抱いたから……かもしれません」

少しだけ俯《うつむ》きながら、女生徒は戸惑いの呟《つぶや》きを溢《こぼ》す。

「赤の他人同士が同じ勘違いをすることって……あるのかな」

「……少なくとも、わたしは貴方と校内で話したことはないです。それに——」

女生徒は顔をしっかりと上げると、透き通った瞳を晒《さら》し、目の前に突っ立っている男を真正面から捉えた。

「わたしのことを気にかけてくれる生徒はいません。わたしは一人で絵を描き続けて、雑音を遮断してきましたので……お人好しの貴方と知り合う機会などあるはずがないです」

双方の勘違いだという認識をはっきりと告げ、女生徒は背を向けた。

「……声を掛けようと思ったのに……やっぱり、無理でした……」

女生徒は酸素を小さく吸い込み、聞こえるか聞こえないかの囁《ささや》きに変える。

俺に意味を分からせる気は毛頭ないと思われる密《ひそ》かな独り言を。

「……三年生は、本日を以《もっ》て卒業ですね」

「あ、ああ……」

襟の学年章で判断したのであろう女生徒が、進行方向へ足を踏み出し始める。

「……ご卒業おめでとうございます。二度と会うことはないでしょうけど、お元気で」

ありえない。このまま離れ離れになってしまうのは。

知らない。初めて声を交わした名も知らぬ後輩のはずだ。

なんだよ、この胸騒ぎは。見知らぬ他人に対する気持ちとしてはあり得ない常軌を逸した焦燥の捌《は》け口《ぐち》がなく、喉にこびりついた言葉を上手《うま》く処理できない。

引き留めたい衝動の所以《ゆえん》は一切不明だし、再び立ち止まってもらう関係性などではない。

華奢《きやしや》な後ろ姿が手の届かないところへ遠くなっていく。繋《つな》がりのない相手を追いかける必要なんて絶対にないのに、棒立ちを求める身体《からだ》の指令に反した記憶が思考を奪い取り、精神を内側から掘削される。

痛みだけなら、まだよかった。

呼び止めようにも名前が分からないから、二酸化炭素の白い靄《もや》しか吐き出せないんだ。

廊下の突き当たりを曲がってしまえば、彼女は視界に映らなくなってしまう。

地面に根が張ったままの両足は竦《すく》み、今より前に踏み出されることはない。オレンジ色が夕闇に変貌しつつあり、影が薄くなった人気のない廊下で——

「どうして……赤の他人を『お人好《ひとよ》し』だって言えるんだよ……」

熾烈《しれつ》な渇きを潤せない最期を迎え、不完全燃焼の青春未満が幕を閉じる。

どこに向かえばいいのか未《いま》だに彷徨《さまよ》ったまま、二度と会うことはない後輩の後ろ姿が見えなくなってしまっても、ただただ立ち尽くすしかなかった。

出会う前なのに、初対面なのに、自分の片隅へ潜んでいた未知の感情。

それが恋心だと自覚する頃には制服を着る機会を失い、雪解けの初春とは逆行する塗り潰された心は焦燥も、痛みも、渇きも、涙も、そして人間には当たり前の表情すら道連れにして、自分が抱く感情のすべてを手放していた。

桜が開花する頃。

一方的に俺を苦しめていた後輩の残像が、恋心が、跡形もなく——消える。

第五章　下手くそに生きるような後輩

わたしの周りは、遮断するべき雑音ばかりだった。

物心がついた頃にはすでに父親が家に帰らず、二十歳《はたち》にも満たなかった母親とも普通の会話をした記憶がない。頭の悪い馬鹿な高校生の男女が救いようのない愚かな性欲を満たした結果、渡良瀬佳乃《わたらせよしの》という望まれない不燃ゴミが生まれたのだ。

「アンタを生んだから、彼に愛想を尽かされたの」

薄汚れた金髪を掻《か》き毟《むし》る母親の暴言を〝不快な雑音〟として認識しだした発端。

子供ができた途端に違う遊び相手に乗り換える父親もクズだけど、実の娘に不満を垂れ流すこの女も同類として括《くく》り、何も言い返さなくなっていく。

わたしの前では苛立《いらだ》った顔しか見せず、荒らげた怒声で罵られる日々。水商売で稼いだ給料はいつの間にか高価なブランド品に化けるか、金をせびりに顔を見せるヒモ同然な彼氏への貢ぎ物に変化していて……たまに投げつけられるのはコンビニ弁当などの食べ残し、賞味期限が切れた硬い食パン。ときには空腹に耐えかね、母親の目を盗んでは冷蔵庫のジャムやバターを舐《な》めて飢えを凌《しの》いでいた。

住処《すみか》のマンションには親子の愛情なんて塵《ちり》ほども存在せず、数日から数週間で頻繁に変わる彼氏と愚かな母親が電話で交わす耳障りな会話だけ。

わたしは、いないものとして扱われていた。とっかえひっかえの彼氏に子持ちだとバレたら面倒だから、という心底くだらない大人の事情で存在を隠されていたらしい。

幼稚園から帰ったあとの定位置は部屋の隅。耳を塞いでも雑音は防ぎきれず、母親の機嫌を損ねないよう壁に寄りかかった体育座りで息を殺しているしかない。常に空腹で身体《からだ》にも力が入らず、免疫力の低下により体調を崩しても放置され、幼稚園にも通えなくなっていく。

「はあ～、だっる。アンタが幼稚園に行ってくんないと男も連れ込めないし、早く治ってくれないと困るのにさー」

気怠《けだる》そうな母親の瞳に娘は映らず、メールの文面を打つ携帯電話に注がれている。

診療費すら出し惜しみ、畳に寝かせられるだけで治るはずがない。

高熱を帯びた苦しい呼吸を浅く繰り返す娘に向かって、

「アンタのせいで男も寄ってこないわ、無駄に養育費もかかるわ、児相に目を付けられて近所からの印象も悪いわで……ホントに迷惑。マジで生むんじゃなかったなー」

母親はトドメと言わんばかりの暴言を吐き捨てる。

娘に使う金は無駄。わたしの存在は誰にも肯定されず、祝福されず、親を腹立たしい思いにさせる害悪でしかないのだと改めて知り、剥《む》き出《だ》しの幼心を蜘蛛《くも》の巣状に砕かれる。

わたしも、生まれてきたくなかった。

少なくとも、こんな雑音を平然と撒《ま》き散《ち》らす底辺人間のもとには。

同年代の女子と比べた痩せ細り方は一目瞭然だったようで、児童相談所の職員らしき正義の大人が何度もアパートを訪れて来た。外面だけは良い母親は巧妙に言い包《くる》めるも「やがて誤魔化《ごまか》せなくなる」と判断し、苦し紛《まぎ》れの対策を思いつく。

「ウチの弟が春休みで実家に帰省してるから、テキトーに面倒見てもらいなさい。余計なことは言わなくていいからー」

母親の弟……叔父さんと初めて会ったのは、八歳のとき。

母親が不在のときに限り、合鍵を借りた叔父さんが面倒を見てくれることになった。

「留守のときに面倒見てくれって姉貴に頼まれたんだ。大学が休みの間はできるだけ顔を出すようにするからな、よろしく佳乃《よしの》」

叔父という肩書きが不似合いな若々しい容姿なのは、若い母親よりも年下だから。

東京の大学三年生。親にも名前で呼んでもらえた覚えがないのに、この人は――親しみを込めて名前を呼んでくれたのが今でも印象深い。

「お前、なんでそんなに顔色が悪いんだ……？」

異変を察して眉尻を垂れ下げる叔父さんに対し、部屋の隅で体育座りするわたしは返事をしなかった。どうしていいのか、何をすればいいのか。心配されるという経験がないため、未知の眼差《まなざ》しを向けてくる他人を訝《いぶか》しみ、心の扉を閉ざしていたのかもしれない。

この大人も、きっと雑音。無暗《むやみ》に期待をするだけ無意味……と。

「八歳の子供なんて元気に走り回るもんじゃねーのかよ。ちゃんとメシ食ってるか……？」

叔父さんは目の前にしゃがみ、わたしと同じ目線になる。

視線を逸《そ》らすわたしを見かねたのか、叔父さんは持参していたリュックを漁《あさ》り、内部から取り出したものを差し出してくる。

「オレが好きな〝ベタチョコ〟っていうパン。腹が減ってるなら遠慮せずに食え」

初めて見る食べ物だった。母親に投げつけられる残飯ではなく、チョコレートで塗り固められた楕円形《だえんけい》の菓子パン。

視覚を通じて食欲が膨れ上がり、枯渇した胃を活性化させ、唾液を口内に過剰分泌させたものの、警戒心や母親への後ろめたさが上回る。

なかなか手を伸ばさないでいると、叔父さんはパンを包装していた透明な袋を剥《む》き、半分だけ露出したパンの先端を近づけてくる。

「めっちゃうめえから、食ってみ？」

「で、でも……あの人に叱られちゃう……」

「何も悪いことをしていないお前を叱るやつなんて今はいねえ。オレはお前を……姪《めい》っ子《こ》の佳乃を徹底的に甘やかしてやるから」

温和に諭しながら叔父さんはにっこりと最大限に笑んでくれて、氷河に覆われていた子供心を暖かく溶かす。

身体《からだ》が引き寄せられ、気付いてみれば変な名前のチョコパンに齧《かじ》りついていた。

咀嚼《そしゃく》するたびに糖分がじんわりと染み渡り、至福の甘さが微電流となって脳を痺《しび》れさせ、生命力を維持する燃料になっていく。食べたことのない、味わったことのない感動と興奮が濁流となり、わたしの味覚を押し流して抑制を破裂させた。

叔父さんと交わした最初の会話。わたしが他人に興味を示し始め、ベタチョコを愛するようになったきっかけを、わたしは生涯の分岐点にするだろう。

雑音じゃない人もいる。難しい言葉は理解できなくても、目の前の大人は信頼できる相手だと本能が訴えかけ、八歳の姪《めい》は無邪気に施しを受けた。

それから叔父さんは毎日のようにアパートを訪問してきては、わたしの世話を焼くために奔走する。発熱で寝込んだときは病院に連れて行ってくれたり、おにぎりやサラダなどの食料を買ってきてくれたけど……わたしはベタチョコにご執心だった。

「たまにはベタチョコ以外も食べたいよなあ」

部屋の隅で首を振り、否定を示す。

「医者に忠告されたんだよ。佳乃《よしの》は栄養不良で免疫力が落ちてるから、ちゃんとしたバランスの食事を取らせてくれって」

「……まともな……食べもの……ベタチョコとか給食以外で食べたことない……」

「お前、どんな生活を送ってきてたんだよ……」

怯《おび》えながら口籠るわたしを見て実情を察したのか、叔父さんは神妙な面持ちを浮かべる。

「我が子が病気なら病院に連れて行って、家では看病して、腹が減ったら美味《お》しいものを食べさせてあげる……それが敵《かな》っていないのなら、姉貴の家庭は普通なんかじゃねえ」

わたしにではなく、宙に浮かせた独り言で憤りを噴出させた叔父さん。

「よし、このオレがとびきり旨《うま》いもんを作ってやる」

腕捲《うでまく》りしながらキッチンに立つ叔父さんだったけど、料理経験がほとんどない不慣れな手つきなのは明白だ。いつまで経《た》っても料理は完成しない。野菜の皮むきから苦戦を強いられ、慎重すぎる包丁捌《さば》きで切られた食材の見場は醜く、目分量で投入された調味料の味が濃すぎると水で薄め、薄すぎると調味料を加える微調整の繰り返し。

一時間以上が経過しても、とびきり旨いもんとやらは影も形もなく……味見をしては唸《うな》りながら首を傾《かし》げる叔父さんの後ろ姿ばかりが延々と蠢《うごめ》いていた。

「……しゃあねえ。一人暮らし貧乏大学生の切り札を見せつけてやるか」

秘奥義とばかりに買い物袋から取り出したのは、オレンジ色のパッケージに包まれたインスタントの袋麺。油揚げ麺を沸騰したお湯に放り込み、不格好に切り分けていたキャベツやネギを添え、麺と一緒に煮込んでいた半熟卵を煮汁へ沈めた。

大量のもやしで蓋をすると、小袋に入っていた仕上げの粉末スープを煮汁に溶かし、したり顔の叔父さんは鍋のままリビングのテーブルに配膳する。

「これが男の料理、余った野菜ぶちこみラーメンだ！」

当時の自分にとっては、初めてのインスタントラーメン。わけの分からない鍋料理から目が離せずに突っ立っていると、わたしの両脇を抱えた叔父さんが鍋の前に着席させた。

冷たくて硬い食べカスではなく、しっかりと火の通った温かい料理が目の前にあり、色濃い味噌《みそ》の風味が湯気に混ざって鼻腔《びこう》に浸透していった。

「あっ……」

箸が上手に使えず、わたしは何度も箸を落とす。

「ご、ごめんなさい……」

咄嗟《とっさ》に謝ってしまうのは、きつい表現の怒声が脳内で再生されたから。

わたしに手間を割くのが嫌いな母親は少しでも迷惑をかけると不機嫌になり、食べ物を与えられない罰もしばしばあるので、必要以上の臆病さが染みついている。

そんな姪《めい》を叱る素振りもない叔父さんはフォークを持ってきてくれたばかりか、鍋からお椀《わん》にラーメンを取り分けてくれた。

「すまんすまん。オレは鍋のまま豪快に食べるのが好きなんだが、子供には難しいよな」

子育ての経験がないため、要領の悪さに苦笑した叔父さん。

「箸の使い方、あとで教えるから練習していくか。給食でも箸は使うだろうし、大人になる前に使えるようになって損はねえから」

これが——普通の家庭にいる親なのだろうか。

小学校の子たちが慕う両親と似た雰囲気を感じ取り、たまに顔を見せる不快な雑音どもとは明確に違う生き物だと理解した。

フォークで啜《すす》ったインスタントラーメンは至福の美味《おい》しさだったが、ベタチョコを初めて食べた衝撃には遠く及ばなかった。それでも、一日も欠かさずに様子を見に来てくれて、拙い手つきながら覚えたての料理を作ろうと奮闘してくれるのが、たまらなく嬉《うれ》しかったのを覚えている。大学生の叔父さんは裕福ではなかったものの、大学生活で使うはずのお金や時間をわたしのために分け与えてくれたことが、なによりの愛情表現だと思った。

「これ、佳乃《よしの》が描いたのか？」

ある日、床に落ちていた紙を拾い上げた叔父さんが問いかけ、わたしはこくりと頷《うなず》く。

郵便受けへ届く広告の紙を母親はゴミ箱に捨てているのだが、不在の間にゴミ箱を漁《あさ》って拾い、広告の裏面にクレパスで絵を描いていたのだ。

「……小学校でお絵描きを教えてもらった。一人で家にいても、やることがないから……」

「ヒマ潰しに絵を描いてるってわけね。あのクソ姉貴……自分ばかり遊《あそ》び呆《ほう》けて、娘におもちゃの一つも買ってやれねえのかよ」

「……大丈夫……お絵描き……おもしろいから……」

怒りを滲《にじ》ませた叔父さんを宥《なだ》めると、苦笑いを返してくれる。

「家族とどこかに行きたいとか、一緒に遊びたいとか思わないんだな」

「……思わない。あの二人とは……一緒にいたくないけど……叔父さんと遊んでいるときは……楽しい……」

「サンキューな。そう言ってもらえると、オレも嬉しい」

わざわざ膝を折り曲げて屈《かが》み、同じ目線で頭を撫《な》でてくれるから、そのたびに守ってもらえそうな安心感がじわりと湧き上がる。

「お絵描き、好きか？」

「……うん。一人で遊べるし……寂しいのを忘れられるから……」

叔父さんは表情をだらしなく綻ばせ、大学で使用している大きなリュックから様々なものを出して並べていく。低学年が使う色鉛筆やクレパスとは形状が異なっていて、どれも初対面のものばかり。そのときの瞳は期待に煌《きら》めいていたことだろう。

「絵を描くのに使える道具だ。参考までに今から簡単な風景画を描いてやる」

パレットや筆、筆洗などの基本的な道具を小学生でも分かる言葉選びで説明し、複数ある色違いの小瓶を手に取った叔父さんは、パレットの上でさっそく色を作り出す。

持参していた画用紙へ筆を添えた叔父さんが数色のポスターカラーが混ざり合った色を自由自在に操り、望む色を容易に創造し、無の空間だった平面に生命を吹き込んでいく。

料理を作るぎこちない手際とは雲泥の差。仕草の一つ一つが熟練しており、迷いの挙動すら一瞬も晒《さら》さない。背景の世界へ没頭する独特の空気感が研磨された刃物よりも鋭利に洗練されていて、真正面より一直線に突き抉《えぐ》られた。

秋の紅葉を主題とした絵で、燃えるように鮮やかな葉の繊細なタッチ。バーミリオン、ピンク、クロームグリーンを目分量で掛け合わせ、メインとなる赤の中にも黄色を浮き出させることでコントラストに現実味が演出される。さらに明るいリンデングリーンを混色してやれば、秋特有の眩《まぶ》しい暖色が段階的に組み合わさった色彩となり、次々に葉が生まれていった。

わたしは生まれて初めて芸術に理性を殺され、描写の沼に引きずり込まれたのだ。

「……叔父さんは、絵を描いてる人なの……？」

「画家志望の美大生。まあ……落ちこぼれだけどな」

　叔父さんは謙遜していたけど、当時のわたしにとっては落ちこぼれどころか世界を筆先のみで創造した神様に値するとさえ受け止めていた。

　完成した紅葉の絵をもらい、暫《しばら》くは夢中で眺めていたほどに……憧れた。

「こういう絵を描きたいか？」

「……うん」

　肯定の声色は抑えていたものの、興奮の大渦が全身を縦断していて、感情を派手に荒らしたばかり。半ば放心状態に近かったのかもしれない。

「それなら、この道具一式を佳乃《よしの》にあげるから」

「……え？　叔父さんはもう使わないの……？」

「新しい画材に買い替えようと思ってたし、使い古しで良ければ使ってやってくれ」

　この画材を使えば叔父さんみたいに絵を描ける。

　膨張する欲求に子供が抗《あらが》えるはずもなく、お礼の台詞《せりふ》を言いかけたところで……気付く。

「でも……この家は雑音が多いから……ちゃんと描けない……」

　広告の裏に落書きする場合でも、親の目を盗んでいた。

　本格的な画材を使用すれば目立ち、痕跡も残りやすい。なにより、親が帰ってくれば雑音塗《まみ》れになる空間で絵を描く行為に打ち込める気がしなかった。

「……叔父さんが……わたしの親だったら良かったのに……」

　つい、本音が零《こぼ》れてしまう。

「自分の将来すら曖昧な大学生が一人の子供を育てられるわけがねえ。今はただの〝叔父さん〟っていう立場からお前を見守ることしかできない……」

宥《なだ》める叔父さんの顔に悲しくなったけど、今だからこそ分かる大人の事情。

将来を左右する時期に大学生が子供を育てるなど馬鹿げているし、経済的にも難しいのは叔父さんが最も自覚している。美大で画家を目指しているなら、なおさら余分すぎる負担を背負ってはいけない。

でも……わたしは子供すぎたから、露骨な落胆を隠せずに意気消沈してしまった。

「その代わり……これもプレゼントしてやる」

叔父さんはリュックからアーチ状の何かを取り出し、わたしの頭に優しく被《かぶ》せた。

髪の毛に隠れていた両耳がさらに覆い隠され、子供にとってはやや重みを感じる付け心地だったけど、違和感はそこまでない。

「オレが愛用してるヘッドホンと携帯音楽プレーヤー。これで音楽を流せば、耳障りな雑音なんて聞こえなくなるからな」

ＡＫＧという文字が側面に光るお洒落《しゃれ》なヘッドホン。黒とオレンジの美しい対比と洗練された開放型《オープンエアー》のデザインに惚《ほ》れ込《こ》み、連れ沿う相棒として恋に落ちた。

小型ヘッドホンアンプに接続済みの音楽プレーヤーを叔父さんの指が操作した瞬間、透き通った高音質のイントロが聴覚を緩やかに抱擁《ほうよう》して離さなくなった。

「なっ？　これで不快な雑音は遮断できそうだろ？」

「……聞こえるよ、叔父さんの声……」

「まあ、完璧な防音ではないよな。もっと音量を上げればどうにかなるだろ……」

叔父さんは申し訳なさそうに瞳を伏せていたけど、

「……叔父さんの声は、雑音なんかじゃないから……」

子供ながらに直球な発言をしてしまい、叔父さんを照れ笑いの表情に様変わりさせてしまった。しかし……充実の雰囲気は容易にぶち壊されてしまうほど、不安定で脆《もろ》い。


「相変わらず今日もウチに来てたのね。ヒマな大学生が羨ましいんだけど」

背伸びしたブランド品で着飾る母親が帰宅し、弟である叔父さんへ嘲笑の眼差《まなざ》しを浴びせながらリビングの入口に立っていたからだ。

「アンタに子守りは頼んだんだけどさあ、部屋を汚せとは言ってないんだよねえ」

母親は床に広げられた画材を見下ろし、嫌味《いやみ》を投げかける。

背筋に悪寒が生じ、手足の震えが収まらないのは、母親が不機嫌になるような悪いことをしてしまったから。わたしが悪いから……愛されないんだ。

「悪《わ》りいな。すぐに片づけようと思ってたところだよ」

叔父さんは下手に言い返そうとはせず、画材の撤収を始めてしまう。

「ウチの娘にバカみたいなこと教えないでくれる？　アンタみたいに中途半端な絵しか取

り柄のない子に育ったら責任とれんの？」

「……あ？　子供が好きなことを見つけて何が悪いんだ？　ロクに育ててねえやつが母親ぶってんじゃねえ」

しかし、露骨な悪意に憤った叔父さんの口調が乱暴になっていく。

わたしは叔父さんが着ている服の裾を握って静止を促したが、すでに沸騰した姉弟《きょうだい》は憤怒の形相のまま、にじり寄った。

「てかさあ、まだ画家になるつもりでいんの？　アンタのレベルなんて美大に腐るほどいるんだからさあ、みっともなくしがみつくのは諦めて就活でもしたら？」

「無責任に子供を作って高校中退したあげく、堂々と育児放棄してるクソ馬鹿にだけは言われたくねえな……」

姉弟が発する言葉には剥《む》き出《だ》しの棘《とげ》が生やしてあり、不穏な電流が走る。

「ウチの子に絵なんて描かせないから、二度と画材なんて持ち込まないで。娘をアンタみたいな落ちこぼれにしたくないからねー」

「その落ちこぼれより努力もせず、早々に美大も諦めてクズ男に誑《たぶら》かされた姉貴が……一丁前に劣等感を娘にぶつけるんじゃねえよ」

嫌味《いやみ》で殴り、嫌悪で殴り返された母親は苛立《いらだ》ちの舌打ちを漏らしたと思いきや、わたしが広告裏へ描いていた落書きを拾い……くしゃくしゃに握り潰してゴミ箱に捨てた。

「ゴミはゴミ箱に捨てなさいって言ってるでしょ。お母さんをイライラさせないで」

現実が信じられず、受け入れられない。自分なりの楽しみを見つけ、こつこつと時間を積み上げながら描き上げた初めての絵だったのに、それをゴミ扱いして捨てられたという残酷な光景が。どうして……そんな酷《ひど》い行為を平然と行えるのだろう。嘘《うそ》だよ、こんなの。

わたしを生んでくれた、親なのに。どうして――

「……う、ううっ……うえぇぇ……はあっ……うぐっ……うあぁあ……」

もう、押し殺せない。決壊した涙が嗚咽《おえつ》となって頬《ほお》を伝い、止めどなく滴り落ちる。無暗《むやみ》に泣かないよう努めてきたのに、親を苛立たせないよう感情を殺そうとしていたのに、踏《ふ》み躙《にじ》られた絵を目の当たりにすると八歳の理性は呆気《あっけ》なく崩壊してしまう。

悲愴《ひそう》に泣《な》き喚《わめ》く我が子など眼中にない。母親は彼氏からと思われる着信に意識を向け、耳に当てた携帯電話へ嬉《うれ》しそうに喋《しゃべ》りかける。わたしには向けてくれない、愛情の声で。

我に返った叔父さんは冷静さを取り戻すため、わたしを慰めながら画材の撤収を再開させていた。

「新しい彼は家庭を大切にするって約束してくれたの。あんたはもう来なくていいから」

そう吐き捨てた母親は、新しい男に会うため慌ただしく立ち去っていく。何度目だろうか。母親が口先だけの男に心酔し、金と身体《からだ》だけ貪られるのは。分からない。分かりたくもない。

「ごめんな、佳乃《よしの》。好きなお絵描きをさせてあげられなくてさ。頼りない叔父さんで……ほんとにごめん」

わたしと叔父さんの二人きり。その場凌《しの》ぎの微笑を取り繕った叔父さんの涙ぐんだ謝罪が……静寂の部屋に虚《むな》しく空回りしていた。

あっという間に春休みが過ぎ去り、わたしは小学三年生になった。

叔父さんと母親の姉弟《きょうだい》は不仲の溝が深まり、新年度が始まった美大生は遠い東京に戻ってしまったけど、一人きりになっても周囲の雑音は上書きできる。

譲り受けたヘッドホンを現実逃避の手段として着用し、大音量の音楽を聴き流す日々の中では、人目を盗んで絵を描く瞬間が自我を繋《つな》ぎ止《と》める唯一の光。

春の陽射《ひざ》しが幸いしてか体調も優れ、小学校へ登校できる日数も次第に増えてきた。

保健室登校が多いため友達はできなかったものの、雑音を遮断しながら保健室で嗜《たしな》む落書きのおかげで寂しさを緩和させられた。

保健の先生に褒めてもらえると、調子に乗ってもう一枚描いたりもして……日陰の学校生活に密《ひそ》かな楽しみすら見出《みいだ》す。学校のほうが雑音は、少ない。

「あんた……コソコソと絵を描いてるでしょ。お母さん、言いつけを守らない子は大嫌いなの知ってるわよね。ねえ、どうして言うことが聞けないの？　ねえ！　どうして⁉」

異性関係で生じた鬱憤が溜《た》まると、母親は理不尽な言い分で怒鳴りつける。不機嫌面を叩《たた》きつけ、底辺に陥った人生を娘のせいにでもするかのように貶《けな》すのだ。

それもそうか。最初の男に捨てられる原因が、わたしの誕生だったのだから。

煩《うるさ》い。黙れ。自業自得だ。弱い心に付け込まれた母親自身のせい。

放置された食パンを齧《かじ》り、今日も生きる。無意味な人生を、ただ生きる。

抱いた感情をすべて殺し、わたしには部屋の片隅に蹲《うずくま》って閉じこもる選択肢しかなかった。

＊＊＊＊＊

小学三年生になってから一ヵ月後の春終わり――ちょっとした転機が訪れる。

小学校から帰宅後、母親が不在の時間帯に来客がやってきた。

「よう、一ヵ月ぶりくらいだな。あれから元気にしてたか？」

合鍵を返却していない叔父さんが玄関口に立っており、なぜか小奇麗なスーツ姿で髪型も清潔に整えられている。一瞬、戸惑った。荒れ放題のツイストパーマと奇抜な服装だった芸術家もどきの春休み中とは別人に思えたからだ。

「叔父さん……スーツ着てる。東京の大学にいるんじゃないの？」

「進路の候補として高校の先生になるための教育実習をやってるんだ。地元の母校が実習現場だから、その間は実家にいるんだよ」

姪《めい》っ子《こ》の戸惑いを察し、叔父さんは簡潔に説明する。だからと言って教え子を同伴するわけにはならないから、わたしは低い目線から臆病な眼差《まなざ》しを送ってしまう。

「あっ、この子が姪《めい》っ子《こ》さんですね？　めっちゃ可愛《かわい》いんですけどぉ〜っ！」

もう一つの予想外。二人目の来客が好奇の歓声をあげ、わたしの頭を遠慮なしに撫《な》でた。

「佳乃《よしの》ちゃん、はじめまして〜っ！　ズボラな優兄《ゆうにい》ちゃんの世話を焼いている長谷川《はせがわ》伊澄《いすみ》です。よろしくお願いしますね！」

ストレートの長い髪に汚れのない純朴な瞳の底。叔父さんと肩を並べた制服姿の女子高生は、騒々し……賑《にぎ》やかに挨拶をしてくれる。どこか陰気臭い孤高気質《きしつ》な叔父さんとは真逆のきらきらと瞬く女子高生スマイルに圧倒され、一歩下がってしまう。

「人前で『優兄ちゃん』って呼ぶな……！　特に学校では恥ずかしいからマジでやめろ！」

「ええ〜？　登坂《とさか》先生、なんて他人行儀は気持ち悪いじゃないですか〜」

「学校では教師見習いと生徒の関係だから気持ち悪くねーんだよ。親密だと誤解されるような距離感を前面に押し出してくるな。ここにいるのは登坂優先生だ。分かったか？」

「うん、分かった！　幼なじみの優兄ちゃん、そういう天邪鬼《あまのじゃく》なところ嫌いじゃないぞ」

「馴《な》れ馴《な》れしいタメ口は禁止。幼なじみアピールも禁止。匂わせる表現も禁止」

心底呆《あき》れ顔《がお》の叔父さんを手《て》玉に取る手練《だ》れな女子高生。第三者目線で一連の会話を聞いていた印象は……友達よりも距離感が近く、なんだかんだで仲睦《むつ》まじそうに思えた。

「毎日のように手を繋《つな》いで歩いたじゃないですか〜。二人だけの甘酸っぱい思い出……忘れたとは言わせませんよ」

「紛《まぎ》らわしい言い方すんな！　お前の両親が共働きで忙しいから、代わりにオレが幼稚園の送り迎えをしてただけだろ……！」

　言い分は対極だけど、二人のやり取りは軽快に回る。やっぱり、仲良しだ。

「やかましいのを連れてきてごめんな。伊澄は実家の近所に住んでる年下のガキなんだが、まさか実習先の母校にいるとは……」

「いつまでガキ扱いするんですか～？　もう立派な高校三年生なんですけど～」

　大人ぶる伊澄さんのブーイングを澄まし顔のまま受け流す叔父さん。

　四つの年齢差はあるにしろ、幼少期を身近で過ごした幼なじみの扱いは手慣れていた。

「こいつは物好きなお人好《ひとよ》しなんだよ。しかも、めっちゃヒマ人だから事情を話してみたら、お前の夕飯を作ってもらえることになってな」

「……わたしの……夕飯？」

「あの姉貴のことだから、まともな晩飯なんて用意してねえんだろ？　昼間は給食があるとはいえ、東京に戻ってからはずっと気にかけてたんだ……」

　そう呟《つぶや》きながら、叔父さんは心配そうに揺らした瞳を伏せる。

「物好きでお人好しなヒマ人って誰のことですかー？　やさぐれ美大生のぶんまで弁当を作ってる教え子に感謝してほしいくらいですよ～」

「オレのぶんは頼んでねーだろ！　学校で変な噂《うわさ》になるからやめてほしいくらいだ……」

「実習生が女子高生と付き合ってるとか？　あははっ、ないない！　夢見すぎですって！」

　年上の大学生に物怖《ものお》じせず、伊澄という女子高生は叔父さんの背中をぽんぽんと叩《たた》く。

「こいつ……うるせえから佳乃《よしの》に会わせたくなかったんだよなぁ……。成長に悪影響を与えそうだし……」

「いや、ひどーい！　私だって繊細な女の子なんですけど！　謝れ！　クレープを奢《おご》れ！」

「佳乃、こいつが喋《しゃべ》るときは音楽を爆音で聴いとけ」

「はあ～？　半人前な教育実習生のくせに態度だけは一人前ですよね～」

他所《よそ》の家で痴話喧嘩《げんか》をおっぱじめる教育実習生と女子高生。

陽気なノリに気疲れした表情の叔父さんだったが、不思議とまんざらでもなさそうで。

「……ふふっ」

それがなんだか可笑《おか》しくて、思わず笑みが零《こぼ》れてしまう。

「伊澄《いすみ》がアホすぎて佳乃に笑われてんじゃねーか！」

「やさぐれ美大生がガキっぽいから小学生にも呆《あき》れられてるんじゃないですか～？」

「……どっちも……おもしろい……」

小学生に笑われた二人は反省したのか、渋く歪《ゆが》んだ表情になって大人しくなったのが余計に愉快だった。叔父さんが信頼している相手。わたしの警戒心も、次第に薄れていく。

叔父さんが言うには、母校での実習初日に伊澄さんのクラスを担当することになり、そこから付き纏《まと》われている……とか、なんとか。

「優兄《ゆうにい》ちゃ……と・さ・か・先生が『放課後はすぐ帰りたいから、お前の相手をしてらんない』って駄々《だだ》をこねるので、事情を聞いたら佳乃ちゃんのことを話してくれたんです」

不満げに堅苦しい呼び方を強調するのは、伊澄さんなりの可愛《かわい》らしい抵抗だった。

「こいつは能天気なアホだが、忙しい親の代わりに妹たちの世話を焼いていたおかげで料理はかなり美味《うま》い。もしかしたら佳乃が喜んでくれるかも……と思って相談してみたんだ」

「小忙《こぜわ》しい実習生の頼みなので、それくらいなら喜んで引き受けます。そのついでに、先生のお弁当も作ってあげることにしたんですよ」

「お前も大変だろうし、オレはカップ麺で充分だけどな……」

「不健康そうな顔で何を生意気言ってるんですか～。明日のおかず、リクエストがあれば聞きますけど、子供っぽい登坂《とさか》先生には甘い卵焼きとタコさんウインナーですかね～」

小学生の勘が働く。この叔父さん、素直じゃないな……と。弁当を作る気満々の伊澄さんに素っ気ない態度を見せてはいるものの、強く拒絶はしていないからだ。

「というわけで、今日からは佳乃ちゃんの世話を焼きます。私が来てもいいかな？」

伊澄さんが、また頭を撫《な》でてくれる。悪意の欠片《かけら》は微塵《みじん》も持ち合わせない手で。

「……はい、ありがとうございます」

「いいえ、どういたしまして～。叔父さんの姪《めい》っ子《こ》なら、私の妹みたいなもんだから！」

「その理屈は意味が分からん」

叔父さんのツッコミに、わたしと伊澄さんが含み笑いを浮かべる。

羨望の想《おも》いが充満していく。この三人でいられたらいいな……なんて、一縷《いちる》の望みを抱くのは贅沢《ぜいたく》だろうか。

マンションの敷居を跨《また》ぎ、具材を持参済みの伊澄《いすみ》さんがキッチンで作り始めたのは……ハヤシライス。その様子をわたしと眺めていた叔父さんは「伊澄のハヤシライスはマジで最高だから」と、こっそり耳打ちしてくれた。こっそりだったのは『伊澄が調子に乗るとムカつくから』という素直じゃない理由だったのが叔父さんらしい。

今でも鮮烈に覚えているよ。子供用に具材を小さく切る配慮、一皿の上によそわれた白米とソースの黄金比。煮込んだ野菜が濃縮された秘伝のデミグラスソースが舌を掠《かす》めた瞬間、破裂して踊り狂う旨味《うまみ》がわたしを至福に誘《いざな》った人生初の至高な料理《ハヤシライス》を。

誇大ではない。伊澄さんの料理以上に美味《おい》しいものはないし、今後も出会えないとさえ思えた。いずれ年老いたとしても、幼い舌に刻み込まれた唯一無二の風味は忘却しないだろう。

「佳乃《よしの》ちゃん、どう？　美味しい？」

「……今まで食べたもので……一番美味しいです」

「あー、良かった！　不味《まず》いなんて言われたら明日から気まずいところだったからさぁ！」

ダイニングテーブルの正面に座る伊澄さんが、目元をくしゃりと柔らかくした。

「とさかせんせーい、食べるの速すぎでは～？　それほど美味しすぎちゃったんですかね」

テーブルの隣で同じ料理を食べていた叔父さんの皿は瞬く間に白塗りと化し、気付いた伊澄さんにイジられていた光景も、伊澄さんが高揚の声音だったのも微笑《ほほえ》ましい。

「優兄《ゆうにい》ちゃん、お代わり、食べる？」

実習生と生徒の間柄とはいえ、油断すると垣間見《かいまみ》える幼なじみの表情。

気恥ずかしそうに頷《うなず》く叔父さんの顔も、わたしの貴重な宝物として記憶に留《とど》めた。

食後の他愛《たあい》もない雑談に花を咲かせたひと時は、わたしが生きてきた八年と少しの人生で最も笑顔を引き出された数十分になった。

「長居しすぎたな……。それじゃあ、オレは帰るわ」

「え〜、もう帰っちゃうんですか？　佳乃ちゃんともっとお喋《しゃべ》りしましょうよぉ」

「姉貴と鉢合わせして機嫌を損ねると面倒なんだよ。明日、また来るから」

玄関先、名残惜しそうな叔父さんとサヨナラの手を振り合う。帰らないで、と駄々《だだ》をこねたい寂しさをも、わたしは押し殺した。そうやって……生き延びてきたから。

「あーあ、半人前の若造なのに背伸びしちゃって、思い悩む背中だけは大人ぶってるなあ」

この場に留まった伊澄さんの顔は浮かない。

マンションの通路を歩いて遠ざかっていく叔父さんの背に届かない声量で、ぼやく。

「あの人ね……佳乃ちゃんの様子を見に行くかどうか、ずっと迷ってたみたい。私には事情なんてさっぱり分からないけど、うだうだしてた先生を引っ張ってきちゃった」

行動力の化け物だ……。竹を割ったような性格だからこそ、怖いものを知らない。

「お母さんの機嫌が悪いとわたしが怒鳴られたり、ご飯をもらえなかったりするから……」

「なるほどねぇ……思ったより面倒な家庭事情があるわけだ。まいったなあ」

多少の懸念を示す伊澄さんだったけど、口ぶりはさっぱりしていた。

「佳乃《よしの》ちゃんは叔父さんに会いたい？」

「……うん。本当の親みたいで……お話するのが楽しい……」

「よしっ！　ヒマを持て余した物好きのお人好《ひとよ》しが、お節介してあげよう。明日も優兄《ゆうにい》ちゃんをここまで引っ張ってくるから、また三人で話そうね」

わたしは食い気味に頷《うなず》き、不慣れな微笑《ほほえ》みを無意識に溢《こぼ》す。収まらない歓喜の衝動が蓄積していた雑音を一掃し、明日が待ち遠しくなったのは生まれて初めてだ。

伊澄《いすみ》さんともサヨナラの手を振り合い、彼女がマンションの通路を曲がって見えなくなるまで、小学生は希望を抱きながら見送った。別れたくないけど、別れなければならない。

あの二人とわたしは、実の家族などではないから。


次の日も、その次の日も、叔父さんと伊澄さんは来てくれたけど、二人と話せるのは夕暮れ時に食卓を囲む一時間程度のみ……それでも放課後の和気藹々《わきあいあい》としたひと時を渇望し、わたしは二人に会うのを喉から手が出るほど待ち侘《まわ》びていた。

慣れない実習後で疲れているだろうに、叔父さんは伊澄さんを帯同して……というより、伊澄さんが率先して引き連れている感じだったけど、二人は様子を見に来てくれて……わたしは寂しさを忘れていた。

あのときのわたしたちは――たぶん、疑似家族になっていたんだ。

「もっといて……帰らないで……。三人でお絵描き……したい……」

母親に見つかることを懸念し、いつものように一時間程度で帰ろうとした叔父さんの手を後ろから掴《つか》む。それに触発された伊澄さんも「せっかくだし、もう少し遊んでいきましょうよ」と後押ししてくれて、断り切れない叔父さんは滞在時間を延長してくれた。

だが……そんな日に限り、悪いほうへ物事が転がる。

わたしたちは本物の家族じゃない。どう足掻《あが》いても、その現実は覆せない。

スケッチブックにお絵描きをする三人の絵面が幸せな家族に見えたとしても、まやかし。

「一人でお留守番にしては、ずいぶんと賑《にぎ》やかねぇ」

跳ね回っていた鉛筆の先端が止まる。

ぞわりと、寒気がした。

普段は不在の時間帯だからと叔父さんも完全に油断していたため、帰宅した母親とリビングで鉢合わせてしまい、束《つか》の間《ま》の団欒《だんらん》は雑音によって容易《たやす》くぶち壊されてしまう。

煩わしそうに目を細め、高級ブランド品で着飾ったこの女が――わたしの親なんだ。

「もう春休みは終わったはずだけど、どうして地元にいるのかしら？」

嫌味《いやみ》ったらしい舐《ねぶ》りの台詞《せりふ》は、叔父さんに向けられたもの。

「……卒業校で教育実習をしてるからだよ。進路の保険として……な」

「画家になる夢は諦めるんだー。頑張って美大に入ったのにねぇ」

「諦めたわけじゃないが……それだけで食っていける保証もないし、堅実で安定した職業のほうが……」

「それじゃあ、卒業後は先生になるの？」

「……まだ分からない。絵を描く仕事に就くっていう選択肢も……少なからずある」

歯切れが悪い叔父さんに対し、母親は嘲笑の眼差《まなざ》しを刺す。

「中途半端に放り投げて、諦めるための言い訳を並べて、目先のラクなほうに逃げる……あんた、ワタシと同じじゃん。やっぱり姉弟《きょうだい》だから似るのかもねー」

「簡単に挫折した姉貴と一緒にするな……!! 俺は逃げるんじゃなくて……お前が自分の子供に愛情を注がないから……俺は……!!」

「同じよ。あんたへの劣等感を言い訳に画材を捨てたワタシと、善人ぶって佳乃《よしの》の境遇を言い訳にしながら夢を諦める口実を探すあんたは、同じ血が流れる同類だわ」

激高しかけた叔父さんを同類として括《くく》り、はっきりと煙たいものとして扱う母親。

張り詰めた空気は八歳に底知れぬ恐怖を与え、固まりながら傍観することしかできない。

「画家になる覚悟もなければ、きっぱりと諦める潔さもない。自分の人生すらあやふやなガキが他人の人生を預かれると思ってんの？ こんな家族ごっこをしたところで、あんたは進路すら満足に決められない落ちこぼれ大学生に過ぎないのにねー」

理想と現実。憎たらしくも事実だった。仲違《なかたが》いする姉に嫌というほど吹き込まれ、言葉で殴られ、資金も社会的地位も強固な覚悟もない無力な美大生は奥歯を強く噛《か》み締める。

「湿った燃えカスのまま目標を放棄したら、いずれワタシみたいになるの。逃げた後悔を目の前の快楽で誤魔化《ごまか》して、それが途絶えた瞬間に堕落していって、下手くそな人生の原因を身近な他人に擦《なす》り付けて逆恨みするわ。優《ゆう》の才能が私の筆を折らせた、最愛の彼は佳乃のせいで帰ってこなくなったってねー」

叔父さんへのコンプレックスも、わたしへの仕打ちも、間接的な原因への逆恨み。

それでも弟は否定できない。何者にもなれていない現在地を表され、何も言い返せない自らへの怒りや不甲斐《ふがい》なさが充満した叔父さんは逃げるように立ち去ろうとした。

「優兄ちゃんは、落ちこぼれでも中途半端でもないですよ」

天候不順と化した不穏な緊迫は断ち切られる。

傍観を放棄した幼なじみの力強い声によって。

「あんた……どこかで見たことあるなぁと思ったら、実家の近所に住んでた伊澄《いすみ》ちゃんでしょ？　高校生になってもまだ、優の後ろを追っかけ回してるんだー」

「むしろ私を追い求めているのは優兄ちゃんのほうでして。昔から私生活がだらしないので世話を焼かないといけないんです。半人前の若造には困ったもんですね、ほんとに」

やや威圧混じりのねちっこい口調に怯《ひる》まない伊澄さんは軽妙な嘆きを叩《たた》くも、両目はぴくりとも笑っていなかった。

「でも……私や佳乃ちゃんにとってはカッコいいお兄ちゃんで、凡人の私たちを感動させてくれるような絵を生み出せる素敵な魔法使いなんです」

「なるほどねー。伊澄ちゃんはダメ男に騙《だま》されるタイプだ」

「ええ、貴女《あなた》と同じようになるかもしれません！」

伊澄《いすみ》さんは皮肉をたっぷりと詰め込み、

「いえ、訂正します。優兄《ゆうにい》ちゃんはダメ男だけどクズではないので、私と佳乃《よしの》ちゃんにカッコいい姿を見せ続けてくれるでしょう。たとえ……絵を描かなくなったとしても」

一切の疑いや淀《よど》みはなく、こう言い直す。

清々《すがすが》しく断言しきってみせた伊澄さんが、母親の威勢を削《そ》ぎ落《お》とした。

「この子の親は私であって、優と家族になることなんてあり得ないのにね。不快で目障りだった絵が消えてくれるのなら、邪魔者だったこの子も少しは役に立ったかなー」

わたしは、叔父さんの夢をも奪ってしまう邪魔者。実の娘を見下ろす目は酷《ひど》く錆《さ》びついており、絶望の淵《ふち》でただただ残酷な音声に晒《さら》され続ける。

「家族ごっこをさせてあげた私に感謝しなさい。あんたも、この子も、私を不幸にしたんだから苦しんでくれないと不公平でしょー？　ねえ、道連れになってよ……優」

あからさまな悪意の煽《あお》り。みるみるうちに叔父さんの眉尻が険しく逆立ち、震わせた拳を握りながら母親へ詰め寄っていく。数秒後には殴り殺してしまうんじゃないかと恐れるくらい、静かなる憤怒に侵された叔父さんの形相は我を見失っていた。

近づけない。怖い。踵《かかと》が勝手に後退《あとずさ》り、全身が慄《おのの》く。

わたしは、こんな姿を知らなかったから――

「この腕は美しい絵を生み出すためにあるもので、誰かを傷つけるのはダメです」

叔父さんの腕を掴《つか》み、歩みを静止させたのは……伊澄さんだった。

場違いな軽い声音が緊迫を緩和させ、冷静さを取り戻した叔父さんは鬼の形相を柔軟に解き、バツが悪そうに俯《うつむ》く。

「あーあ、つまんないの。教師の道も台無しにしてやろうと思ったのにー」

物足りなさを混ぜた台詞《せりふ》を残し、外見だけを厚化粧とブランド品のメッキで覆った母親は水商売の仕事に出掛けて行った。

「あんな挑発にまんまと乗せられて〜。もし傷害事件なんて起こしたら、教育実習どころか犯罪者の仲間入りですよ？　佳乃ちゃんも、そして私までも悲しませるんですか？」

「……すまん。いつまでもガキだな、オレは……」

「ホントにそうですよ。さっさと東京の美大に行っちゃった三年前から成長してないです」

つらつらと苦言を呈する伊澄さんに、叔父さんは頭が上がらない様子だった。衝動的な暴挙により将来を棒に振りかけたところで救われたからだろう。

「暗い雰囲気になっちゃったので、ケーキでも作りましょうか！　甘いものを食べると笑顔になるんですよね〜」

この人が喋《しゃべ》るだけで、くすんだ色味が晴れ渡る。重苦しかった空気が浄化され、色鮮やかに染まる。惜しみない微笑《ほほえ》みを振《ふ》り撒《ま》くと、わたしたちにまで笑顔が伝染するのだ。

「やっぱり、その喋りかたは気持ち悪いな。学校以外では……お前の幼なじみなんだから」

「ふふっ……りょーかい。それじゃあ、佳乃ちゃんと優兄ちゃんと私の三人家族でケーキの材料でも買いに行こっか！」

家族という名前で一括《ひとくく》りにされても、異論を唱える者はいない。

わたしは、わたしたちは……そんな夢物語の未来を望んでいたから。

「伊澄《いすみ》……教育実習が終わったら、佳乃《よしの》のことを任せてもいいか？　姉貴が仕事中の夕方から夜にでも様子を見てやってほしい」

叔父さんと伊澄さんが左右に並び、真ん中にわたしがいる買い出しの帰り道。

あと数日で東京の大学に戻る叔父さんが、伊澄さんに合鍵を差し出す。

「周囲のレベルが高くてモチベが低かったけど、これからは遅れを取り戻すために死ぬ気で頑張る。教員採用試験に合格して戻ってくるから……それまで待っていてくれ」

「あんなに苦労して美大に入学したのに、画家はもう諦めちゃうの？」

「絵はその気になればいつでも描ける。職業として成り立つレベルじゃなくても……」

「なくても？」

言いかけた台詞《せりふ》を口籠る叔父さんの赤面を覗《のぞ》き込《こ》む伊澄さんは、続きの言葉を所望する。

「お前に喜んでもらえれば……それでいいよ」

「うっわ、恥ずかしい言葉の不意打ち……心の準備ができてなかったんだけど！」

「うっせーわ！　お前が聞いてきたんだろ……！」

八歳の子供でも、敏感に感じ取った。この二人は今、気恥ずかしそうに視線を逸《そ》らし、わたしを挟みながら無自覚の惚気《のろけ》た会話を投げ合っていると。

「優兄《ゆうにい》ちゃんがこの町に戻ってきたら、三人で一緒に暮らせたりしちゃったらいいね！」

「ばーか、ガキが一丁前なこと言うな。十年後にでも出直してこい」

「女子高生と大学生なんて大して変わらんでしょ！　幼なじみだからって十年後も側《そば》にいると思わないでよ～？」

普通の夫婦というものは、こんな会話を日頃からしているのだろうか。

普通の娘というものは、やや低い子供の目線から仲睦《むつ》まじい二人を見上げて、自分も嬉《うれ》しくなるものなのだろうか。今のわたしみたいに、二人の幸せを願うのだろうか。

「優兄ちゃんが無事に大学を卒業できて、ちゃんと教師になれて、佳乃ちゃんと暮らせるように私が祈ってあげよう」

「祈るって……オレはそんなに心配される生き方なのか？」

「子供の頃から絵ばかり描いてきた世間知らずな生き様だからねぇ。佳乃ちゃんを引き取るにしても、あの母親が巧妙に外面を装っている以上は思ったよりも厄介だよ」

お調子者の伊澄さんにしては、珍しく芯の通った真面目な言い分で諭す。

理想と現実は違い、口先や威勢だけで解決できるほど単純ではないと物語っていた。

「来年の冬が終わる頃は、春の訪れを告げる星の周期だってさぁ。直近の三年前もちょっとだけ騒がれてたりしたけど、最近では信じる人も少なくなってきたよね」

「星を信じた人の肉眼にしか映らないとか、星が流れた夜にはスノードロップが咲くとかいう胡散臭《うさんくさ》い迷信だろ？　ロマンチストのお前は昔っから信じてたよな……」

「今回の一件で、星の存在をもっと信じたくなった。たぶん……優兄ちゃんや私が思い描く理想の未来は、神頼みでもしないと手に入らないんだよ」

「オレの大学卒業や教師の道って、神頼みするくらい絶望的だと思われてんのか……」

「私が神頼みしなくてもいいくらい、これからの優兄《ゆうにい》ちゃんは死ぬ気で頑張っていこう♪」

容赦のない笑顔で迫られ、現状では未熟な美大生の叔父さんは苦笑いしかできない。

「こっちのことは心配しないで。佳乃《よしの》ちゃんは、私がしっかり守るから！」

そう宣言した伊澄《いすみ》さんが屈《かが》み、わたしの手を握り締めてくれる。姪《めい》っ子《こ》を残して東京に戻る叔父さんを安心させ、保護者の役割を一時的に引き継ぐための決意表明だった。

他人との交流が極端に少なく、情報を発する媒体からも遠ざけられて育ったわたしが非科学的な迷信を認知した日であり、子供ながらに切望を宿す。

四年に一度、閏年《うるうどし》の二月中にだけ夜空に降る……と噂《うわさ》される紛《まが》いものの神秘。世界中が願望や懐疑の眼差《まなざ》しを向け、純粋な者ほど迷信に尾ひれが付いた浅ましい幻想に酔いしれるのだ。

だけど、もしも——彗星《すいせい》と邂逅《かいこう》できて、本当に願いが叶《かな》うとしたら、手が届かない直情を曝《さら》け出してしまうだろう。

今この瞬間を、三人で過ごす人並みの幸せを、もう少しだけ延長させてください。

教育実習を終えた叔父さんが東京に戻り、その後は学校帰りの伊澄さんが様子を見に来てくれていたけど、母親が新しい彼氏と同棲《どうせい》し始めてからは追い返されるようになった。

　わたしは透明人間。部屋の片隅で息を殺し、大人の機嫌を損ねないよう膝を抱えながら音楽を聴く。早く迎えに来て。わたしの手を、優しく引いて。来年になったら家族の日々に戻れる……微々たる可能性を生きる糧にしながら、わたしは孤独を耐え忍んだ。

　伊澄さんは小学校帰りのわたしを待ち、手作りのお弁当を届けてくれる。弁当箱にハヤシライスは難しいためサンドイッチにしてくれることが多く、母親の目を盗んで頬張《ほおば》るサンドイッチは心を修復する唯一の癒《いや》しだった。九歳になったわたしは一人ぼっちじゃない。

　身を焦がすような夏が通り過ぎ、色とりどりの葉が舞う秋も去り、密集する白い破片に町の景観が圧《お》し潰《つぶ》される冬も終幕の香りを帯びた閏年の二月。

　スノードロップが不自然な咲き誇り方を演じ、話題に飢えていたメディアが面白おかしく騒ぎだして、夜空に彗星が降ったという噂話が町中で交わされるようになる。

　わたしはヘッドホンの音楽で雑音を遮断していたが、小学校の空気が好奇心に満たされていたのを勘違いとしてゴミ箱に捨てられはしなかった。

　奇跡の終わりを合図する流星群が降るのは二月二十九日。四年に一度のみカレンダーに現れる特別な日付に春の季節を誘《いざな》い、険しい冬の季節を連れ去っていくらしい。彗星の存在を信じて疑わない純粋な子に幸せな置き土産を残して。

　少し前から体調不良が続き、小学校も欠席が続いていた。待ち合わせ場所に現れないわたしを心配した伊澄さんが様子を見に訪れるも、玄関先で母親に追い返される過程の声が空《むな》しく聞こえる。ウチの子は軽い風邪だから寝ていれば勝手に治る、と。

病院にも連れていってもらえず、居場所のない部屋の片隅に横たわり、展望は悪くない高層マンションの窓から、変哲もない夜空を仰ぎ見て……手を伸ばす。

子供騙《こどもだま》しの迷信を、わたしは信じている。

また三人で一緒に笑い合って、お絵描きをしたい。

二月二十九日――四年に一度の日付とはいえ、特に代わり映えのない世間の日常。

「けほっ……はあ……」

なんだろう。眠れないほどの息苦しさを覚え、呼吸に咳《せき》が混じる。痩せ我慢していたけど、右肩下がりで悪化の一途を辿《たど》っていたのを誤魔化《ごまか》せなくなってきた。

早く治したい。元気になって、大好きな伊澄《いすみ》さんの美味《おい》しい料理を食べたい。

前向きな気持ちと反比例するように身体《からだ》は倦怠感《けんたいかん》を生じさせ、微熱が蔓延《まんえん》していく。幼少期から執拗《しつよう》に付き纏《まと》ってきた風邪は隣人のようなもの。

ヘッドホンを枕元に置き、ぼやけた意識を睡眠に切り替えて自然治癒を待つ。

だが……状況は好転しない。

息苦しさを抱えたまま、わたしの視界は濁っていった。

異様な発汗がパジャマを濡《ぬ》らし、眠っていても纏わりつく胸の鈍痛により何度も目覚める。浅い呼吸が安定せず、蔓延《はびこ》る眩暈《めまい》で左右に揺れ動く瞳には母親が映った。

風邪程度では親に助けを求めたり泣き言を撒《ま》き散《ち》らそうとはしなかったのに、制御不能に陥りかけている身体が静観の意思を捻《ね》じ曲《ま》げ、危険信号が鳴《な》り止《や》まない脳は言動を愚かな選択へと突き動かす。

「おかあ……さん……苦しいよ……。助けて……………」

ぼやける母親のシルエットへ縋《すが》り、届かない手を伸ばした。

「ごめんねー。夜だから病院はもう閉まってるし、これから彼氏と遊びに出掛けるから」

病に伏している娘になど一欠片《ひとかけら》の関心もないのか、手鏡を見詰めた母親は化粧を直しながら他人事《ひとごと》のように呟《つぶや》き……市販の風邪薬を枕元へ放り投げられた。

「もしかして、普通に生きられると思ってる？」

おざなりに浴びせられた疑問符の意味が、混濁する意識では到底理解できない。

「あんたが生まれたせいでワタシは苦しんだんだから、あんたは幸せになれないの」

耳を、疑う。救いのない絶望。

慈悲のない言葉に、圧《お》し殺《ころ》されそうになる。

「明日まで帰らないけど、良い子だからお留守番しててねー」

終始見向きもされず、旅行の準備を終えた母親はキャリーバッグを転がしながら視界の外へ消える。玄関のドアを開ける音、閉まる音、そして施錠された音。聞き慣れた外出の音が一人っきりの室内に響き渡り、自分の聞き苦しい呼吸のみが反復する孤独に身を預けざるを得なかった。

エアコンが切られた二月末の密室。未《いま》だに雪が残る東北地方の寒気は冷蔵庫と変わらず、体温は顕著に奪われ、薄っぺらい掛け布団にしがみつく。

風邪なんかじゃない。いつもと似ているようで、大幅に異なる突発の発作。

死へと直結するであろう心臓の激痛に自我もろとも握り潰される。

誰もいない。誰も来ない。あの親にとって、わたしこそが不要な雑音。

無下に取り残されたまま、永遠にも等しく思える拷問の息苦しさを味わい続け、精神力の糸で保たれていた景色が断ち切られようとしていた。


助けて、誰か。

こんなところで死ぬための運命だったなんて、思いたくない。


もはや、意識の全域が欠落しかけていた。それでも凍《い》てつくフローリングを無我夢中で這《は》い、両腕を交互に突き出しながら玄関のほうへ身を捩《よじ》る。

歪《ゆが》みが重なり捻《ね》じ曲《ま》がっていく手綱を手繰り寄せ、小学生の命は生きようとする最後の灯《ともしび》を刹那的に光り輝かせた。

春の訪れを告げる星が流れたら、この目に映すことができたら——わたしは生きられるのだろうか。叔父さんや伊澄《いすみ》さんがいてくれる人並みの幸せを得られるのだろうか。

体温が下がり切った手を伸ばす。玄関のドアノブに触れ、押し開けながら力尽きた身体《からだ》は前のめりに崩れ落ち、マンション通路の冷たさすら認識できず、呼吸音も消失していく。

乾燥した冬の風が吹き込む。

駆け寄ってくる誰かの足が、霞《かす》みゆく意識を横切った。

佳乃《よしの》ちゃん……！　しっかりして……！

わたしは伊澄さんに抱きかかえられ、必死に名前を叫びかけられている。

星は見えなかったけれど、同情してくれた神様が施してくれた幻。薄れゆく夢の世界は次第に消滅し、真っ黒な瞼《まぶた》の裏がすべてを包み隠す。

九年の短すぎる生涯は、最低限の生きた証《あかし》すら残せなかった。

走馬灯が流れるほどの密度も、思い出も、何もない一人の子供が息を引き取る……そうなる未来を間もなく迎えるばかり。

少なくとも、この時点でわたしの命は尽きたはずだった。

…………。

……なぜか、わたしの瞳は再びの射光を迎え入れる。

寝かされていたのは病院のベッド。口元が酸素マスクに覆われていたけど、早朝を知らせる小鳥の囀《さえず》りを聞きながらの目覚めは爽快さに満《み》ち溢《あふ》れており、激しく渦巻いていた苦痛や不快の靄《もや》も清々《すがすが》しく晴れ渡っていた。

あのまま死んでしまい、天国に召されたわけではないのだろう。仰向《あおむ》けの状態から手足を動かさずに、顔の向きと瞳を右往左往させて目視確認した世界は、あまりにも現実のありふれた情景と酷似している。乾いた冬の冷気が空調の暖房に溶け込み、身震いしない代わりに喉の水分は干上がっていた。

正常に役目を果たす五感。こうして味わう様々な体感こそが、今まさに生きているという証《あかし》だと自覚せざるを得ない。

穏やかな朝の太陽光が差し込む個室は布団と身体《からだ》が擦《こす》れる微《かす》かな音でも木霊するほど静まり返っていたものの、足音が近づいてくるのを察する。

「佳乃《よしの》……！」

いの一番に駆けつけてくれたのは、実の親ではない。

あの母親が心配してくれるなんて期待するほど、夢見がちな性格でもなかった。

「叔父さん……」

息を切らしながら来てくれるのは、貴方《あなた》であってほしかった。病室の入口から駆け込んで来たのが──わたしを娘のように可愛《かわい》がり、支えてくれる美大生だった。

「明け方に伊澄《いすみ》から連絡があって……始発の新幹線に飛び乗ったんだ。とにかく……またお前と会えて良かった……ホントに良かった……」

ベッドへ歩み寄った叔父さんは下瞼《まぶた》に涙の粒を溜《た》め、安堵《あんど》を得た面持ちでわたしの顔を見据える。絶対に放さない力で、わたしの手を包み込んでくれた。

それからは医者が容態の安定を確認し、一先《ひとま》ず生命の危機は脱したという。

意識不明の重体に陥った原因は、ウイルスが発端となる心臓の難病。初期症状は風邪と見分けがつきにくいため早期発見が難しいうえ、心不全に陥って亡くなる場合も多く、今回も病院に搬送されたときには絶望的な状態だったとか。もう少し発見が遅れていたら、わたしは玄関先で凍り付いたように息絶えていただろう。

しかし、手遅れには変わりない。仮に一命を取り留めたとしても、早期に心臓移植をしないと近いうちに死ぬという結果になるはずだった……昨夜までは。

「一晩で異常がほとんど見当たらなくなるなんて、今でも信じられませんよ」

処置を施した医者が目を疑うくらい、わたしの身体はたった一晩で回復を見せた。

叔父さんにとっては医者の話など聞く意味はなくて、ただただ「佳乃を助けてくれてありがとうございます！」と、何度も頭を下げて感謝の意を伝えていた。

説明を受けている間も、わたしの冷え切った手を放さないでいてくれて……一人じゃないと安心させてくれる。この人は、わたしの家族だ。

「伊澄さんは……どこ？」

そして、もう一人の家族とも会いたい。

わたしが三月一日に生きているのは伊澄さんのおかげなのに、薄れゆく意識の中にあった彼女の姿はなく、近くにいた看護師に問いかけてみる。夜通しでわたしの傍らに付き添っていたが、容態が安定した頃には席を外してしまったらしい。

「あいつには『卒業式に出ろ』って言っておいたから、今ごろは学校にいるだろうな。いずれにせよ大きな借りを作っちまったから……オレは一生、伊澄に頭は上がらねえよ」

伊澄《いすみ》さんは高校三年生……三月一日は高校の卒業式だった。叔父さんは胸を撫《な》で下《お》ろし、感謝と苦笑を混ぜたようなぎこちない笑顔を浮かべる。

ここにいる皆が安心した雰囲気の中、看護師さんが何かに気付いたらしく、窓の外をじっと眺め……ふいに白い歯を見せる。

「病院の花壇……スノードロップなんて植えてないですよね」

息を呑《の》む看護師さんの言葉に興味を示した医者と叔父さんも、同じ方向に視線を集めると……三人の視線は完全に奪われ、瞳を限界まで見開いていた。

叔父さんに上体を起こしてもらい、ベッドから床に降り立ったわたしは懸命に背伸びしながら窓の外の景色を迎え入れる。みっともなく開いた口が、塞がってくれない。

驚愕《きょうがく》と感動が入り乱れた興奮が視線を拘束し、背伸びしたまま打ち震えざるを得ない。

「きれい……」

語彙力を失い、率直な一言が零《こぼ》れ落《お》ちた。

中庭の通路脇に整備されている数ヵ所の花壇。

くすんだ土色だった面影はどこにもなく、白い絨毯《じゅうたん》と見間違えるほど密集したスノードロップの花が開花し、朝露に濡《ぬ》れて太陽光を美しく反射していた。

「佳乃《よしの》ちゃんが元気になったのは、春の訪れを告げる星が流れたおかげでしょうか」

看護師さんは冗談めかしながらも、作り話だとは断定していない様子で笑う。

「いや……オレはそういう非科学的なものを信じられないタイプなんで」

叔父さんは眉尻を下げた困り顔になり、巷《ちまた》で囁《ささや》かれている噂話《うわさばなし》を否定はしたが……密《ひそ》かに口角をあげ、満開のスノードロップが敷き詰められた中庭を優しげに見守り続けた。

「ただ……佳乃のために願ってくれた人がいるのなら、オレは心から感謝したいっすね」

全世界のどこかにいる何者かが、わたしのために願ったかどうか。

それを知る術《すべ》なんてないけど、叔父さんはスノードロップの風景を胸に刻み、記憶の一部として絶対に忘れないよう……暫《しばら》くの間、その場から足裏が離れることはなかった。

医者や看護師が病室からいなくなると、意を決した叔父さんはベッドに座っていたわたしを見据え、恥ずかしげもなく言う。

「佳乃と……家族になりたい」

言っている意味が、即座には理解できない。

「オレさ、地元の高校で春から美術の教師になるんだ。絵で食っていくことは叶《かな》わなかったけど、お前を一人前の大人に育ててみせるから。お前を……幸せにしてみせるから」

「わたしの……家族になってくれるの？」

わたしの問いかけを受けた叔父さんに、迷いの表情は微塵《みじん》もなかった。

「お前を寂しくなんてさせない。そんな家族になるって誓うよ」

戸籍上だけで繋《つな》がっている親じゃなくて、わたしを大切に想《おも》ってくれる本当の親。

飢えに飢えたわたしの願いが叶った瞬間、叔父さんの懐へしがみつくように顔を埋《うず》め、ようやく実感できた家族の温《ぬく》もりを頬《ほお》に塗りたくった。

「また、三人で一緒に絵を描いたりしよう。そして……いつか、三人で暮らせたら良いな」

「……うん！」

三人が本物の家族になり、仲睦《むつ》まじく絵を描いたりする未来を想像し、歓喜に思いを馳《は》せる。そうなると信じて疑わなかった。

わたしの着替えや日用品などを取りに戻るため、叔父さんが一時的に病院から離れた直後……入れ替わるように顔を見せてくれたのは、命の恩人だった。

卒業証書が収納された筒を持ち、今日で見納めの制服を着た伊澄《いすみ》さん。

「ごめんね！　私は卒業式を欠席するつもりだったんだけど、優兄《ゆうにい》ちゃんがさっそく教育者ヅラしてきてさぁ～。少しだけ顔出してきちゃった！」

「……容態が安定するまで……付き添ってくれたって。助けてくれて……ありがとう……」

「あの母親だから病気の佳乃《よしの》ちゃんを放置してるんじゃないかと心配で……留守の瞬間を見計らって会いに行こうとしたら佳乃ちゃんが倒れてたんだ。マジで焦ったぁ！」

お礼を伝えられたことより違和感のほうが燻《くすぶ》る。伊澄さんの声は弾んでいるのに表情はぎこちなく引きつり、円《つぶ》らな瞳は雨模様のように曇り、どこか作り物に近い笑顔だったから。

「……さっき、叔父さんが言ってた。いつか三人で暮らせたら良いなって……」

伊澄さんが無邪気に喜ぶ顔が目に浮かんだ。

だって……これは、さっきまで女子高生だった人が言い出しっぺの夢物語なんだよ。

「ごめん、その話はなかったことにして」

だから、たった一言で突き放される心構えがなく、わたしは絶句してしまう。

「高校を卒業したら、やりたいことが色々あってさ。この町に留《とど》まることはないと思う」

「……そう……なんだ……。伊澄さん……いなくなっちゃうんだ……」

水気を帯びていく自らの涙声。わたしは小学生の子供で、幼稚すぎて、すぐには受け入れられなくて、寂しいから……下瞼《まぶた》と頬《ほお》をぐしゃぐしゃに濡《ぬ》らしてしまう。

慰めてくれない。ベッドの上で号泣するわたしを傍観するだけの伊澄さんが、そこにいた。

「伊澄さんは――」

パジャマの袖で涙を拭い、わたしは口を開く。

「……伊澄さんは……叔父さんのことを好きじゃないの……？」

口を開きかけた伊澄さんだったが、視線を足元に逃がし……静かに息を呑《の》む。

「……笑ってるの？　それとも……泣いてるの？」

伊澄さんは表情という紙に恥じらいの笑顔を描こうとしているのに、

「……好きだった」

涙の雫《しずく》だけが目尻から滑り降りる、無色透明の顔だったから。

「私はたぶん……優兄ちゃんの絵を、そしてアナタたちのことも……好きだっ、たと思うよ」

曖昧な過去形で、どこか自分に言い聞かせる他人事《ひとごと》の告白。

これが——伊澄さんと過ごした最新の過去であり、現状では最後に会った日に交わした言葉となった。

奇跡的に後遺症もなく一週間後に退院したわたしは、醜く萎《しお》れたスノードロップの中庭を通り抜け、不機嫌なグレーの寒空を仰ぎ見る。

雪が降りそうで降らない中途半端な空模様は堪《こら》えた泣き顔を連想させ、幾層にも重なる寒色で表現されているかのよう。

あの日、星は流れた。なぜかは分からないけど、未知の感覚が訴えかけてくるから。

後日、わたしは叔父さんのもとで暮らせることになった。

わたしや叔父さんを苦しませたいがために手元に置いていた執念深い母親だったのに……呆気《あっけ》ないほど他人事《ひとごと》の様子で我が子を手放したらしい。

病状の奇跡的な回復、そして理想の保護者と暮らせる第二の人生……怖いくらい物事が上手《うま》く運びすぎていたけど、舞い上がった心境が疑問を抱かせなかった。

「ほら、佳乃《よしの》。オレが使ってた画材一式だ。これからは好きなだけ絵を描けるからな」

無事に大学を卒業した叔父さんも新年度から母校の教師となるため、愛用していた画材は収納していたリュックと共に姪っ子《めいっこ》へ受け継がれた。

追い求めていた幸せ。それは間違いないのに、大切な何かが欠損した苦しさを拭い去れないまま……賃貸の1LDKを新しい住所にした二人の生活が始まった。

新米教師は連日帰宅が遅くなり疲弊しながらも、学校の勉強を教えてくれたり笑顔を振《ふ》り撒《ま》いてくれる。その人の微《かす》かな哀愁は、わたしが気安く触れられるものじゃなくて。

いつかまた、三人で笑い合いながら絵を描けたら——

実現は容易だと楽観視していた姪っ子とは裏腹、叔父の口から伊澄《いすみ》さんの話題が出る機会は一向に訪れないまま、わたしは保健室登校を惰性で続けていた。

体調が優れている日でも仮病を使い、小学校を早退することも厭《いと》わないのは義務教育ならではの集団生活を恐れているため。ただでさえ不登校気味だった病弱で根暗な人間がクラスに溶け込める姿を想像などできず、すっかり臆病になった性格に勇気の文字などない。

叔父さんに過度な心配をかけないよう、自らの顔や態度には恐怖を表さなかった。

友人ができた、なんて嘘《うそ》をついたりもした。手放しで喜んでくれる叔父さんを見ると、後ろめたい罪悪感がちくりと胸を突いて、笑顔を作るのも下手くそになっていく。

人目を憚《はばか》るように小学校から逃げる日々の中で、わたしは一時的な逃げ場を見出《みいだ》す。

通っていた小学校の近くに小さな球場があり、週末は少年野球の試合が行われているけど、平日の昼間は利用者も少なく閑散としているため下校時刻までの時間潰しには最適だった。

今思えば、出勤するふりをして公園に行く無職と似た深層心理だったのだろう。

野球場の色褪《いろあ》せた外野フェンスより外側は公園として扱われているものの、長年の雨風により抉《えぐ》られた石造りのベンチ、自動販売機が二つ、電話ボックスがあるくらい。球場部分を含めて経年劣化と旧式の設備が目立つ公共の場ではあっても、風景画のモチーフとしては申し分ない旧世代の風情があったのだ。

母親の家にいた頃は外の景観をじっくりと観察する余裕がなかったのだが、意識的に見渡してみると知らない形があり、名前の分からない色があって、日光の角度による濃淡も無限にある。人間相手にデッサンのモデルを頼める性分なら苦労はしない。でも、風景ならば誰の許可も得ずに描き写すことができるから、わたしは無意識のうちにランドセルのスケッチブックと鉛筆セットを取り出していた。

一人ぼっちでベンチに座り、眠気を誘う春の日の中でも未熟な風景画を描いていた平日の昼下がり。本来ならば五限目の授業が始まる時間帯に――

「子供のうちからサボりの快感を覚えたら、ロクな大人にならないよ」

あなたは初めて、わたしの前に姿を現したんだよ。

背後からわたしの肩を軽く叩《たた》き、反射的に振り向いたわたしの頬《ほお》を、ぷにっと指で押すという実に子供臭いイタズラをかましてくれて。

声変わりをしていない台詞《せりふ》の甲高さに威厳はなく、黒いランドセルを背負い、身長もわたしより低い……どこからどう見ても、自分と同年代か年下あたりの男子小学生だった。

「見たことない顔だけど、さては新参者だな？　この席は俺の特等席なんだよね」

「……ご、ごめんなさい。わたし……ここには今日来たばかりで……知らなくて……」

初対面の人と視線を合わせることができず、慌てふためきながらスケッチブックを片付けようとするが……その男子小学生は、わたしの隣にどっかりと腰を下ろす。

公園の主みたいな貫禄《かんろく》。同年代と接した経験が極端に少ないため、肩と肩が触れ合う距離に来られると心拍数が変に増大し、さほど暑くもないのに緊張の汗が浮き出てしまう。

「キミはサボりの常連なの？　それとも今日が初めて？　ちなみに俺は絵心が壊滅的だから、図画工作で絵を描く授業があるときはサボってる！」

初対面でも物怖《ものお》じしない公園の主（？）は、へらへらと雑談攻めしてくる。

テレビで見かけたホストの接客みたいだな、と気圧《けお》されつつも、もう少しだけ様子見してみたいと思った。騒々しいけど悪い人ではなさそうだし、不快な雑音でもなかったから。

「……体調が優れない日は……今日みたいに早退してる……。なるべく休まないようにはしてるけど……ずっと病気がちだったから……学校にも居場所がなくて……」

「家にすぐ帰らないってことは、今日は仮病を使ったんでしょ。悪い子だな～」

「……はあ、その……そうですけど……お、お互い様……だと思います……」

「確かに！　毎日が楽しければいいから、勉強とか忍耐みたいなのって苦手なんだよね！」

もごもご女は歯切れの悪い小声で聞き取り難《にく》い返答をするのが関の山だったが、へらへら男は相槌《あいづち》を打ちながら会話のキャッチボールを盛り上げてくれるうえに、

「居場所がない学校に行こうと頑張ってるのは、めちゃくちゃ偉いと思う。勇気を出して頑張った結果、ひと休みするためにここへ逃げ込んだだけだもんな」

元気に褒めちぎってもくれる。活気に満ち溢《みあふ》れた公園の主は陰気なわたしなんかと正反対で、ただ純粋に羨ましい。能天気で前向き。辛《つら》いことなど一晩寝れば忘れそうだから。

彼は一方的に喋《しゃべ》り倒し、わたしは聞き役に徹したけど、年齢が近い人と二人きりの長い時間を一緒に過ごしたのは初めてだったので気疲れの中にも新鮮な充実が入り混じった。

「……図工をサボるのは……もったいない……。絵を描くの……おもしろいよ……」

「自分で描くのは嫌いだけど、素敵な絵を見るのは嫌いじゃないかな！」

同年代との歓談を遠ざけていたわたしにとって未知の時間なのに、すんなりと順応できる。この人の雰囲気が、そうさせてくれる。

春の陽射《ひざ》しが眩《まぶ》しくて、ほのかに暖かくて、ちょっぴり居心地がよかった。

「ちゃんと学校に通えて公園にも寄り道できるってことは、病気はもう大丈夫ってわけだ」

「……う、うん。少し前に……死にかけたことがあったけど……最後に星が流れた夜……奇跡的に病気が治って……なんか生きてる……」

「なんか生きてるって……その口ぶりだとキミ自身もよく分かってないの？」

わたしは首を横に振る。身に起きた奇跡を詳細に説明できないのは、わたしが昏睡《こんすい》状態のときに物事が進展し、病院のベッドで目が覚めた早朝には全てが終息していたため。

主役であり、蚊帳の外だったのだ。

「というか……それってスノードロップ彗星《すいせい》だよね。子供騙《こどもだま》しの迷信は知ってるけど、さすがに信じられないな～っ」

「……ほ、ほんとだよ……！　夜空に綺麗《きれい》な流星群がぱーっと流れた……のを微《かす》かに見たような気がする……」

「うーん、そういうこと言って目立とうとするクラスの連中も結構いたからな～っ」

ありふれた作り話の範疇《はんちゅう》だと疑い、本気にしていない公園の主。

「嘘《うそ》じゃない……！　あのとき星は流れて……わたしを助けてくれた人がいるから……！」

咄嗟《とっさ》に声を荒らげ、引き下がらなかった。あれを作り話として無下に扱われてしまい、わたしが潔く同調してしまったら……祈りを託してくれた人の想《おも》いを踏《ふ》み躙《にじ》ってしまう。

マンションの通路で倒れたわたしは、薄れゆく意識の中で上空に無数の線を描く光を見た……気がしたけど、現在の科学では証明する手段がない。写真などにも写らず、肉眼を通じた記憶にしか残らないとされるものを他人に示すには――

「ホントに〝嘘つき〟じゃないなら、絵に描いてほしい」

わたしが見出《みいだ》した手段は、公園の主が溢《こぼ》した要望と重なった。

「実は遠目から人間観察してたんだけど、キミがスケッチブックに絵を描いてる姿はいつまでも眺めていられた。キミが見たっていうスノードロップ彗星を描いてくれたら、たぶん信じられるし……頑張って描いてくれたら俺は信じなきゃいけない」

そう宣言した彼の面構えに疑念はなく、小学生らしい満面の笑みを惜しげもなく晒《さら》す。

「本音を言うと、ただ俺が見たいだけなんだよね。キミの絵を！」

自分のために、わたしは絵を描き始めた。両親から愛されない境遇から現実逃避するため、自分が生きている意味を手繰り寄せるため。

他人のために描くのは、描いてみたいという衝動が宿ったのは、初めてだった。

「……それじゃあ、描く。貴方《あなた》に〝嘘《うそ》つき〟だと……思われたくないから……」

「分かった！　めっちゃ楽しみにしてる！」

好奇心旺盛な彼の巧妙な口車に乗せられたけど、そんなに悪い気はしない。サボり場所と時間が偶然にも重なった二人にとって、また会う口実ができるから。

人通りの疎《まば》らな平日の昼間に各々の小学校を抜け出した小さな不良たちは、この日を境に同じ場所で同じ曜日に顔を合わせるようになっていった。

わたしがスケッチブックに絵を描いている間、隣に座る彼は常に何かしらの話題を振ってくるので、自分の下手くそな生き様を嘆く隙すら与えてはくれない。嘘《うそ》つきにならないために色鉛筆を忙《せわ》しなく動かし、面白みのない無難な受け答えを気晴らしに呟《つぶや》く。

まるで、友達同士みたいに。

わたしが絵に没頭していると、春の陽気に屈服した彼は寝息をたてながら、わたしの肩へもたれ掛かってくることもあった。叩《たた》き起《お》こすのも忍びなく、わたしは身動きが取れずに夕方まで粛々と座っていたり……怒る気にもなれず、むしろちょっぴり嬉《うれ》しかったから彼の寝顔をこっそり描き写しておいた。わたしがヘルメスよりも先に描いた人物は、この人。

作業開始から三週間後、失敗作を積み重ねたうえに完成した星空の絵を提示した。

同年代の子供に自作を見てもらうのはもちろん初めてだったから、彼がスケッチブックを凝視している間の体感時間はやけに長く、口内が異様に干上がった。

「これ……近所の紫レタス畑に似てる！」

……は？　今、なんて？　むらさきれたすばたけ？

彼が発した第一声の情報処理が追い付かず、その場に固まる。

「俺が見たいのはスノードロップ彗星《すいせい》で、紫レタスじゃないよ！」

小学生とは素直すぎて残酷な生き物だ。気を遣う、という言葉を知らず思ったことをつらつらと口走るから、酷評も真正面から全力投球してくる。

紫系や黒の色鉛筆でぐりぐりと夜空を塗り潰し、うろ覚えの流星群をフリーハンドで引きまくったあげく、玄人気取りの現実離れした色彩を多数織り交ぜた結果、ごちゃついた汚い絵面と化した。つまり、画力が未熟すぎて星空かどうかも分からず……小学生なりに極薄のオブラートへ包んでくれた彼は、紫レタス畑などという見当違いの軽口を叩いたのだ。

「……見返して……やる。凄《すご》いって……言わせてやる……」

ふつふつと漲《みなぎ》ってくる悔しさと反骨心が煮え滾《たぎ》り、湿った落胆を凌駕《りょうが》して蒸発させる。

「……貴方《あなた》に……スノードロップ彗星を見せてやるから……！」

自分史上、最も大声を張り上げながら叫び、涙目を拭ったわたしは公園を走り去った。

また来週、という彼の純朴な声が背後から耳に届いたものの、悔し涙がバレないよう振り返らずにスケッチブックを持った右手を振り、今日は別れの挨拶としておく。

わたしが描かないと証明できないなら、描く。泣くほど苦しくても、絶対に描いてやる。

あったんだよ、あの奇跡は。嘘《うそ》つきなんかじゃ、ない。

集団生活からは逃げても絵を描くのだけは逃げないよう、自らへの戒めとして『紫レタス畑』と名付けたデビュー作はリビングの壁に貼っておくことにした。

そのまた一週間後、次も一週間後……彼が授業をサボる日を締め切りに設定し、スノードロップ彗星《すいせい》が流れた夜空を何枚も描き続けては彼に見せつけ、次第に誉《ほ》め言葉が増えてきたのが心躍るモチベーションとなり、どうでもいい内容のお喋《しゃべ》りも弾む。

彼に褒められたいから、頑張って描く。自分のために描いていた絵だったのに、いつしか他人の反応が見たいという動機になりつつあったのだ。

話題を絶やさない彼の着眼点は目聡《めざと》く、語り口は巧みで、喋っているときの表情も親しみやすい。わたしの前髪の分け目が今日は違うだとか、給食の嫌いな食べ物をどう克服するかとか、世間で流行《はや》っている動画のモノマネを試してきたりとか……人付き合いに疎《うと》いわたしは音楽代わりに聞き流していたけど、強固に結んでいた唇が解《ほど》けて滑らかになり、こちらからもお喋りを仕掛けたい欲求が芽生え始めた。

「……どうすれば……貴方《あなた》みたいな人になれるのか分からない……」

話題に悩んだ末に色鉛筆を止め、抽象的な嘆きを漏らしてしまう。

単純に羨んでいたのかもしれない。集団生活から逃避し一人で絵を描く面倒臭い女にも構ってくれて、でも過度な詮索や干渉はしないでくれて、近からずも遠からずの距離感を保ってくれる物好きなこの人を……自分にないものを持つ対極の人間を、心のどこかで。

「俺みたいな人間にはならないほうが良いと思うよ」

先ほどまでの陽気さとは打って変わり、彼が呟《つぶや》いた言葉に影が差す。

「少し前に両親の会話をチラッと聞いちゃったんだけど、父親が転勤するかもしれないんだ。いずれは町を離れるんだと思った瞬間、これまで築いた交友関係が無意味に思えてさ。今の友達とは二度と会わないだろうから、転校先で友達ができたらすぐに忘れるかもね」

「……羨ましい。わたしは忘れるほどの友達もいないし……もしわたしが転校しても……寂しがってくれる人はいないから……」

本当に彼とは生き方が対極だ。

友達を簡単に代替えできるほど集団生活になれた人間と、たった一人の友達すら作れずに逃げ回っている人間が共にいる現状は普通だとあり得ないのに。

わたしは交友関係が極端に狭いけれど、心から信頼できる大切な家族はいる。これから先にも、そういう人が現れてくれたらいいなと生意気にも期待を捨てていない。

友達がいるとかいないとか、人見知りせずに気兼ねなく話せるとか話せないとか……そんな上辺の話だけではない根幹の部分が、わたしたちは完全に真逆だった。

「でも、キミには会わなきゃよかったと後悔してる」

「……ごめんなさい……わたしと話しても……時間の無駄だった……よね……」

「いや、すぐに忘れるつもりだった思い出に、一つの〝心残り〟を作ってくれたから」

「……心残り？」

「キミが信じるスノードロップ彗星を、まだ見せてもらってないじゃん。俺さ……キミの絵がめちゃくちゃ大好きなんだよね！」

名も知らぬ彼は意地悪に口角を上げ、子供っぽい笑みを浮かべてみせた。

これが上辺だけの薄っぺらい友情の顔なんだとしたら、彼は罪深いほど——演技派だ。

わたしの純情を嵐の如《ごと》く掻《か》き乱《みだ》し、才能を自惚《うぬぼ》れさせてしまうんだから。

「さてと……嫌いな授業もそろそろ終わるし、俺は学校に戻ろうかな」

ベンチより起立した彼が公園の出口へ歩き、取り残されたわたしから離れていく。

「そういえば、キミって小学何年生？」

一度だけ振り向いた彼は、今さらな質問を投げかけてきた。

「……小学四年生……だけど……」

「えっ、マジ？　俺は五年生だから、次に会うときは俺が先輩ってことでよろしく！」

同年代……いや、下手したら年下だという態度で接していたのに。

年上のセンパイだと判明した彼は「スノードロップ彗星《すいせい》、いつか絶対に見せてね！」と元気に叫びながら大きく手を振り、わたしは気恥ずかしさを押し殺して手を振り返す。

「俺の名前は花菱准汰《はなびしじゅんた》！　どこかで見かけたら、今度はキミのほうから声をかけて！」

友達になるための自己紹介。勝手にそう解釈したわたしは舞い上がり、些細《ささい》な違和感を見逃してしまう。別れ際の「また来週」という一言が、彼の口から聞けなかったことを。

一週間後、叔父さんの指南も受けながら仕上げた最高の自信作をランドセルに詰め込み、抜け出した保健室から最高速で駆け抜ける先の公園に——彼は現れなかった。

次の週も、その次の週も……平日の昼間にベンチへ座るのは女子小学生が一人だけ。隣に座って喋《しゃべ》りかけてくれる公園の主は一向に現れず、下校時間になったら帰るしかない。

彼は、花菱准汰は忽然《こつぜん》と消えてしまった。最初から存在していなかったかのように。

特別な友達に限りなく近かったけれど、関係が離れても大きな喪失感は残らない。深い仲になる数歩手前という絶妙な距離感のうちに、新たな町へ渡ってしまったのだろう。

遠くに引っ越してしまえば、どうせ二度と会わないのだと……大人ぶって、割り切って。

でも……わたしは『彼にスノードロップ彗星を証明する』という生き甲斐《がい》を自分勝手に芽生えさせてしまったから、貴方《あなた》を過ぎ去った思い出としては風化させられない。

初めてできた唯一の友達に嘘《うそ》つき呼ばわりされたままじゃ胸のもやもやが晴れず、いつまでも稚拙な星空を描き続けてしまいそうで。

「……わたしから声をかけて……スノードロップ彗星を見せるから。またどこかで……会えたらいいいな……」

彼がいない定位置のベンチに座ったわたしは一滴の涙を拭い、雲一つない五月の青空に見守られながらスケッチブックの真《ま》っ新《さら》なページを開いた。

わたしの年表は四年の歳月を重ね、制服を身に纏《まと》う物静かな中学生に移り変わっていく。積極性の欠片《かけら》もない根暗に友達など一人もできず、教室の片隅で黙々とデッサンをしようものなら嫌な注目を密《ひそ》かに向けられる。ひそひそ話という不快な雑音も相まって、集団生活に対する嫌悪は増幅していたが〝彼に褒めてもらうほど上手《うま》くなりたい〟というおぼろげな道標を一心不乱に追っていたため、ヘッドホンの音楽で遮断しておけば気に病むほどでもない。家に帰れば、叔父さんが教えてくれる。わたしには逃げ場がある。

いつかは、わたしを嘲笑《あざわら》う連中をも虜《とりこ》にするような絵を描いてやるから、今くらいはせいぜい見下しておけ。赤の他人の顔色を窺《うかが》う必要なんてない。愛想笑いなんて消しゴムで消してやった。一人だって楽しい。いまやりたいことは、いましかやれないことなんだ。

叔父さんの指導や日頃の練習が実を結び、技術的には向上した手応えはあるにも拘《かか》わらず、納得のいくスノードロップ彗星《すいせい》を描けない。薄れゆく意識の中で見た流星群の全貌がぼやけており、幼少時の記憶は年月の経過と共に霞《かす》んでいくため、画用紙へのアウトプットに少なからず影響を及ぼしているのだろう。

中学一年の二月。わたしは学校帰りの夜空を公園のベンチで見上げながら、ふと思った。

嘘《うそ》つき扱いされた星を、今度はくっきりと瞳に映すことができるのなら……。

もし……自分では達成できない望みを、春の訪れと共に叶《かな》えてくれる不可思議な存在があったなら。いとも容易《たやす》く、あの人と再会できるのだろうか。

わたしは、星へ願いを託すことを思《おも》い止《とど》まった。それどころか二月中に邂逅《かいこう》すらできなかったのは……迷信などに本気で縋《すが》るつもりはなかったから。

奇跡の終幕とされる二月二十九日を跨《また》いだ瞬間、独り言の決意表明をする。

「……部活とか……やってみたいな」

体育会系の上下関係や完成している人間関係に溶け込むのは無理なので、美術部が存在する中学の間は息を潜め、美術部がない高校があれば新規に立ち上げてみたい。

自分に自信を持つことができたなら、こっちから彼に話しかけられる。それが根拠の無い希望的な憶測だったとしても、将来に対しての悲観より好奇心が上回っていた。

彼にとっては、わたしなんてヒマ潰しの一人に過ぎなかったのかもしれないけど、いつか部長になる予定の人見知り女は自分から声をかけて、はっきりと伝えるんだ。

貴方《あなた》のおかげで、今のわたしは一人でも頑張っていられます。

＊＊＊＊＊

高校受験を視野に入れる頃。

高校の美術教師をしていた叔父さんが自宅での食事中に、ある生徒が美術の授業をよくサボると何気なく愚痴り、わたしは聞き流せずに詮索してみた。

「新入生の花菱准汰《はなびしじゅんた》ってやつだよ。誰とでも気さくに話せる人気者みたいだが、そのぶん言動が軽くて調子に乗ってやがる。もし担任になったら留年させてやりてえ〜っ！」

それは、唐突だった。

かなり珍しい苗字《みようじ》だから、ほぼ確信できた。花菱准汰《はなびしじゆんた》……センパイ。同世代では初めて興味を引かれた相手であり、自分にとっては前向きな行動を起こすための火種になった人。

直接伝えたい。スノードロップ彗星《すいせい》の星空を描いたら、ぜひ観《み》に来てください……って。

叔父さんの高校は美術部が存在せず、家から通いやすく、花菱センパイもいるらしい。

進路があっさりと決まった。

そして高校生になる。わたしは保健室登校を極力減らし、教室での授業に参加するよう心掛けたが、好奇の視線や下世話な騒音に包囲されるとアレルギーにも似た嫌悪感に襲われ、教室の隅で雑音を断つほかない。でも……わたしにとっては、大きな進歩といいたい。自分自身が変わらなければ、スタート地点よりも遥《はる》か手前で立ち止まったままだから。

「美術部を立ち上げたい……か。うん、まあ……顧問くらいなら良いけどよ」

相談した叔父さんには心配そうな顔をされたけど、もし設立できた場合に限り顧問を引き受けてくれることになった。部員を集めなければ正式な部とは認められないし、部費が支給されなくとも、放課後の美術室を貸してもらえるのは有難い。

上級生の担任を受け持つ多忙な叔父さんに頼りすぎるのを自制するため、勧誘活動は一人ですると決めていたので、叔父さんは静かな見守り役に徹してくれた。

「……美術部……部員募集してます……。見学だけでも……」

勧誘文句をぼそぼそと囁《ささや》き、廊下を通る文化部志望っぽい人へ手描きのビラを配る。美術部らしい水彩のイラストが目を引いたのか、数人の一年生が美術室へ見学に来てくれた。

「……ど、どうも……は、はじめまして……。一年生の……わ、渡良瀬《わたらせ》……」

未体験の重圧。赤の他人に興味本位の眼差《まなざ》しで搦《から》め捕《と》られ、自己紹介の文言すら噛《か》んで同じ部分を何度も言い直したり、声が小さすぎて相手に幾度となく聞き直される。

幼少期から他人との接触を拒絶した弊害など、この人たちには分からないし無関係。緊張しすぎて、しどろもどろになっている部長気取りの口下手女でしかない。

「……待ってください……。絵を描く体験とか……いろいろ……考えてあるんです……」

軟弱な引き留めの哀願などお構いないしに、見学者たちは話の途中で席を立つ。

翌日、わたしは一縷《いちる》の望みを持って待ち続けたが……苦笑いで去った人たちが美術室に再び顔を現すことは、二度となかった。

週に二〜三人ほど見学に来る生徒はいても、同じ失敗の繰り返し。

困り果てた顔、呆《あき》れ顔《がお》、小馬鹿にした苦笑……赤の他人が去り際に露呈する『見限った言動』に恐怖し、硝子《ガラス》よりも脆《もろ》い決意へ数多《あまた》の亀裂が生じた。

無理なのかな、わたしなんかには。自分しかいない真っ白な世界に閉じこもって、独りよがりな絵と向き合っていれば、苦痛で傷つかずに済むのかな。

高校生になっても、容姿が成長しても、中身は幼少期のままで。

いつの間にか勧誘のビラもコピーしなくなり、美術室前の廊下に立つのも放棄して……

ヘッドホンの音楽を道連れに自分の殻へ閉じこもろうとしていた一年生の秋。

騒々しい教室から逃げていた放課後……美術室へと通じる長い廊下に差し掛かった瞬間、踏み出す足が強制的に止められてしまう。

花菱《はなびし》、と誰かが呼んだ。珍しい苗字《みようじ》だから、あの人しか思い浮かばなかった。

わたしの身長は追い越され、声変わりして重低音に弾んだ声が聞こえ、顔つきも垢抜《あかぬ》けた高校二年生。あどけない少年から爽やかな好青年に変化していても、分かる。

わたしの視界が遠目より捉えた。笑顔が絶えない柔軟な表情を周囲に振り撒《ふま》き、友人たちとふざけ合いながら廊下を練り歩くセンパイの横顔を。

伸ばしかけた手を、ゆっくりと降ろす。開きかけた口を、ひっそりと閉じる。

「……わたしとは生きる世界が違う人なんだ」

気を許した仲間と賑《にぎ》やかに笑い合うセンパイは青春が凝縮された煌《きら》めきを放ち、わたしにとっては眩《まぶ》しすぎて目を背けたくなってしまう。

絵によって奇跡的に触れ合いかけたが、本来ならあの人がこちらへ近づくことはあり得ない途方もない距離。わたしが近づけなければ、過ぎ去っていくのを待つばかり。

センパイの背中が遠ざかっていき、廊下の角を曲がって目視できなくなるまで——不器用な後輩は己の立場を嫌というほど痛感しながら、ただ黙って立《た》ち竦《すく》むしかない。

花菱准汰《じゅんた》センパイ。こういう人になりたいと憧れた上級生で、濃い影に隠れたわたしを前向きに血迷わせた太陽のような人だからこそ、ほんの一言でも声を交わしたかった。

だが……喉は詰まり、半開きの唇が震えて干上がる。

向こうはわたしの名前も知らず、後輩として同じ校舎にいると知る余地もなく、七年前の話を自ら説明するしかないのだが、入部希望者の表情がフラッシュバックしてしまい行動を司《つかさど》る神経を麻痺《まひ》させた。幻滅……されたくない。子供の頃にたった数回会っただけの後輩が今さら無様な現状を晒《さら》してしまい、唯一無二の綺麗《きれい》な思い出をぶち壊してしまうよりは。

……何もしないほうが、いい。

センパイは進行方向を見据え、視線も交差せずに通り過ぎた。

震えながら立ち尽くす自分の背後からは、センパイに駆け寄る数人の陽気な声。

彼の友人になれば気兼ねなく話しかけられるのに、臆病者には不可能という現実のみが夕暮れの廊下に残されていた。

一向に声をかけられないうちに、わたしの高校一年は呆気《あっけ》なく過ぎ去ってしまう。たびたび校内で見かける貴方《あなた》は大勢の友人に慕われていて、わたしとは対極に生きる人だったから、気軽に話しかけるのすら恐れ多く……本当に怖かった。

彼の姿を探しているのに、いざ視界に入ると足が竦み、その場へ踏《ふ》み止《とど》まってしまう自分が情けなくて、嫌いだ。臆病で勇気もない後輩は遠目から見守るのが精いっぱいで、率直な感謝すら伝えられない毎日を後悔しているだけ。

永遠と錯覚しそうな長い一方通行の苦しみを知ったとき、この感情は友情や憧れではなく〝初恋〟だと、ようやく悟ったよ。

今度はキミのほうから声をかけて——子供の無邪気な言葉が、呪いのようにさえ思えた。

卒業を控えた三年生は自由登校の二月初旬。センパイは卒業するための単位を補習などで補うために登校していたが、卒業してしまえば……再び道が交わることは、もうない。星への願いを思《おも》い止《とど》まり、自分の力で頑張ろうと決意した中学の夜から間もなく四年。

「……センパイと喋《しゃべ》ることも……できないよ……」

喉までせり上がった嗚咽《おえつ》を喉元で抑えても、生きるのが下手くそな自分自身はどこにも消え去ってはくれず、夕闇の空は窓に映る惨めな泣き顔を隠してくれなくて。

放心状態のまま逃げ込む一人きりの部室は深い影に占領され、電気を点《つ》けないと視界を確保できない時間帯なのに、物の配置は分かる薄暗さを保っている。

屋外から差し込む淡い自然光によるもので、窓越しに広がる夜空を瞳に映す。

その日は特別な夜だった。

普段はあまり顔を覗《のぞ》かせない豆粒ほどの星が幾多も燃え輝き、赤く腫れた目元が魅惑の色に包まれていく。吸い寄せられた瞼《まぶた》が完全に開き切り、果てしない星空を余すことなく記憶領域のキャンバスへ描《か》き留めようとしていた。電灯など不要。美術室は非科学的な斜光に染め上げられ、瞬く間に神秘の景色へと変貌を遂げる。

眩《まばゆ》いなんてものじゃないのに、目を瞑《つぶ》る選択肢を拒絶してしまう。

視覚を潰してしまいかねない発光の束を裸眼が迎え入れ、夜空を白く爆《は》ぜる星が美麗に流れていく様を悠々と見届けた。

奇跡とされる瞬間と出会い、そこで満足しておけばよかったのに。

わたしは——藁《わら》にも縋《すが》る想《おも》いを振り切れず、春の訪れを告げる星に願ってしまう。

花菱《はなびし》センパイと、お友達になれますように

そんな願いすら、自力で叶《かな》えることができないから。

放課後に少しお喋りするだけの関係でも構わないから。


どうか、神様。お願いします。

センパイが誰かと過ごす青春の一《ひと》欠片《かけら》を、わたしにも分け与えてください。

＊＊＊＊＊

わたしが彗星に願いを託した覚えは、ない。

過去を遡ろうとすると、本物の記憶と、紛《まが》い物《もの》の残像が——ふいに重なり合う。

夕日により細長く伸びる人影は一つ。わたしが今立っている放課後の美術室には話しかけてくれる物好きな生徒などおらず、一度たりとも部員が増えた記録はないはずなのに。

目で追うだけの高望みな存在だった花菱《はなびし》センパイの面影が脳裏を過《よぎ》り、美術部の景観に残像として違和感なく馴染《なじ》む理由が説明できない。

センパイと学校内で言葉を交わしたのは、たった一度だけ。

二ヵ月前の三月一日。彼の卒業式当日に廊下で交差した嚙《か》み合《あ》わない会話が最初で最後のようなものであり、その後は顔を合わせることなくセンパイは卒業していった。

これが、本物の記憶。彗星と邂逅しなかった、いい、いいわたしが辿《たど》った物語は、彼との再会を果たせずに雑音を掻《か》き消《け》しながら一人の放課後へ逃げ隠れした高校生活というものになった。

けれども、時折……突拍子もない憶測を夢見たりもするのだ。

あのとき、星に願っていた愚かな自分も――どこかの世界線にいたのだろうか、と。

残像のセンパイと過ごす放課後は笑顔が溢《あふ》れていたため、本音の願い事を託しておけば良かったな……なんて、後戻りできない後悔と羨望が淀《よど》むたびに自己嫌悪へ陥ってしまう。

誰かと楽しくお喋《しゃべ》りしていた放課後なんて、まやかし以外にあり得ない。

「……もし頑張って話しかけられていたら……センパイが部員になってくれたのかな」

たられば、の妄想をしても空《むな》しいだけなのに。

現実味が隣り合わせなのは奇妙で、けれども心地良いのはなぜだろう。

「……進路……決めないと」

高校三年生の春。先輩方が学《まな》び舎《や》を巣立ち、最上級生になっても叔父さん以外とは会話の交換ができない日々に変化はないものの、教員による進路関係の圧は顕著に増幅した。

校内を行き交う新入生の挙動は希望や不安が混在し、校外の生暖かい風に散らされる桜の花びらに風情を感じる余裕などなさそうで。

センパイの後追いで入学した二年前のわたしは、どんな眼差《まなざ》しだったのか……もう忘れてしまったし、親しい友人が皆無なので誰とも思い出話を共有できはしない。

白紙の進路希望票を美術室のテーブルに置き、カッターで削った鉛筆を片手に進路を思い悩む。叔父さんはわたしの意思を尊重してくれるらしく、学費の心配もいらないと背中を押してくれる。これから目指すべき道標は……わたしが、本当に望むことは。

「……絵を……描いていたいな」

壁を絵画で埋め尽くせば、物好きな人が鑑賞しに来てくれるかもしれない。美術室という小規模な箱ではなく、もっと大規模なギャラリーを渡良瀬佳乃《わたらせよしの》の色で包囲すれば、わたしの絵を好きだと言ってくれそうな人が拙い感想で褒めてくれるかもしれないから。

わたしの道標を定め、憧れることしかできない静かな恋心を抱かせ、絵の才能を自惚《うぬぼ》れさせたセンパイは罪深く、遥《はる》か彼方《かなた》にいる存在だったけれど。

今度はわたしのほうから貴方《あなた》を呼びつけて、一方的な感謝を投げつけてみせる。

鉛筆を持ち直し、進路調査票の第一志望へ迷いなく芯先を走らせた。

記入したのは東京で最も有名な美大の校名。

わたしはもう、一人でも頑張っていけるよ。渡良瀬佳乃の個展に貴方を来させるという将来の目標は、胡散臭《うさんくさ》い彗星《すいせい》なんかに頼らず自分の力で掴《つか》み取《と》ってみせるから。

お互いの人生がどこかの未来で再び交わるのを静かに夢見て、もうすぐお別れを告げる美術室を孤独に占領し、センパイが好きだった絵を描き続けます。

「あの〜、登坂《とさか》先生から『美術部がある』って聞いたんですけど……部長さんですか？」

今日も見学希望の新入生が美術室を覗《のぞ》き、恐縮しながら問いかけてくる。

どうしてかな……笑顔のセンパイがわたしと肩を並べている残像が脳裏を過《よぎ》り、挙動不審にもならず平常心を保っていられる。

不器用でも頑張ろうと思えるから、勇気を振り絞って——

「……はい、美術部の部長……三年の渡良瀬佳乃《わたらせよしの》です。見学希望者ですか……？」

第六章 珈琲《コーヒー》は苦くて ケーキは甘い喫茶店に 行くような後輩

思い入れのない卒業式は涙の気配すらなく、目元の乾きは潤せない。

校内に点在する知人同士や部活の先輩後輩が別れを惜しみ、制服を着て登校する最終日を感傷的な会話で美しく締めようとする集まりのなか、わたしは左右には見向きもせずに淡々と歩く。

誰にも話しかけられず、こちらも話しかけない。二度と戻らない校内に錯綜《さくそう》する有象無象の雑音とオサラバするとなると少し勿体《もったい》なく思い、最後くらいはヘッドホンを無音にして無防備に聞き入ってみたけど……やっぱり煩《うるさ》いから、なるべく足早に廊下を突っ切った。

行き先は高校生活の大半を過ごした美術室。主な荷物は前日に引き揚げてはいたが、忘れ物がないかを入念に確認し、申し訳程度の掃き掃除をして、入り口のドアを施錠する。

三年かけても正式に設立できなかった美術部もどきの活動拠点は、一人ぼっちな独裁者の支配から本日を以《もっ》て解放されるのだ。

「……わたしの逃げ場になってくれて、ありがとうございました」

お世話になった美術室の前で一礼し、自分以外には聞こえない小声で別れの一言を残す。

二度と戻ってこない孤高の空間に背を向け、様子を見に現れた叔父さんに「部長、お疲れさん」と労《ねぎら》いの言葉をもらい、学生服を着る最後の日を終えていった。

この三年間は有意義でもないし面白くもなかったけれど、嫌いでもなかったよ。

いつか、笑い話として思い返せるほろ苦さになってほしいな、という密《ひそ》かな贅沢《ぜいたく》を望みながら、青春未満だった子供の人生は大人の模様へと移り変わる。

進学先は第一志望の美大なので東京での一人暮らし。

築年数が浅い小奇麗な学生用マンションへの入居が決まり、三月には荷造りを済ませ、叔父さんのアパートを訪れた引っ越し業者に荷物を引き取ってもらった。

上京の日。アパート前の歩道で見送ってくれた叔父さんが泣きべそをかいていたのは苦笑を禁じ得ないけど、親バカなのは愛されている証拠だから……わたしも、もらい泣きを誤魔化《ごまか》すために長居せず、育ての親へ背を向ける。

ここはお前の家だ。寂しくなったら、いつでも帰ってきていいからな。

背中越しにもらう言葉は踏み出した足を止めかけるが……涙ぐんだ笑顔の仮面を剥《は》がさず、叔父さんを心配させないよう手を振りながら、わたしは町の風景へと同化していった。

右手で転がすキャリーバッグの騒音が足取りと連動して付き纏《まと》うも、温暖な気候と春の香りが眠気を誘い、寂しさによる億劫《おっくう》な心が多少は和らぐ。

二人で暮らした疑似家族の九年間に暫《しば》しの別れを告げ、駅へ向かう進路を意図的に逸《そ》れたわたしは商店街の路地裏へ。一階部分が店舗になっている喫茶店の前で立ち止まり、やや古びた一軒家の全体を視野に収める。

花菱珈琲《はなびしコーヒー》。叔父さんに教えてもらった住所はここだ。

経年劣化により色褪《いろあ》せた外観は昭和の匂いを色濃く残し、扉付近には営業時間や看板メニューが貼られ、一見《いちげん》では入りづらい通好みな店構えにやや慄《おのの》くも弱い自分に鞭《むち》を打ち、ベルがぶら下がる重いドアを引き開けた。

故郷の町を離れる前に立ち寄りたかった場所。時刻は朝十時過ぎ。店内にお客さんの姿はなく、話し声も一切聞こえない店内にドアベルが揺れた金属質な音が鳴る。

自然光が希薄な店内をダウンライトの暖色が浮かび上がらせていた。壁際の巨大な本棚には文庫本や洋楽CDが規則正しく収納され、反対の壁にはLPジャケットが飾られている。絵に執心だった十八歳の小娘には馴染《なじ》みが薄い独特の世界観。天井のアンプが音楽を循環させており、PINK FLOYDの原子心母が鼓膜に浸透して緊張の高ぶりをやんわりと冷却させた。

この曲は誰かが好きだった……ような気がするし、まったりとして居心地が良さそう。もっと早く店の存在を知りたかったな。

「可愛《かわい》らしい女の子がきた〜〜〜〜〜〜っ！」

店内に一歩入った位置に棒立ちしていたわたしのもとへ、バックヤードから現れた女性が満面の笑みで駆け寄ってきたため、咄嗟《とっさ》に後退《あとずさ》りしてしまう。腰にエプロンを巻いた女性……その店員さんは好奇心を瞳孔に敷き詰め、わたしを視線で舐《な》め回《まわ》す。

「あ、びっくりさせてごめんね。ウチの店に若い女の子が来るなんて珍しいからさあ」

「……は、はあ……そうなんですか」

「おひとり様？　カウンターへご案内しま〜す♪」

無駄なテンションの高さと新規客への距離感ゼロなタメ口に圧倒されるも、ふんわりとした声音や天然の笑顔を見る限り悪い人ではなさそうだ。

カウンター席に通されたわたしはチェアに腰を落ち着けて、カウンター上にある白砂糖やザラメ糖の小瓶、灰皿などの小物を一通り眺めながらメニューを開く。キッチンの奥にもう一人の店員がいるらしく、具材の下処理を熟《こな》す手慣れた音が存在感を主張していた。

豆の配合や産地が異なる数種類のコーヒーや定番のソフトドリンクを始め、軽食やデザートの美味《おい》しそうな写真に目移りしてしまうも、今日は食事が目的ではない。

「……あの……花菱《はなびし》センパイ……今日はいるでしょうか……？」

カウンター越しにいたハイテンションの店員さんへ、気持ちを昂《たかぶ》らせながら尋ねる。

一年前に噛《か》み合《あ》わない会話を交わした相手の名を──わたしは一方的に知っている。

「おおっ？　准汰《じゅんた》の知り合い～？　彼女とかじゃないよねえ？」

「……い、いえ、子供の頃に少し話したというか、センパイを一方的に知ってる後輩です」

予想以上に食いつかれたので首を左右へ振り、挙動不審めいた否定を表す。

「ええ～、つまんないのお。母親としてはさあ、息子の恋模様は気になりまくるわけよ」

唇を尖《とが》らせる店員さんはセンパイの母親だったらしく、喫茶店の店長だという。

そう言われてみれば、目鼻立ちやお喋《しゃべ》り好きな性格が若干似ていた。

「……センパイに一言だけ……挨拶しようと思っていたんです。センパイの元担任に住所を聞いたので、進学で町を離れる前に立ち寄ってみようと……」

「せっかくだけど、准汰はいないんだよねえ。卒業後すぐに埼玉の食品会社から内定もらってさあ、今は社員寮に入ってるから」

まともな進路に進んだらしく、安堵《あんど》の息が自然に漏れる。同じ高校の先輩後輩とはいえ他人同士みたいな間柄でしかないのに、やけに心配の念が晴れなかったから。

センパイが不在だと分かり、自分の表情筋を固くしていた緊張の糸が解《ほぐ》れたものの、そもそも向こうは今のわたしを認知していない……と思う。

では、なぜここに赴いたのだろうか。

センパイが卒業した日の反応を振り返ると、センパイとわたしは緊密な接点があったとお互いに思い違っていた。どうしてか部員として傍らにいたセンパイの面影がチラつく記憶に戸惑い、上京する前に確かめたかったのかもしれない。

一年前の三月一日から、じくじくと脳裏に燻《くすぶ》り続ける空白の放課後を。

疎遠になっていた他人同士がおぼろげに共有しているらしい〝偽りの部活動〟の正体を。

「……息子さんが実家を出て、寂しくないですか？」

「めちゃくちゃ寂しいぃ〜〜〜〜〜〜〜っ！　息子大好き人間だから毎日泣いてるぅ〜」

あからさまな泣き真似《まね》を披露され、どう反応していいか困る。

でも……母親の愛情に抱擁《ほうよう》された環境で育った人が、心底羨ましくも思うのだ。

「……せっかく来たので、朝ごはんを食べたいです。コーヒーはあまり飲めないんですけど、お勧めのメニューとか……ありますか？」

店長さんがコップのお冷を置いてくれた瞬間を見計らい、小声ながらも尋ねてみる。

「軽食はサンドイッチが人気だけど、メニューには載せてない〝伊澄《いすみ》ライス〟も常連の中では不動の地位を誇るぜい。これを頼めるようになれば、ウチでは通ぶれるってもんよ！」

その料理名を聞いた途端、紡ぎかけた言葉を失いそうになってしまう。

肩の力をすとんと抜き、すっかり油断していた無防備のタイミングだった。

「……伊澄ライス……それって……」

わたしが興味を示したと思ったのか、店長さんはキッチンの奥にいた調理担当を手招きする。伊澄ちゃん、という名前を呼びながら。

カウンターを挟み、すぐ手が届く距離。

九年もの年月が経過し、飾りっ気を失った質素な風貌だけど……思い出の姿と根本的な類似点は多いから、瞬時に本人だと断定できた。かつて姉のように慕っていた女子高生が二十七歳の女性として目の前に現れ、動揺を隠せないわたしを真正面から見据えてくる。

「看板娘の伊澄ちゃん。美人で料理も上手《うま》いからワタシの後釜で良いでしょ～みたいな」

店長さんのふわふわした紹介を澄まし顔で受け流す店員……伊澄さん。

わたしの知っている伊澄さんと同一人物だったら、表情を柔らかく綻ばせて軽快な喋《しゃべ》りを叩《たた》き返すはずなのに、彼女の表情は一切の波風も立たず、じっと注文を待ち構えている。

近未来にＡＩ制御の人型ロボットが普及したら、こんな感じなのだろうか。

この人は本当に、登坂優《とさかゆう》と幼なじみだった長谷川《はせがわ》伊澄なのだろうか。

「――ご注文はお決まりでしょうか」

視線をやや落としつつ押し黙っている客を、伊澄《いすみ》さんが気に掛けた。

「……わたしと貴女《あなた》は初対面……ですよね」

「——お客様が当店を訪れるのが初めてなら、今日が初対面だと思いますが」

伊澄さんの躊躇《ちゆうちよ》ない返答に嘘《うそ》は含まれておらず、初対面だと断言されてしまう。

これに関して違和感はない。わたしが伊澄さんと最後に会ったのは小学生の頃……身長を含めた容姿や声音も大人へと成長した十八歳の現在とは大幅に異なっているだろう。

「……すみません、変なことを聞きました」

自らの素性を明かしてしまえばいいのに、思惑が働いたわたしは口籠ってしまった。

渡良瀬佳乃《わたらせよしの》としては聞きづらいことも、今日で町を離れる初対面の客としてなら遠慮せずに踏み込めるかもしれないという狡《ずる》い打算を孕《はら》んでいたのだ。

「あの……えっと……ああ……」

しかし、わたしは自分から話題を切り出すのが死ぬほど不得意な生き物。

頭の中で会話の糸口を必死に探し、不自由な会話の切れ端や唸《うな》り声《ごえ》が漏れるたびに情けなくて気恥ずかしくなってしまう。程なくして常連客が来店し、ホール担当のお喋《しゃべ》り店長さんがそちらの接客へ取り掛かってしまったため、口を噤《つぐ》んだわたしの耳には高音質のプログレッシヴ・ロックが軽やかに流れ続けた。

「……オレンジジュースと伊澄ライスを……ください」

「——畏《かしこ》まりました。少々お待ちください」

無言の膠着《こうちやく》状態に陥った気まずさを打開するべく申し訳程度の注文をすると、他人行儀を保った伊澄さんは注文を会計表に書き取り、軽く頭を下げてキッチンへ戻っていく。

家庭にありがちな冷蔵庫を開閉する音、まな板をノックする包丁、鍋と油の舞台で熱烈に踊る食材。無駄のない軽快な調理音は忌み嫌う雑音ではなく、三人の疑似家族みたいな状態だった幼少期の短い期間を彷彿《ほうふつ》とさせた。

今日までの十八年間に伊澄さんと関わった時間は、ほんの僅か。わたしは心臓を押さえながら極寒の床を這《は》いつくばり、死にかけた冬の終わり……奇跡としか言いようがない現象により一命を取り留めた。

しかし、どこまでが本当にあった出来事《できごと》で、どこが思い違いなのか……過去の景色が混濁して確信が持てなくなっている。

卒業間際のセンパイと擦《す》れ違った瞬間、様々な記憶が洪水の如《ごと》く氾濫し、取り乱さないように自己を律して平静を装っていた。迂闊《うかつ》に接触を図ろうとしていたら自分自身を見失いかねない恐怖に襲われ、素っ気ない祝福の挨拶を投げ捨てて逃げるしかなかった……。

生死の境を彷徨《さまよ》ったのは、伊澄さんに助けてもらった九歳の一度きり。

それなのに、高校の屋上でセンパイに看取られながら意識を閉ざした最期も……モノクロの砂嵐に断片的な映像で映り込んでしまう。

もし今日センパイと会えていたなら、歯痒《はがゆ》く濁った記憶の手札を晒《さら》し合いたかったけど、音信不通だった伊澄さんと予期せぬ再会を果たせただけでも、ここに立ち寄った選択は間違っていない。料理を待つ間に提供されたオレンジジュースをストローで啜りながら、不明瞭な記憶をぐるぐると攪拌《かくはん》させる。

一人では結論が導き出せないうちに、完成した一皿を手に持った伊澄《いすみ》さんがカウンター越しの正面まで移動。わたしの前へ皿を丁寧に置いた。

野菜が溶け込む茶褐色のデミグラスソースが白米と抱擁《ほうよう》し、牛肉を煮込んだ赤ワインの奥深い匂いが艶《なま》めかしい光沢のソースと絡むことで庶民の食欲を鷲掴《わしづか》む。荒々しく刻まれた玉ねぎ、飾り付けに散らされたグリーンピース……研ぎ澄まされた視覚や嗅覚が訴えかけるのは、わたしが大好物だった特製ハヤシライスの外面だということ。

白米とソースの絶妙な配合をスプーンで掬《すく》い上《あ》げ、控えめに開いた口へ。

ソースに抱擁された白米が舌に触れた瞬間、凝縮された旨味《うまみ》の塊がほろほろと蕩《とろ》け始め、口内を潤沢な幸福に満たす。せり上がってきた激情が笑顔を超越し、感動による涙が下瞼《まぶた》を微《かす》かに濡《ぬ》らした。味覚さえも記憶と共鳴し、この人はわたしや叔父さんに無邪気な笑みを見せていた伊澄さんなのだと、改まった実感が浸潤する。

「……美味《おい》しいです……とても……美味しい……」

変な客だと勘違いされそうなので、涙ぐんだ湿りを声に混ぜないよう善処したが、そうすると台詞《せりふ》が極端に短くなり、いつかのセンパイみたいに感想の語彙力を失う。

「——ありがとうございます。嬉《うれ》しいです」

それなら、もっと嬉しそうな顔をしてください。

綿あめよりも軽い言動の女子高生時代を謳歌《おうか》していた貴女《あなた》は、抑揚のない無表情な受け答えとは無縁だったはずで、叔父さんをからかうとき、不満を漏らすとき、料理を褒められたとき……わたしは数えきれない種類の無垢《むく》な笑顔を知っているから。

カウンター越しに佇《たたず》んでいる貴女は、伊澄さんの姿を模倣した偽物だと思いたいよ。

皿と口を往復するスプーンの昇降が止まらず、パン一個で満腹な少食の体質を忘れ、瞬く間に特製ハヤシライスが飲み物の如《ごと》く胃袋へ収まった。自分史上、最も早い完食が羞恥を誘い、空いた食器を下げる伊澄さんと視線が合わないよう瞳を伏せざるを得ない。

カウンター裏のシンクに視線を落とし、食器を洗う伊澄さん。わたしはチェアから臀部《でんぶ》を持ち上げず、お代わりしたオレンジジュースを片手に静寂の店内へと居座る。もうちょっと、ランチで混み合わないうちに……現在に至るまでの伊澄さんを知りたい。

「いす……店員さんはスノードロップ彗星《すいせい》を信じますか？」

今のわたしは一見《いちげん》の客。馴《な》れ馴《な》れしく名を呼ぶのが憚《はばか》られ、他人行儀の距離感を維持しつつ、あくまで『迷信に興味がある客の世間話』を装い、よくある雑談を吹っ掛けてみた。

世間話を振るのが致命的に下手くそなため、ド直球な切り口しか思いつかない。

伊澄さんは面食らう素振りも見せず、水道の蛇口から流れていた水を止め、

「——閏年《うるうどし》の二月に彗星は流れます。そして、託した願いは叶《かな》うでしょう」

わたしが店に来てから変化の兆しもない顔色のまま、そう明言した。

「……スノードロップ彗星の不可思議な現象に興味があるんです。差し支えなければ……

貴女《あなた》が星に捧《ささ》げた願い事を……起こった奇跡を、教えていただけないでしょうか」

「――構いませんが、大抵の他人は信じてくれない世迷言《よまいごと》です。それに、本当に叶ったのかは分かりません」

抽象的な言葉の意味は分かりかねたが、伊澄《いすみ》さんは構わず台詞《せりふ》を続ける。

「――私には、四歳年上の幼なじみがいました。共働きで忙しかった両親の代わりに、彼が幼稚園に送り迎えしてくれて……私を楽しませるために、たくさんの絵を描いてくれました。あの人が絵を描いている姿は、世界中の誰よりも格好良かったです」

当時の想《おも》い人について惚気《のろけ》ているはずなのに、感情が籠っていない語尾は常に平板で、他人事《ひとごと》よりも遠い距離を露呈していた。

「……それは、今も変わりませんか？」

「――今はもう、どうでもいいです。何も思いませんので」

率直に物言う伊澄さんの瞳には、かつて宿っていた好意の色が喪失していた。

それどころか、好きでも嫌いでもなく、記憶の中に残る人物として淡々と語るだけ。

「――彼の姪《めい》っ子《こ》が急病で倒れ、幼い命が尽きようとしていました。倒れていたその子を抱きかかえた私は、高層マンションの上空に美しい弧を描く流星群に目を奪われたんです」

「……貴女《あなた》はそのときに……願いを……」

「――彼は自分の夢を諦めてまで、姪っ子の幸せをなによりも望んでいました。九年前の二月二十九日に私が願ったのは〝大好きな人たちが笑顔になりますように〟ただ、それだけです」

だから、本当に叶《かな》ったのか曖昧になってしまう。大好きな人たちにいいことがあったかどうかは、伊澄さんの願いを受け取る相手にしか分からないから。

「――彼や姪っ子さんとは疎遠になりましたが、私の願いは叶ってくれたと思います」

「……しばらく会っていないのに、なぜそう思えるんですか？」

「――今日はなんとなく、そう思うからです」

ぼんやりとした受け答えなのに、伊澄さんの言葉は太い芯が通っていた。

そこに後悔や未練は存在せず、歓喜や充実もない。自分の好きな人が苦悩し、憔悴《しょうすい》していく姿を間近で見ていた伊澄さんが一瞬で流れ終える彗星《すいせい》に託した純粋な願い。

「……貴女はなぜ……好きな人たちから離れてしまったんですか？」

叔父さんやわたしの前から姿を消した理由を、ずっと聞きたかった。

「――星に願いを捧《ささ》げた日から、大好きな人が描いた絵に何も感じなくなった。あの二人に対する愛情すら失われて、笑いたくても笑えなくなった。それだけです」

それだけ……なんかじゃない。

人間として当たり前に持ち合わせていた感情が喪失していく感覚は計り知れず、それに伴った歯痒《はがゆ》さや苛立《いらだ》ちすらも手放して、白一色に塗り潰されていく日々は無痛の拷問。

感情が失われつつあった伊澄さんは怯《おび》え、恐怖すら徐々に感じなくなって、隙間から擦《す》り抜けていく感情を拾い集めようとしていた。

好きという恋愛感情を一縷《いちる》であっても繋《つな》ぎ止《と》めようとしていた。

「――好きな人へ心無い言葉を吐き捨てる前に、彼に嫌われてしまう前に、自ら姿を消しました。楽しかった記憶を、笑いあった思い出だけを、ずっと残してほしかったから」

わたしとは比べ物にならない不器用なこの人を、愛《いと》おしく思う。

絶命する直前に救われ、叔父さんと暮らせるようになった二つの奇跡。それらは叔父さんとわたしの願い事であり、伊澄《いすみ》さんが祈ったことで叶《かな》ったのだとしたら。

「……ごめんなさい……ごめん……なさい……」

伊澄さんの感情を奪ってしまったのは、わたしの存在。

今もなお、大切な人たちを過去に縛り続け、のうのうと自分の夢を追いかける自己中心的な渡良瀬佳乃《わたらせよしの》こそが、周りを不幸に陥れる不要な『雑音』だったんだ……。

「――どうして、泣いてるのですか？」

震える視界が濁り、カウンターに水滴が点々と滴り落ちていく。

突如として嗚咽《おえつ》を漏らす赤の他人に驚く様子もなければ、気味悪がる表情も持ち合わせていないであろう伊澄さんは、おもむろにキッチンのほうへ移動。

数分後にカウンターの内側へ戻ってきて、わたしの前に小皿をそっと置いた。

一ピースのチョコレートケーキ。

小さいフォークが傍らに添えられ、ぐしゃぐしゃに沈んだ泣き顔が戸惑いへと導かれる。

「――甘いものは笑顔になるお客様が多いので、ご馳走《ちそう》します。店長には内緒ですよ」

伊澄さんの表情は絶対に変わらないのに、口元へ人差し指を立てながら口止めするお茶《ちゃ》目《め》な言動は、子供の頃に慣れ親しんだ面影に似ている気がした。

「……ふふっ、美味《おい》しい……」

たとえ喜怒哀楽を奪われたとしても、伊澄さんが作る料理の美味しさは不変で。

みっともなく泣きながら頬張《ほおば》るチョコレートケーキは絶妙な甘さに涙の塩味が混ざり、ほろ苦い味わいが自然に笑顔を誘う。舌に刻まれたこの風味を、カウンター越しの細《ささ》やかな出来事《できごと》を、わたしは死ぬまで記憶から手放さないだろう。

「──いつか、大好きだった人たちに会うことができたら……こう伝えたいですね。私は平穏に暮らしているので、どうか心配しないでください、と」

受け取ったよ、伊澄さん。貴女《あなた》に燻《くすぶ》り続ける残り火のような感情は完全に失われたわけじゃなくて、ふとした拍子に本人も気付かないうち、微《かす》かに滲《にじ》む。

だって、この瞬間の伊澄さんは口角を僅かに上向かせているようにも見えた。

光の加減か見間違いかもしれないけど……春の陽気に相応《ふさわ》しい穏やかさでわたしに笑いかけてくれたから、わたしは楽観的な勘違いをしていたいんだ。

昼時で混む前に会計を済ませ、暫《しばら》くは戻ってこないだろう喫茶店を後にする。

焦げ茶色の木の壁が味わい深い店舗から一歩出ると、文庫本やコーヒー豆の通好みな匂いは春風に攫《さら》われ、いつもの町が仄《ほの》かに香る。

お客さんが少ない時間帯だからなのか、伊澄《いすみ》さんは律儀に店外まで見送りに出てくれた。

「――これ、東京ではあまり売っていないんですけど、美味《おい》しいんですよ」

店舗の前で向かい合い、差し出された紙袋には……大好きなローカルパン。

定番のチョコ味からピーナッツ味、粒々いちご味、バナナ味など、色彩豊かなチョコが分厚く塗られた未開封のベタチョコが袋の中に密集していた。

「――店に常備している私のオヤツですが、もしよろしければ差し上げます」

「……どうして……初対面のわたしに？」

「――なぜでしょうね。お客様に食べてほしいと思ったから、では駄目でしょうか」

伊澄さんの大好物は、わたしの大好物。

このパンを一緒に食べて絵を描きながら過ごした時間が、確かにあった。

記憶違いでも、まやかしでもなく、ほんの数ヵ月だけ……わたしたちは家族だった。

ベタチョコを食べるよ、東京に行っても。

ほろ苦い回想が詰まった懐かしい田舎の味を、しぶとく振り返って懐かしむように。

「……ありがとうございます。またいつか来ますので……お喋《しゃべ》りしてくださいね……」

「――私でよければ、いつでもお待ちしています」

わたしは紙袋を両手で受け取り、深々とお辞儀をする。伊澄さんも会釈し、居心地の良さと名残惜しさに後ろ髪を引かれつつ、わたしは踵《きびす》を返して駅のほうへ歩み始めた。

一歩ずつ足を踏み出すごとに景色が流れ、背後にあった店の外観が離れていく。

左手に持つ紙袋に視線を落とすと、メッセージカードが同封されていることに気付いた。

人通りの少ない歩道の真ん中で立ち止まり、二つ折りのカードを開封する。


佳乃《よしの》ちゃん、また来てね。

これからのアナタにも、素敵なことがありますように。


伊澄さんの手書きで綴《つづ》られた嘘《うそ》偽りのない惜別の言葉。

ずっと、ずっと、我慢していたものが一瞬で崩壊し、わたしはその場に泣き崩れ、苦渋の記憶と甘酸っぱい放課後の幻想に溢《あふ》れた町を置き去りにした。

第七章 幸せだったバッドエンドの夢を見るような後輩

人工的な光源が眩《まばゆ》く空気が霞《かす》んでいる都心でも綺麗《きれい》に星が望める寒空の夜。

東京とはいえ交通網が麻痺《まひ》しない程度の雪は降るが、三年間も暮らせば雪が滅多《めった》に積もらない冬への違和感は薄れてきた。厚手のアウターを羽織らないと肌が凍《い》てつき、街頭を歩くのが億劫《おっくう》になってきても、眠らない街は喧噪《けんそう》を増幅させながら色めき立つ。

ニュースやネットでの誇大な煽《あお》りが影響し、巧みな話術で迷信をこじつける専門家や匿名のネット民も面白半分な燃料を注ぎ、日に日に膨張していく四年に一度の噂《うわさ》。

今年の二月は——スノードロップ彗星《すいせい》が春の訪れを告げる。

純粋に信じる者、訝《いぶか》しんで執拗《しつよう》に否定する者、科学的な観点から信憑性《しんぴょうせい》を検証する者、全く興味がない者、彗星関連のグッズやキャンペーンを便乗で売り出す企業……そうそう頻繁には経験できない特別なお祭り騒ぎは、幻想的な現象の有無を除いたとしても人々の好奇心を駆り立てる。

新年の余韻も醒《さ》めた二月初旬。飲食店にて個展の打ち合わせをしているときも個展スタッフがしきりに彗星の話題を出し、わたしは「……はあ」「……そうですか」という間抜けな返事に終始せざるを得ない。二十一歳になっても相変わらず雑談は苦手分野だ。

例年は咲かないような場所に、突如としてスノードロップが咲いたらしい。

日本国内ではなくとも世界中のどこかで不自然に咲いたとなれば、瞬く間にメディアやネットで拡散が始まり、騒々しい雑踏の波に紛《まぎ》れていたわたしの目にも留まる。

二月下旬に開催される個展の打ち合わせ帰り。街頭の大型ビジョンを見上げ、風に揺れるスノードロップの映像を目の当たりにすると、一命を取り留めた直後の病院に咲き誇った記憶が部分的に過《よぎ》り、冷たく凝り固まった身体《からだ》が昂《たかぶ》り始めた。

前回、星が流れたらしいのは四年前。

一人ぼっちの美術部を謳歌《おうか》していた高校二年生のとき。

はっきりと邂逅《かいこう》はせずに願い事も託さなかったので……校舎の屋上で星空を鑑賞しながら、スノードロップ彗星の風景画を描き表そうとしたのは覚えている。

「……センパイは……わたしの隣にいなかったのに……」

当時を思い出そうとすると、しきりに反響するセンパイのお節介な声。

二人きりの放課後にお喋《しゃべ》りしてくれた温かい偽の記憶。

明確な真偽が定かでない二つの記憶が交差すると、眩暈《めまい》を伴う不可解な気分に陥ってしまうので余計な思考を閉ざす。わたしからは一度も声を掛けられなかったので、センパイとは疎遠な友達未満になり遠い過去に葬られたはずなのに。

学生マンションへ帰宅し、ワンルームの自室に置いていたイーゼルへ視線を移す。

イーゼルに乗せられた未完成の絵は星空をテーマに描いたもので、無数に散布された星《ほし》屑《くず》の中央には燃え盛る神秘の光を纏《まと》うスノードロップ彗星が孤高の存在感を放っていた。

センパイに証明するため、そして褒めてもらうための道標がこの絵だったのに、美大に入学した後も描き進める気にもなれず部屋の片隅にひっそりと展示している。

改めて相対すると技術的に粗く、恥ずかしさや悔いが残る絵を目の前にするたびに、学校の屋上で未完成のまま死にゆく情景がフラッシュバックしてしまう。

「……わたしは……この絵をセンパイに見せたかったのかな……」

幼少期のことは叔父さんや伊澄《いすみ》さんと共有できたのに、十七歳の二月に限っては二つの記憶が混在する空白の期間があり、脳内に靄《もや》を撒《ま》き散《ち》らしている。

わたしがこの絵を片付けられないのは、密《ひそ》かに片思いしていた花菱《はなびし》センパイと過ごしたまやかしの放課後を夢見たいから。

センパイに褒められたい一心を胸に抱え続けながら、今日まで我武者羅《がむしゃら》に絵を描き続けてきた。あの公園で貴方《あなた》の無邪気な声を聞き、語彙力のない感想を何度も何度ももらった日から年月が過ぎ去って……子供扱いされる季節が終わった。

「……高校のときよりも自信がついたから……そろそろ見てほしいな、センパイに」

画家として本格的に活動を始めてから二年くらい。

絵画のコンテストに度々入賞した実績が功を奏し、制作した絵はネットショップ経由での注文も増えてきて、青山にある小さな画廊での個展を開けることになった。

いつかセンパイを招き、感謝の意を伝えたい。それだけが絵を描く意味であり、唯一の目標であり、生き長らえた命を情熱で燃やす原動力だったから。

小学生の頃に公園でお喋りしていただけの相手に憧れ、わたしは恋をしている。

なぜか、一緒に部活動をしていたという妄想混じりの勘違いまでしそうになる。

おかしいよね、こんなの。正体不明の恋心を追いかけるのは甘酸っぱいけど、先が見えなくて、本当に苦しい。むず痒《がゆ》い。ちくちくと、痛い。

ほんのちょっとだけ頑張って、行動を起こす勇気と自信を得ることができたから……どこにいるのかも定かではない憧れのセンパイに会いに行ってもいいよね。

あの人には、わたしから声を掛けないといけない。

そんな気が——ずっとしている。

＊＊＊＊＊

二月の中旬。

個展の最終準備を進めている合間を縫い、わたしは埼玉県へ向かっていた。

グルメサイトに載っていた花菱珈琲《コーヒー》へ電話してセンパイの母親である店長さんに社員寮の住所を教えてもらい、初めて乗った西武新宿線に揺られ、いつの間にか埼玉の風景になっていた車窓をぼんやりと見詰める。

目的地の駅が迫るにつれ、比例するように恐怖が右肩上がりになっていく。

あの人と最後に会話を交わしたのは十七歳のとき。内心では最高潮に意識していたわたしとは異なり、センパイにとっては名も知らぬ後輩の一人でしかないから……足が竦《すく》んでしまう。

そんなことを延々と思い耽《ふけ》っていたからだろうか。約一時間の片道は短く感じたが、降りる駅のアナウンスをされた瞬間に気が引き締まり、座席から重い腰を上げる。

新狭山《しんさやま》駅……最寄り駅はここで間違いないはず。

到着したホームへ下車し、改札を抜けて小規模な駅舎の階段を降りると、飲食チェーン店やコンビニ、タクシー乗り場くらいしか見当たらない寂れた駅前ロータリー。日曜日なのに人々の往来は疎《まば》らで、高層の建造物とは無縁な景観と静けさが安息すら与えてくれる。お世辞にも都会とは括《くく》れない地方感に地元の町を彷彿《ほうふつ》とさせつつ、住所を入力した地図アプリを頼りに食品会社の社員寮を目指した。

店長さんが言うには、この食品会社は週休二日の土日休み。日曜であれば会える可能性が高いと考えたが連絡先は知らないし、赤の他人と大差ない後輩が店長さんに連絡してもらうのも図々《ずうずう》しいと遠慮してしまい、アポなしの押し掛けみたいな形になってしまう。

公園でお喋《しゃべ》りした絵描きの少女とセンパイが認識していなくても、校内で擦《す》れ違いざまに対峙《たいじ》したわたしの顔を覚えていてくれたら……という期待と不安が交錯しながらの徒歩五分。会社名の表札が入口に打ち付けられたマンションの社員寮がお目見えした。

会社の建物に不法侵入するわけにもいかないので玄関の横に立ち、センパイと偶然会えるのを待ってみる。日頃の運動不足がたたった。三十分も経《た》たないうちに足が悲鳴をあげ、社員寮の壁に寄り掛かりながらスケッチブックに風景を写し取る。

周囲の建物、寮の自転車置き場に並ぶ自転車、その辺を徘徊《はいかい》する野良猫。スケッチを何枚描いてもセンパイは現れず、待ち時間だけが積み重なっていく。十二年前もスケッチしながら公園の主が来るのを心待ちにしていたな……と童心に返りながら、今も彼を待つ。

「あんた、寮に入ってる社員じゃないよな。そこで何してるの？」

そんなヒマ潰しをしていたら、寮から出てきた男性に声を掛けられる。ほうれい線や白髪交じりの髪はベテラン社員の貫禄《かんろく》が濃く漂っており、叔父さんよりも年上だろう。

「……えっ……あ、あの……えっと……スケッチしてます……」

すっかり気を抜いていたものだから、知らない人に突然話しかけられると焦ってしまい、まともな返答が喉元に閊《つか》えてしまった。これだから怪しい人物だと誤解されるんだよね。

「……あの、花菱准汰《はなびしじゅんた》っていう人に会いたいんですけど、今日は寮にいますか？」

乱れかけた呼吸を整え、単刀直入に問いかけてみる。

「あいつの友達？　せっかく来てもらって悪いけど、あいつはとっくに会社を辞めてるよ」

予想外の現状をさらりと言われ、小さな動揺を隠せない。

店長さんが嘘《うそ》をついていた様子は微塵《みじん》もなく、センパイの現状を誤魔化《ごまか》す理由も思い当たらないので、会社を辞めた事実を家族にも内緒にしているのだろうか。

「というか、めちゃくちゃ意外だわ。あいつにも友達とかいたんだな」

わたしにとってはその発言が意外すぎて、嘲笑混じりの表情に苛立《いらだ》ちを覚えた。

「……学生時代のセンパイはたくさんの友人に囲まれていて……誰にでも優しい憧れのセンパイでした……」

「え～、ウソだろ？　会社でのあいつは協調性がなくて、誰にも話しかけなくて、いつも一人だったから気味悪かったっつーか、何を考えてるのか分からなかったぞ」

やめて。聞きたくない、そんな雑音は。わたしが一方的に目で追っていた花菱《はなびし》センパイではなく、同姓同名の別人と勘違いしているだけだ。そうに決まっている。

「はっきり言って、指示した仕事をするだけの人形みたいなやつだったな」

握り締めた拳の震えが収まらず、憤りの暴言が口から噴出しそうになったが、小さい拳を握り締めて怒りを放熱し、無益な反論は堪《こら》えた。

わざわざ口論をしに来たわけでも、センパイの擁護をしに来たわけでもないからだ。

「……実家にも帰っていないみたいなんですが……引っ越してしまったのでしょうか？」

「今どこにいるかはさすがに知らんけど、少し前に同僚がこの辺りのパチンコ屋で見かけたらしいから、そんなに遠くには行ってないんじゃね」

わたしは苛立《いらだ》ちを押し殺してお辞儀をし、その場を逃げるように去る。

この目で確かめるまでは認めたくはないものの、残留する動揺を胸に抱えたまま、初めて訪れた街頭を彷徨《さまよ》い……教えてもらったパチンコ屋へ。

わたしには縁遠かった娯楽施設の雑音は他所《よそ》の比ではなく、店舗前の屋外とはいえ鼓膜を破壊されそうな騒音が全身を劈《つんざ》いてくるので久しぶりにヘッドホンを装着せざるを得ず、好きな音楽を盾にしながら防御するほかない。

逃れられない雑音を強制遮断するこの感覚も、母親のもとに戻ったみたいな馴染《なじ》み深《ぶか》さを蘇《よみがえ》らせる。地方のパチンコ屋の前なのが、やや風情を欠くけれど。

この時期は日没が早く、夕方の時間帯に差し掛かった町は薄紫色のフィルターに覆われ、飲食店などの建物にはＬＥＤの電飾が灯《とも》り始める。

気温が下降していき、体温を奪われていく指先を吐息で温めながら、来るかどうかも分からないセンパイをひたすらに待ち続けた。

もう二度と会えないかもしれない。ふいに見上げた空は深い夜に掌握され、諦めの心境に身を任せかけたわたしは駅に戻り、落胆を拗《こじ》らせた放心状態でホームへの階段を上っていると、反対に下っていく人物の虚《うつ》ろな瞳と視線が合う。

「……っ⁉」

日曜の夜九時。擦《す》れ違いざまの横目に映り込む人物へと身体《からだ》の向きが引き寄せられ、段差の途中でも思わず振り返ってしまった。こちらから、声をかけるんだ。

ここで逃げてしまったら、もう二度と会えない。そう、運命が警告してくれる。

「……花菱センパイ！」

人通りが少ない駅の階段にわたしの脆弱《ぜいじゃく》な声が木霊し、階段を下っていた男性もこちらへ身体を反転させる。みすぼらしく色落ちした私服と無造作に波打つ髪にかつての爽やかな面影はなくて、若干頬《ほお》はこけて顔も青白くやつれた無精ひげの風貌が信じられず、声を失う。だが、名前を呼ばれて反応したこの男性は……二十二歳の花菱准汰《じゅんた》センパイだった。

「……あ、あの、わたしは高校の後輩で……子供の頃にも、こ、こう、公園で会ったことがあるんですけど……お、覚えてますか……？」

しどろもどろで空中分解しそうな文脈を必死に結合させ、過度な動揺を曝《さら》け出しながらも台詞《せりふ》をどうにか成立させた。そのまま立ち去られたら、極度の緊張により震えた二本足だと追いかけられない。話を聞いて。わたしに関心を向け、興味を奪われてほしい。

身動きを止めたセンパイは両目を細めて凝視し、数秒の沈黙を経て口を開く。

「――渡良瀬《わたらせ》……か」

センパイがわたしの名を弱々しくも呟《つぶや》いてくれる。全身の震えが、瞬時に収まった。

「……わたしの名前……知ってたんですね……」

「――ああ、そうだな。なぜかは分からないけど、顔と名前が一致して良かった」

感慨深さに浸り、喜びに溺れかけたわたしとは異なる。

センパイの感情は揺れ動く素振りすら皆無であり、一切の表情を見せない。空虚な瞳が後輩を惰性で映し、ただ茫然《ぼうぜん》と立ち尽くしているのみでしかなかった。

大学への進学前に喫茶店で再会した伊澄《いすみ》さんに抱いた印象と同様、センパイの姿を象《かたど》っただけの偽物だと思いたかったけど……わたしの声を認識して振り向いたのは、花菱《はなびし》センパイ本人だという何よりの証明。この人は、かつて笑顔を絶やさなかった公園の主なのだ。

どう話しかけていいのか混乱し、次の台詞が脳内に生産されない。

こういうときはセンパイが話題を振り、へらへらと能天気に笑いかけてくれそうなイメージが強いのは、記憶の辺境に残る偽の回想がしきりに映し出されるから。

だが、口を堅く結んだセンパイは素っ気なく背を向け、元々行こうとしていた方角へ歩き出す。手を伸ばしても、もう届かない。

わたしは半開きの喉へ酸素を取り込み、何でもいいから声を発しようと足掻《あが》く。

「……待ってください！」

消え入りそうな声で引き留めるのが関の山でも、階段を降り切ったセンパイはその場で静止し、顔だけをこちらへ向けた。去っていく貴方《あなた》を、今度は臆せずに引き留められた。

「……今日はセンパイに会いに……来たんです」

「──そっか」

興味の無さが浮き彫りの短すぎる返答が、ちくりと刺さる鈍痛を生じさせる。

「……学生時代の懐かしい話をしませんか。たぶん……夜通しで楽しいと思いますよ」

これしかなかった。お互いの勘違いが、重なり合うかどうかを確かめるためには。

「──お前と学校で話したことはほとんどないはずだけどな」

「……それでは、どうしてわたしの名前を知っているんですか……？」

「──分からない。なんとなく、だ」

無表情のセンパイが無感情な返答を並べるたびに、プログラミングされたＡＩ機器の受け答えを彷彿《ほうふつ》とさせる。わたしが憧れ、密《ひそ》かに恋心を寄せていた人柄は消《き》え失《う》せたばかりか、人間らしい一面すら感じ取れる要素がない。

「……センパイの卒業式の日、廊下で擦《す》れ違ったときにこう言っていましたよね。わたしとどこかで会った気がするって……あれは子供のときに遊んでいたことですか？」

「──お前と擦れ違ったとき、妙な勘違いを覚えたんだ。校内では初めて見る顔なのに、美術室で同じ時間を過ごしていたような……不鮮明な記憶が唐突に過《よぎ》ったから」

「……赤の他人同士が同じ勘違いをすることって……あるんでしょうか」

「──その台詞《せりふ》、あのとき俺が言っていたやつだろ。お前は相手にしてくれなかったけど」

「……わたしも内心は動揺していて、上手《うま》く対応できませんでした……ごめんなさい……」

ちょっと意地悪な皮肉を投げかけてくるセンパイ。

ほんの少しお茶目《ちゃめ》な心境が垣間《かいま》見《み》えて、謝罪の最中におぼろげな微笑が混じる。

「……センパイ、夜ご飯はもう食べましたか？」

「──いや」

「……どうせ、まともなご飯を食べてませんよね。今からわたしが……作ってあげます」

高校時代より痩せたセンパイは活気が失われ、見るからに不健康が表れた顔色がわたしの心配を煽《あお》る。だからなのか、自分の人生史上で最も大胆な提案もできてしまう。

「……やっぱり迷惑ですよね。顔見知りだった程度の後輩が突然押しかけて……」

突拍子もない申し出は断られるかと覚悟したが、センパイは嫌な顔一つせず……いや、表情を変える素振りもなく、

「──何も思わないから、どっちでもいい。断る理由もない」

肯定も否定もせず、わたしに選択権を委ねる。

そのまま自宅への経路をなぞる……と思いきや、駅前のスーパーへ身体《からだ》の向きを変えた。

「――晩飯を作ってくれるんだろ？　俺の家、食材のストックなんてないからさ」

「……はい！　一緒に行きましょう！」

わたしは声音を弾ませ、天辺《てっぺん》まで上りかけた階段を軽い足取りで駆け下りた。

遠くから恋焦がれていた先輩と四年ぶりに埼玉の小さい駅で再会し、経緯はさておき肩を並べて歩く。それだけでも、わたしにとっては奇跡に等しい贅沢《ぜいたく》な運命だった。

子供の頃以来、ほとんど交流なんてなかったはずなのに――可笑《おか》しな話だけど。


スーパーで食材を調達したあと、センパイが住んでいるアパートへ。

叔父さん以外の男性と部屋で二人になる経験などあるはずもなく、頭を冷やして考えれば無様に焦る状況ではあるものの、この部屋は甘ったるい心境にさせてくれない。

面積的には手狭なワンルームながら、やけに広く感じるのは最低限の家具や生活必需品しか置かれてないから。寝るためのベッドと食事をするためのテーブルがぽつんと存在し、テレビや本棚などの娯楽に関するものは一切見当たらない殺風景すぎる部屋は、シンプルすら通り越して生活感がまるで漂わない無味無臭の空間。床の隅に散乱していた何かの明細書は握り潰されて紙屑《かみくず》の山と化し、わたしにとっては歪《いびつ》で異様な光景だった。

仕事帰りだというセンパイはシャワーを浴びるために浴室へ入り、わたしはキッチンを好きに使わせてもらう許可を得ていたため、さっそくビニール袋から食材を取り出していく。

冷蔵庫は予想通り、調味料や飲料水などを除けば空っぽ状態。呆《あき》れ混じりの溜《た》め息《いき》を吐《つ》きながら、見切り品の野菜、細切れの豚肉、卵などを準備して、まな板に転がした格安の野菜を力任せのザク切りにしていった。

使い込んだ形跡のない鍋にお湯を沸かし、封を切った袋麺を投入して茹《ゆ》でる。二口コンロのもう片方に乗せたフライパンにて下処理した野菜と豚肉を炒《いた》め、同時進行で茹でていた袋麺の鍋に数個の卵を割り入れ、あとは待つ。

そのタイミングで部屋のドアが開き、全身に湯気を背負うセンパイが仁王立ちしていた。

「——風呂から上がった」

「……見れば分かります。あと、ちゃんと服を着てから部屋に戻ってきてください……」

一瞬だけ視界に入ったが、わたしは即座に目を逸《そ》らす。

湯上がりのセンパイは腰にタオルを巻いてはいたものの、ほぼ全裸に近い。デッサンの講義などで男性の裸体は割と見慣れているにしても、意表を突かれると気が動転してしまう。

憧れていた人の肌という相乗効果もあってか、顔面が沸騰しそうなほど熱い……。

特に焦りもしないセンパイがクローゼットへ移動したのを見計らい、最適な硬さの茹《ゆ》で具合《ぐあい》に仕上がった鍋の火を止め、付属の粉末スープを茹《ゆ》で汁《じる》に溶かし、フライパンで炒めた具材を盛りつければ調理が終了する。

「……売れ残り野菜ぶち込みラーメンです」

これぞ一人暮らしの味方、叔父さんのアレンジを真似《まね》した即席ラーメンだ。タオルを敷いたテーブルへ熱々の鍋を置き、胡坐《あぐら》をかいていたスウェット姿のセンパイに箸を渡す。

「――まだ髪を乾かしてないんだけど」

「……もう、世話の焼ける人ですね」

いちいち動作が遅くて私生活がだらしない一面が垣間見《かいまみ》えるのは、たぶん元々の性格なのだろう。わたしも偉そうに人のことを言えないが一人暮らしも板についてきたので、今のセンパイよりは一人暮らしスキルが上だとは自負できる。

センパイの背後に回り込み、膝立ちになったわたしはドライヤーを手に取り……静けさを汚す轟音《ごうおん》の温風でセンパイの濡《ぬ》れた髪を揺らす。こうしてセンパイの髪を乾かしてあげる状況を今朝までの自分が予想できただろうか。

センパイに会うまでは緊張によって言動が凝り固まっていたのに、再会してから少し時間が経《た》った心身は柔軟に解《ほぐ》れ、二人だけのひと時を満喫している。緊張や恐怖はどこかに置き忘れ、これがわたしたちの適切な距離感だったかのように心地よい。

「――ラーメンを食べるときは、どんぶりに移すんじゃないのか？」

「……わたしは鍋のまま豪快に食べるのが好きなんです」

いつかの叔父さんが言ってくれた台詞《せりふ》を借りる。

よほど空腹だったのか、花菱《はなびし》センパイはドライヤーの風を浴びているのもお構いなしに鍋の取っ手を持ち上げ、温風の轟音《ごうおん》に負けじと縮れた麺を煩《うるさ》く啜《すす》った。

「……どうですか、わたしの料理は」

「——これが料理と呼べるかはさておき、一人暮らしを極めた感は伝わるよ」

「……素直に褒めてくれたほうが嬉《うれ》しかったです」

微妙なニュアンスながら、一応は褒められているらしい。鍋を手放さないセンパイは箸を休めることなくラーメンを口内に流し込み、空腹に咽《むせ》び泣《な》いた胃袋を満たしていた。

「——誰かの手料理を食べたのは、ずいぶんと久しぶりな気がする」

スープまで飲み干したセンパイは表情を変えずとも、満足げな一息を吐く。

他人の世話を焼くなんて初めての経験だし不慣れなのは否めないけれど、わたしをお世話してくれた人たちを真似《まね》てみれば、誰かを支えることができるかもしれない。

かつてのわたしは、そうやって救われてきたのだから。

放置された段ボールには見慣れた包装紙のローカルパン……ベタチョコ。

荷札に記載してある差出人は恐らくセンパイの母親で、前職の社員寮宛てに郵便で発送されたのが転送サービスによりこの住所へ届いたのだろう。

「……ダメですよ。わたしも好きなパンですけど、こればかり食べてたら栄養が偏ります」

デジャブ……だろうか。似通った台詞《せりふ》が、学生服を着たセンパイの声で蘇《よみがえ》る。

話題に困ったら、センパイが言いそうな台詞を無意識に拝借しているのだろうか。

「……時々、ありえない過去を思い浮かべることがあるんです」

乾燥の手触りを感じたらドライヤーのスイッチを切り、前方の壁を見詰め続ける無口なセンパイの髪を梳《と》かしながら語り掛ける。

「……わたしが放課後の美術室で絵を描いていて、それを見守ってくれる花菱センパイが雑談を吹っ掛けてくるんですよ。わたしは苦言を呈するんですけど、別に嫌な気持ちではなくて……なんだかんだ、二人で他愛《たあい》もないことをお喋《しゃべ》りしていました」

「——俺は帰宅部だったから、放課後はすぐに下校して友達と遊《あそ》び呆《ほう》けていたよ」

「……可笑《おか》しな話ですよね。一人ぼっちの放課後だったはずなのに、センパイと過ごした記憶が混在しているんですから」

ありえない妄想をばら撒《ま》いているのは自覚している。

それでも、四年間に亘《わた》り正体不明だったもどかしさの鈍痛に終止符を打ちたかった。

「……どういうわけか、センパイが世話を焼いてくれたんですよ。大好物のパンを持ってきてくれたり、偏食だったわたしにサンドイッチを分けてくれたり……部員勧誘のために作戦会議をして、結局は失敗したけどセンパイが部員になってくれて……」

断片的なまやかしの記憶を繋《つな》ぎ合《あ》わせ、滑稽な作り話をべらべらと垂れ流す。

「……遠くから眺めていた貴方《あなた》と緊張せずに話せているのは、わたしが羨望を拗《こじ》らせすぎたせいかもしれませんね……」

無様に泣きそうな苦笑い。

今のわたしが身につけられる唯一の仮面は、これしかないから。

「……そういえば、センパイにCDを貸しませんでしたか……？」

「——借りていない。この部屋にも実家にもお前のCDはないよ」

叔父さんの家にある棚から抜き取られたCDはない。ということは、誰にも貸し出してはいないはずなんだけど、借りパクされた感があるのはなぜだろう。ちょっと謎めいていた。

案の定、わたしからの話題は底を突き、台所のつけっ放しな換気扇の音のみが強調され、沈黙がやけに長く、ひたすら長く感じた。センパイが、何も話を振ってくれないから。

「……昔はセンパイが煩わしいくらい喋《しゃべ》りかけてくれて、わたしが聞き役だったのに……今はわたしのほうがお喋りみたいになってしまいました……」

もっと、もっとたくさん喋りかけてくれていいのに……センパイは「ああ」とか「うん」など二文字程度の返事しかしてくれず、昔のわたしよりも薄味な態度を示す。ごめんなさい。公園で出会ったときの公園の主も、わたしの会話を引き出すのに苦労したのかな。ごめんなさい。

「——俺もたまに……まやかしの夢を見るよ」

物静かだったセンパイが、ふいに口を開く。

「——なぜか学校の屋上に二人でいてさ、星空を描く渡良瀬《わたらせ》を眺めていたんだ。お前と週末も会いたかったから星を見に行く約束をして、めちゃくちゃ楽しみにしていた気がする」

空想と大差ない夢の話でしかないはずなのに、わたしにも鮮明な景色を思い描くことができる。水底に眠っていた未知の映像が再生され、センパイが紡ぐ物語と融合していく感覚が思考を這《は》いずり回《まわ》り、耳を塞ぎたい気持ち悪さを生み出した。

「……まやかしのセンパイは、わたしと星を見に行くことはできたんですか？」

お互いが持つ偽の過去がもし同じなら、わたしの問いかけに対する結末も同じ。

「──約束は果たせなかった。渡良瀬と会えなくなったから」

そう、センパイと星空を見に行く約束は叶《かな》わなかった。

偶然を逸脱した共通点がありすぎて、まやかしの定義が崩れそうになる。

「──卒業式に渡良瀬と擦《す》れ違ってから、四年間も同じ夢を見続けている。夢の最後はいつも……冬の夜空に無数の星が流れていて、何かを哀願するようにお前を抱き締めていた」

「……それはスノードロップ彗星《すいせい》で、センパイが何かを祈っていたとしたら……」

「──分からないし、もう興味もない」

おもむろに立ち上がったセンパイはベッドへ歩み寄り、就寝の支度を始めた。

まだ完全否定してくれたほうがこちらも反論できるのに、あからさまに無関心な態度はどこか他人事《ひとごと》で、近づきかけた距離を極端に遠ざける。

「……センパイが無関心でもわたしは……二人だけの放課後が本当にあったと……ようやく思うことができました。センパイとの過去を共有できたから……」

「──勘違いだよ。帰宅部の放課後に渡良瀬はいなかった……それが紛《まぎ》れもない現実だ」

あっさりと吐き捨てるセンパイの瞳は、目の前のわたしを決して映さない。

「――友達もいつの間にか離れていって、会社にも馴染《なじ》めなくて、一日中ギャンブルして借金塗《まみ》れになっても何も思わない。自分が異常かどうかも、もはや分からないから」

部屋の隅に散らばっていた紙屑《かみくず》は、借金の明細書。まともな定職にも就かず、一人ぼっちで時間と金を浪費している未来のない人生。

なぜ、こうなってしまったのか。

伊澄《いすみ》さんのようにスノードロップ彗星《すいせい》に弄ばれ、感情を奪われた結果なのだとしたら。

感情を失った二人からの恩恵をもらったのが、わたしだったとしたら――

「……花菱《はなびし》センパイは……わたしにとっての恩人で……絵を描き続けていられたのも貴方《あなた》がいてくれたから……そんな気がしているんです……」

限りなく確定に近い憶測の結論。

わたしが無意味に生き長らえてしまったことで、二人の未来を奪ってしまった。

「……貴方に褒めてもらいたくて……わたしは画家になったんですよ。今月の下旬に個展を開くので……センパイにも来てほしいです……」

自分のリュックから個展の告知チラシを取り出し、センパイに渡す。

だが、チラシを呆然《ぼうぜん》と眺める姿は無関心そのもので、容赦ない無言なのが苦しい。

行かない、でもいいから……何か返事をして。貴方にとってわたしは〝無〟だと突き付けられたら、今まで縋《すが》っていた唯一の道標が圧《へ》し折《お》れてしまう。

好かれないのは分かっているから、せめて拒否してください。お願いだから。

「……この絵とか……センパイが絶賛してくれて……凄《すご》いとか……ヤバいとか……とにかく褒めちぎってくれて……わたしは……今まで……それだけを頼りに……」

直面した現状を受け入れられないわたしは、自分のスマホで撮影していた高校時代の絵を画面越しに掲げて必死に声を発しようとするも、センパイが絶賛してくれた声は偽物。

「……わたしは……本当に……」

涙混じりの語尾は次第に掠《かす》れていき、ついには途切れてしまう。

目の前にいる虚《うつ》ろな人は、わたしと疎遠になった他人なのだと……思い知らされて。

「――ごめん、渡良瀬《わたらせ》の絵なんて……どうでもいい。ただの風景が描かれた絵を見せられても、どう反応していいか分からないんだ」

センパイに恋をした瞬間から待ちに待った未来とは程遠く、淡い光の道標だったものが圧し折られた絶望の涙が頬《ほお》を伝い、ぼろぼろと滴り落ちる。

「――どうして泣いているのか、教えてくれ」

花菱准汰《じゆんた》をこうさせてしまったのは、渡良瀬佳乃《よしの》の罪。

わたしが自分勝手な願望を抱かなければ、今もセンパイは大勢の人と笑い合っていただろう。わたしが子供の頃に大人しく死んでいれば、叔父さんは自分の夢を諦めず、伊澄さんも好きな人の側《そば》にいられたかもしれない。

生き長らえた末にこんな想《おも》いをするくらいなら、死んだほうがマシだった。

わたしさえ、いなければ。

大粒の涙で沈んだ瞳は視界を遮り、もはや正常な挙動を示せない。センパイを置き去りにし、その場から咄嗟《とっさ》に逃げ出す。冬の向かい風が目尻の涙粒を左右に流しながら、終電の匂いが迫る駅前ロータリーまで走り抜ける。

みっともなく嗚咽《おえつ》を漏らし、白い吐息を夜の黒に溶かして、受け入れがたい現実を振り切ろうと我武者羅《がむしゃら》に逃げた。悪夢なら早く覚めてほしかった。

……けれども、悴《かじか》む手は痛覚を的確に擽《くすぐ》り、筋肉疲労により足を止めた瞬間に襲われる息苦しさや動悸《どうき》も悲痛な現実だと知らしめてくれる。

「うっ……ううっ……はあ、はっ……うあぁ……あぁ……」

泣き声未満の醜い吐息。

どうして、わたしはここにいるのだろう。

とっくに消え去っていた不要な雑音だったのに、生きる価値なんて何も見出《みいだ》せていないのに、誰かの人生を横取りしてまで描きたい絵など存在しないのに。

個展を開いてセンパイに褒められたい。

伊澄《いすみ》さんやセンパイが理不尽に味わってきた不遇な運命を知らず、能天気に自分の夢ばかりを追い求めていた代償。自分の力で友人も作れず、部員も勧誘できず、憧《すが》れの人に話しかけることすら叶《かな》わなかったから、まやかしの渡良瀬佳乃《わたらせよしの》は彗星《すいせい》の迷信に縋りついた。

一人でいれば、誰も不幸にならなかった。誰かの優しさに甘えなければ、沈黙の恋心なんて抱かなければ、スノードロップ彗星と関わる人生にはならなかったはずだ。

この静かな惨劇を誘発したのは——雑音と化したわたしの存在。

ハッピーエンドにはならない慰めの奇跡が作り上げた今の世界で、幸せだったバッドエンドの夢を見ている。

「……ごめんな……さい……ごめんなさい……」

わたしは誰に謝っているのか、錯乱した思考回路は言動を制御不能に陥らせる。

二人に与えてもらった時間はもう充分すぎるから。

そろそろ、自らの手で終わらせるべきだ。


自責の涙も枯れ果て、半ば憔悴《しょうすい》したまま西武新宿行きの最終電車に乗る。ホームに停車していた電車の窓に映るのは、亡霊のように世界を漂うだけの抜け殻な自分。

センパイと会うのも、これで最後。

もし、もっと違う人生で出会えていたのなら……どうなっていたのかな。

そんなことを嘆いても、失ったものを取り戻せないのは分かっている。

でも……たった一つだけ、すべてをもとに戻す方法があるとしたら。

わたしが星と邂逅《かいこう》したのなら——

空席が目立つ長椅子に腰を下ろし、あとは発車を待つばかりだったところで、光を失いかけたわたしの瞳は屋外に吸い寄せられ、大きく見開いてしまう。

ホームと平行に延びる線路脇の小道。ホームとの境目には低い柵しかなく、車窓からも小道に立っている人間を近距離で目視することができる。

穏やかな表情にも思える花菱《はなびし》センパイが、そこに立ち尽くしていた。

すでに自動ドアは閉まり、最終電車は緩やかに進行方向へ動き出す。車窓に仕切られた両者の声は届くはずもなく、わたしとセンパイはお互いを視線で追いかけた。

その場に留《とど》まり、線路脇の小道へ置き去りにされたセンパイが遠く離れていき、豆粒よりも小さくなっていく。

立ち姿が目視できなくなる直前。

願望混じりの幻覚かもしれないけれど——センパイの唇は、こう動いていた気がした。

がんばれ、佳乃《よしの》
お前は一人でも、もう大丈夫だから

ごめんなさい、花菱……いえ、准汰《じゅんた》センパイ。

もう少しだけ、わたしの人生にお情けの時間をください。

お人好《ひとよ》しな人たちにもらった幸せな季節の集大成を、ちゃんと受け取ってほしいから。

わたしが絵を描き続ける意味だった貴方《あなた》へ、最後に届けたいものがあるから。

もう一度だけ、放課後のセンパイとお喋《しゃべ》りがしたい。

実らなかったわたしの初恋。

生き長らえた代わりに失ったセンパイとの放課後。

声に出さない願いは車窓から望む星空に散布され、誰にも気付かれずに消えていった。

二月下旬。

今日も世界のどこかで不可思議な白い花が音も立てずに咲いていたが、奇跡的に恩恵を受ける極少数以外の人々は特に代わり映えのない日常を送っている。

青山の小さな画廊にて『渡良瀬《わたらせ》佳乃展』が始まり、わたしは一日も欠かさず会場へ通う。

画廊の隅に机と椅子を置かせてもらい、スケッチをしながら貴方の来訪を静粛に待った。

個展のテーマは〝キミがいない星空の夜から〟

会場全体が星空の一枚絵で統一され、星屑《ほしくず》が雄大に広がる夜景やスノードロップ彗星《すいせい》を主役に据えた夜空の世界観に囲まれているような色彩が体感できる。

閏年《うるうどし》の不可思議な迷信と今回のテーマを結び付ける意図はなかったが、世間的に夜空への関心が沸騰している雰囲気もあって入場者数は想定以上に膨れ上がり、展示販売していた絵もかなりの売れ行きを記録していた。

目立たないところに飾る未完成の星空は非売品。物好きな収集家が値札付けを要求しても、わたしは首を縦に振ることはない。無理言って展示させてもらった高校時代の絵は、たった一人に楽しんでほしいものだから。

好きな人にだけ伝わってほしい、わたしの暗号メッセージなんだ。

個展の開催期間は一週間。一日、一日……足を止めて鑑賞してくれる赤の他人が入れ替わり立ち替わり。挨拶に来てくれた関係者に対応し、数少ない知人に感謝を述べる。

あっという間に過ぎ去っていく七日間の中で、意外な人が来訪した。

芸能関係に疎《うと》いわたしでもテレビ越しに見覚えのある若手女優……お忍びなのか黒縁眼鏡はかけていたけれど、一般人とは明らかに異なる煌《きら》びやかな雰囲気は誤魔化《ごまか》せない。

狭い画廊をじっくりと鑑賞した女優さんは、おもむろにわたしのもとへ。

「いきなりすみません。ワタシ……渡良瀬《わたらせ》さんと同じ高校卒の後輩なんです」

「……えっ……あっ、そうなんですか」

著名人に突然話しかけられたものだから、軽い動揺を隠せない。

「演劇部だったので直接の交流はなかったですけど……渡良瀬さんの絵が好きでした。個展を開いたら絶対に行くと決めていたので今日は嬉《うれ》しいです」

「……ありがとうございます。ぜひ、また来てくださいね」

お互いに率直な感謝を伝え、女優さんは帰り際に会釈をしながら手を振ってくれた。

「高校からのファンなので、ファン第一号を名乗ってもいいですか?」

「……残念ながら、子供の頃からの物好きなファンが一人いるので……」

「その人、かなり見る目ありますね！　それでは古参ファンとして今後も応援しています」

女優さんは感心しながら微笑《ほほえ》み、ここで得た充実を引き連れて満足げに帰っていく。

顔を合わせたのは初めてなのに、どこかで話したことがあるような感覚を不思議に思いつつ、絶対に来ないであろうファン第一号を切望の眼差《まなざ》しで待ち続けた。

公園へサボりに来てくれたみたいに、ふらりと気軽に立ち寄ってくれたら……それだけで充分なのに。鉛筆を握る手に集中できず、腕時計とスケッチブックを往復する視線。

心境が浮足立たないのは、自分でも『叶《かな》わない願望』だと自覚しているから。今日もセンパイの陽気な声を感じられないまま、最終日の開廊終了時刻である十七時を迎える。

皮肉にもテーマ通り。貴方《あなた》がいない星空の展覧会は終わり、好きな人に褒めてもらえることなく、ダウンライトの照明がひっそりと落とされた。

「……生きるのが下手だったな……わたしは……」

眠らない街は弱者も容赦なく炙《あぶ》り出《だ》し、帰路に就く途中であっても痛いくらいに眩《まぶ》しいLEDがわたしの姿を常に公衆の面前へ晒《さら》す。

「……でも、日陰も悪くなかった。いつも明るいセンパイが、より綺麗《きれい》に見えたから」

憔悴《しょうすい》に薄汚れ、愛想笑いに疲弊し、諦観で擦《す》り減った顔を闇夜で覆い隠してほしいのに、ヘッドホンを付けても騒々しい夜は渡良瀬佳乃《よしの》という雑音を嘲笑《あざわら》っているようだった。

苦しくなったら、逃げ込もう。あの場所なら、二人の放課後が戻ってくると思うから。

宵闇の帰路から逸《そ》れ、帰宅時間帯の混雑に圧《お》し潰《つぶ》され、夜の西武新宿線を降りる。

都会の恍惚《こうこつ》とした胸騒ぎとは無縁。無骨な工場が多い地域をふわふわと彷徨《さまよ》い、二階建て賃貸アパートの玄関前に佇《たたず》む。新狭山《しんさやま》に姿を現したのは准汰《じゅんた》センパイと再会して以来だったが扉の向こうに人間の気配はなく、不在の静けさに包まれていた。

ドアポストには郵便物やチラシが詰め込まれ、溢《あふ》れ落ちていた郵便物の中には税金や消費者金融の督促状が紛《まぎ》れ込んでおり、発作的な罪悪感に苛《さいな》まれ、思わず目を細めてしまう。

順風満帆だったセンパイが送るのは、こんな人生ではなかったはずだから。

あの人と会うとしたら――あと一度きり。

すべての元凶がわたしの願い事なら、終わらせるのもわたしの願い。自分の力で、ちっぽけな勇気による一歩を踏み出し、玄関に備え付けられたドアポストへ手紙を投函《とうかん》した。

これは、とっくの昔に失われた放課後への招待状。

一人きりの後輩から片思いのセンパイに贈る……最初で最後のラブレター。

最終章　嘘つきの放課後に付き合ってくれるようなセンパイ

二月二十九日。

都心では不機嫌な空模様に辟易《へきえき》する者も多く、ムードを演出する稀《まれ》な降雪を期待するほど夢見がちでもない。怒りもしないし泣き出しもしない中途半端な雲の海を凝視し、今日も寒冷により背筋を丸めて街頭の雑踏を演じている。

それでも普段より浮足立っているのは、二月の星が流れ終わる日という魔法がかけられているから。春の植物や草木が芽吹き、植物の開花を予感させる知らせが全国から届き始めた冬の末日に、友人や家族、あるいは恋人同士などが星空の夜を待つ。

もちろん、わたしみたいに一人きりであっても……星を信じる権利はある。

昼間のくすんだ曇り空はロマンチストな人々を落胆させたが、わたしは妙な落ち着きを保っていた。東京での観測を待望するほど上京したての田舎者ではなくなったし、今年は二月二十九日の一夜を都会で明かすつもりもない。

午前中、わたしは東北新幹線の指定席に座っていた。普段使いの電車とは雲泥の速度差だから、ゆるりと眺める車窓の情景が瞬時に移り変わっていく。北上するにつれて天候も雪混じりになり、通り過ぎる県によっては田畑が白銀の粒に侵食されていたりもしていた。

生まれ故郷の駅。車内に到着のアナウンスが流れ、高校まで過ごした馴染《なじ》みの地に降り立つと、東京よりも過酷な肌寒さが身震いを誘発する。

絵画を入れたキャンバスバッグを片手に持ち、駅の裏口にあたるイオン側の南口へ。

小規模な駅前ロータリー周辺は発展途上の気配もなく、高架下の駐輪場とタクシー会社の営業所が粛々と出迎えてくれた。

まったりした質素な空気に肌が慣れてくると、小忙《こぜわ》しい東京よりは心が晴れる。

「よっ、久しぶり。そんな薄着で寒くねーの？」

「……東北の寒気を舐《な》めてた。もう春だと思ってたから」

「だろ～？　お前、そんな薄着でよ。こっちは寒いから着込んで来いって言ったのに」

自家用車で待っていてくれた叔父さんと合流し、東北民ならご存じの南部屋敷《なんぶやしき》という和風レストランで昼食を奢《おご》ってもらう。

注文した料理を待つ間、対面に座る叔父さんと思い出話を交わした。学校の入学や卒業などの祝い事があった日は、高級感のある南部屋敷に叔父さんが連れて行ってくれる……偏食のわたしとはいえ、家族っぽい時間を満喫できるイベントは待ち遠しかった。

実の両親には、どこにも連れて行ってもらえなかったから。

過保護な叔父さんに一人暮らしを心配され、やや苦笑いしながら東京での学生生活や画家としての話を含めた歓談を楽しみ、天ぷらそばの味も……最後に懐かしむ。

昼食後は母校へ付き添ってもらった。

曇り空の昼下がり。週末とはいえ部活や教職員の残務などで校舎は開放されている。

わたしは卒業生ということですんなりと校舎内に入る許可をもらえたし、教師の叔父さんを同伴しているから美術室の鍵も借りられた。

卒業以来、三年ぶりに訪れた部室。授業でも使用されるから机や椅子の配置は変更されていたりするけれど、全体的な色味や経年劣化の痕跡などに大きな変化はない。

永遠に長居できそうな逃げ場だった空間の隅……わたしが定位置にしていたスペースには、使い古した愛用のイーゼルが未《いま》だに残っていた。好都合だと言わんばかりに東京から運んできたキャンバスバッグを開封し、取り出した一枚絵をイーゼルに乗せる。

「……この絵は、東京の狭いワンルームより広々とした学校のほうが似合うよね……」

表面を指先で触れ、喋《しゃべ》らない絵に語り掛け、一人で満足げに頷《うなず》く。

スノードロップ彗星《すいせい》を証明するために屋上で描き進めていた星空……なぜ未完成なのかは自分でも定かではないうえに、完成図が浮かばない不思議な絵だ。

完成させられないまま所持していてもセンパイの面影がチラつくので、美大に進学した卒業生が高校時代に描いていた絵として参考資料にでもしてやってほしい。

この絵は過去の思い出に返してあげるのが、最も似合っていると思うから。

「これ、高校のときに花菱《はなびし》と屋上で描いてたやつか？」

背後から見守っていた叔父さんが、奇怪なことを言い出す。

「……センパイは帰宅部だから、学校ではほとんど話したこともなかったよ」

「それを分かってはいるんだが、なんかさ……佳乃《よしの》と花菱が一緒に部活をしていて、オレが遠くから様子を見てたような……そんな気がするんだよな」

わたしも、屋上の鍵をセンパイと借りた〝勘違い〟を今でもしているよ。

久しぶりに部室を訪れてみたら、より一層……色濃い記憶が芽吹いてきて、センパイが

い。

パイが放課後に部活動をしていた世界が、すぐ隣り合わせにあったんだと——信じていた

晒《さら》してくれた喜怒哀楽のすべてが面影として脳内再生される。間違いない。わたしとセン

「……じゃあね、お父さん。ありがとう」

校門前での別れ際、どさくさ紛《まぎ》れ。所用で学校に残る叔父さんの背中に気恥ずかしい呼び方のサヨナラを贈呈し、驚いた向こうが振り向く前にさっさと離脱した。

わたしの父親はこの人しかいない。悴《かじか》んだ心身を満たす甘い痺《しび》れが、再認識させてくれた。

一人きりになると、散りゆく花びらのように舞う透明な雪の結晶。

商店街へと向かっていた足を止め、右手を翳《かざ》すと肌に着地し、人肌の温《ぬく》もりに触れた途端に溶け消える。冬と春が混在する季節。点灯した街灯に反射する雪の粒は人々を凍えさせながらも、視覚的に儚《はかな》く魅了するのだ。

「……そろそろ、行こう」

見惚《みほ》れていた眼差《まなざ》しを正面に戻し、つい止めていた両足を一歩ずつ交互に踏み締め、商店街の路地裏にある目的地へと急いだ。

木造の店舗から路上に漏れる温暖な照明の明かり。それが近づくにつれて身体《からだ》が引き寄せられ、自然と早歩きになっていく。ドアベルが付いた扉の取っ手に手をかけ、やや重めの負荷を右手に感じながら扉を開放し、浮足立つ心を押し殺して静かに入店した。

花菱珈琲《はなびしコーヒー》。文庫本と音楽に囲まれたここを訪れるのは二回目だ。

「あー、いらっしゃいませ～～～～～っ」

気の抜けそうな甘えた声音。

高校卒業直後に立ち寄った頃より若干目尻のシワが増え、年月の経過を実感はするものの、当時と大差ない若々しさを維持した店長さんが駆け寄ってきた。

「あなた……何年か前に来た子でしょ？　確か……准汰《じゅんた》の後輩ちゃん！」

「……あっ、憶《おぼ》えていてくださったんですね。わたしは……渡良瀬佳乃《わたらせよしの》といいます」

「佳乃ちゃんね！　はい、常連として覚えましたぁ～♪」

相変わらず愉快な人柄なようで、二度目の来店なのに常連扱いされるのが笑える。

これからディナータイムの店内は読書や世間話を嗜《たしな》むお客さんがそれなりに席を埋めており、おひとり様のわたしはカウンター席へ通される。

ここは、わたしにとっての特等席。なぜなら……

「──こんにちは、お久しぶりですね」

「……ご無沙汰してます」

カウンターを隔てた目の前に、伊澄《いすみ》さんがいてくれるからだ。

高校卒業直後から三年ぶりに会う伊澄さんは三十歳を迎えていても、凛《りん》とした顔立ちが眩《まぶ》しい美人のまま時間が凍り付いている。

「……ブレンドと伊澄ライスをお願いします」

「──お客様、コーヒーを飲めるようになったんですか」

「……眠れなくなるので避けてたんですけど、もう大人なので洒落《しゃれ》た喫茶店ではカッコつけて飲むようにしてます……」

「──それは笑えますね」

言葉とは裏腹に無表情を貫く伊澄さん。

もしかして、伊澄さんなりのポーカーフェイスな冗談だったり？

「──そんな背伸びをしなくても、今のアナタは綺麗《きれい》な大人の女性ですよ」

「……気を遣ってもらって申し訳ないです」

「──お世辞を言えないので、率直な感想です。接客はマニュアル通りに熟《こな》せますが、気遣いなどはできません」

「……それなら、素直に喜んでおきますね」

これでも美大生だし画家なので絵を褒められる機会は多々あるものの、容姿を褒められるのは不慣れであるため照れ臭さによって口角が上がってしまう。

注文を受けた伊澄さんは奥のキッチンへ移動し、その合間に店長さんが淹《い》れてくれたブレンドを嗜む。カップを啄《ついば》むように浅く唇を付け、音を立てずに啜《すす》ったコーヒーを舌で転がす……うん、やっぱり強烈な苦みが口内を舐《ねぶ》る。

チョコ好きの子供舌は山盛りの白砂糖を溶かして対処したが、豆に拘《こだわ》った自家焙煎《ばいせん》の香りやコクは圧巻の切れ味。今日眠れなくなるリスクを冒しても、すぐにお代わりを欲した。

伊澄《いすみ》さん曰《いわ》く、コーヒーを淹《い》れる腕前は店長さんのほうが格上らしい。

そして、出来上《できあ》がった伊澄ライスがカウンターに置かれると、二十一歳でも見え隠れす

る子供心は幼稚に飛び跳ねてしまうのだ。

「……伊澄さんは、星に願ったことを後悔してますか？」

飲み物のように伊澄ライスを平らげ、お代わりのブレンドを一口含んで喉を潤し、一息吐《つ》いたところで藪《やぶ》から棒《ぼう》な質問を投げかける。

「──自分でも分かりませんが、もし星に願わなければ今のアナタに料理を振舞うこともなかったでしょう。このお店で働いている時間を得られたのであれば、おそらく後悔はしていない……私はそう思います」

「……星に願わなかった人生のほうが、もっと幸せだったとしても……？」

「──アナタを失っていたら、私も……そして登坂《とさか》先生も、きっと後悔していたはずです。こうしてアナタと話せているのなら、私の選択は間違っていなかったと思いたいです」

わたしと話しながらも、手元で何かしらの細やかな盛り付けをしていた伊澄さんは……一皿のチョコレートケーキをカウンターに差し出してくれた。

「──チョコ好きですよね。甘いものを食べると笑顔になれるらしいので、ご馳走《ちそう》します」

自分が笑顔になれない代わりに、お客さんを笑顔にしたい。

長年かけて伊澄さんが辿《たど》り着《つ》いた居場所。そこで見出《みいだ》した遠回りな感情表現に──

「……ありがとうございます。いただきます……」

素朴な微笑《ほほえ》みを引き出されたわたしは有難く厚意に甘えることにする。

ついつい長居してしまい、気が付けば店の明かりが屋外へ漏れる完全な夜。油断すると堕落しそうな居心地の素晴らしさに腰が重たくなるも、お尻を持ち上げて椅子から降りた。

伊澄さんがレジで応対し、わたしが提示した電子マネーを処理する。

「──もう、行くんですか?」

「……はい。ラブレターの返事を聞きに行ってきます」

支払いが済んだわたしは名残惜しさを振り切り、店の出入り口のほうを向く。

「──佳乃《よしの》ちゃん」

その名で呼び止められると、じわりと微熱が満ちる。家族だった瞬間を、思い返すから。

「──私は、一人でも大丈夫だから。

アナタの願いはアナタのために……そして、本当に大好きな人のために使ってね」

無感情の他人行儀な口調ではない。

お姉ちゃんみたいな存在だった優しい面影が、背中越しにはある。

すべてを察してくれた貴女《あなた》の言葉で決心がついたから、心配しないでください。

わたしは無言のまま背を向けながら頷《うなず》き、愛する場所となった店を後にする。

今度はちゃんと耳に届いたよ、伊澄《いすみ》さんの声が。

店の外まで見送ってくれた伊澄さんに、わたしは遠くから大きく手を振り続けた。

生まれ故郷で望む冬空には星が瞬く。神様が飾り付けた星屑《ほしくず》のイルミネーションに人々は足を止められ、見上げた視線を奪われ、ムードに酔った台詞《せりふ》を白い息に混ぜる。

「……満天の星、准汰《じゅんた》センパイと見たかったな」

天高くから見守ってくる夜空に初恋を嘆くわたしも、その中の一人だ。

＊＊＊＊＊

夜の校舎は月明かりが差し込み、消灯している部分の廊下や無人の教室は月光に守護される青白い聖域になっていた。不気味だけど不思議。部活で居残りしていた夜の学校には奥深さがあったことを改めて実感させてくれる。

疾《と》うに日が暮れた週末の校内に生徒はほぼおらず、叔父さんや他の教職員が若干名いる広大な母校は自らの足音のみが廊下の突き当たりまで反響していた。学校側には叔父さんを通じ、夜の校内を取材する許可を得ている。だから、正々堂々と胸を張って歩ける。

学生時代はわたしと関わりのなかった教師たちも、それなりに名も売れてきた画家の卒業生だと知った途端に「最初から才能があるとは思っていた」なんて言い出すから、呆《あき》れを通り越して笑いそうになった。こんなものだよ、自分が生き長らえた世の中は。

本来なら、今の渡良瀬佳乃《わたらせよしの》は世界のどこにもいない。一枚の絵ですら描き上げられる運命ではないにも拘《かか》わらず、物好きなお人好《ひとよ》したちは命尽きるのを許してくれなかった。

入口の扉を開けた美術室も月明かりによって青白いフィルターがかかり、現代とファンタジーの世界観が融合したような第一印象。暗さに目が慣れてくると、やはり青春時代に逃げ込んでいた場所で……画材が放つ独特の匂いが昔の感覚を呼び覚ます。照明を点《つ》けなくとも、夜空の射光があれば行動に支障はないほど視覚や触覚が冴《さ》え渡《わた》っていた。

いつも座っていた定位置に椅子を移動させ、昼間に持ち込んでいた未完成の絵を描きやすい位置にセッティングし、当時愛用の筆や絵皿、筆洗、ポスターカラーなど年季の入った画材を準備していく。消耗品以外は、叔父さんから譲り受けた当時のものだ。

学生服を着ていた頃の放課後と同じルーティン。明らかな製作途中で放棄していた星空の絵を四年の眠りから起こし、剥《む》き出《だ》しの空白に再び渡良瀬佳乃の色を芽吹かせていった。

記憶の奥底に沈んでいた四年前の邂逅《かいこう》を筆先に宿し、キャンバスに生み出す。

まやかしの思い出が次々と映像として通り過ぎていき、センパイのいろんな表情も、喜怒哀楽の声も、話しかけてくれた言葉の一つ一つも、今のわたしにとっては本物だった。

あったんだ、あの放課後は。わたしとセンパイは、美術室で再会したんだよ。

一人ぼっちの部活動が二人になり、話し相手の部員ができて、柄にもなく微笑《ほほえ》んでいるわたしがいた一ヵ月の奇跡が……絶対にあったから。

こうして描いてるときにお腹《なか》が減ったときは、専属の配達係がいる。

放課後にヒマを持て余し、美術の補習として仕方なしに美術室へ赴いたが、なぜか二代目の世話焼き係に任命され、わたしの世話を焼いてくれた人が――

あの星が流れて四年後の今、この瞬間にも来てくれる。

「……センパイ、ベタチョコはまだですか？」

座ったまま上半身だけを捻《ひね》って振り返り、わたしは静かに笑う。

「――そろそろ、お前が苛立《いらだ》つ頃だろうと思ったよ」

幻想的な月の光に染められた准汰《じゅんた》センパイが、そこにいてくれる。

全神経を絵に集中させるわたしの後ろ姿を勝手に鑑賞し、気付かれるまで物音すら発さずに平然と突っ立っているのが、この人の困ったところ。

でも、決して嫌いじゃなかった。苦言を呈しながらも、昂《たかぶ》る鼓動をひた隠すので精いっぱいだった。貴方《あなた》が初めて部室に侵入してきて、ふいに目が合ったときは全身の神経が逆立ち、思考が真っ白に塗り潰された。羨望の眼差《まなざ》しで追うだけだった高嶺《たかね》の相手が、初心《うぶ》な引きこもり予備軍の居場所に突然現れたのだから、顔面を紅潮させて逃げ去りもする。

でも、今ここにいる先輩後輩は、ほぼ赤の他人と大差ない間柄。部員同士でもない希薄な二人の交わる運命に無かった二つの記憶が、そっくりそのまま重なったのだ。

「……帰宅部だったセンパイが、なぜここにいるんですか」

「──この手紙が家のポストに届いていた。ご丁寧に新幹線の切符まで同封して、ここに招いたのは渡良瀬《わたらせ》だろ」

感極まって無邪気に微笑《ほほえ》む後輩とは裏腹、冷静沈着の仮面しか手札にないセンパイは義務的な返答に留《とど》め、手書きの手紙を提示する。

美術部の部活動をするので、高校の美術室に来てください
二月二十九日の放課後、お待ちしています

わたしの筆跡で書《か》き綴《つづ》られたメッセージ。

差出人の名前は記載しなかったが、文末に【美術部の部長より】とは書き加えている。

「……差出人不明の怪しい手紙に従うセンパイは、相当のお人好《ひとよ》しですよ」

「──督促状と一緒に捨ててもよかった。自分でもよく分からないけど、美術室にお前がいると思ったら無視できなくて……身体《からだ》が自然に動いていたんだ」

「……不思議ですよね。この場所はセンパイにとって思い出の欠片《かけら》もないはずなのに、わたしの記憶はセンパイの残像を映すんです」

思い耽《ふけ》りながら美術室を見渡したわたしは、初恋の人を正面から見据える。

困惑の挙動すら示さないセンパイは……ただただ呆《ほう》けたように立ち尽くしていたけれど、わたしは初心《うぶ》な青春の心情を取り戻し、一方的な微熱と動悸《どうき》を胸元に充満させていた。

「……せっかく来たんですから、見学でもどうですか？」

「——全く絵に興味はないんだが」

「……そうでしょうね。でも……たぶん、見ているだけでも楽しいと思いますよ」

冬終わりの夜、母校の美術室で卒業生が部活の真似事《まねごと》をするという奇行に招かれ、まんまとおびき寄せられたセンパイ。押し黙りはしたものの冷たい椅子に腰掛けてくれて、わたしの作業スペースからやや後方に陣取る。

ああ、この距離感が好きだった。好きな人の声は雑音ではなく、彼の声音で鼓膜が震えるたびに想像力が駆り立てられ、持ち主の幸せを乗せた筆が跳ねるように躍り出す。

「……夜の学校って……怖くないですか？」

「——いや、そうでもない」

「……わたしは最初、凄《すご》く怖かったんですけど……絵を描いてたら気にならなくなって」

「——そっか」

わたしがネタを捻《ひね》りだして振る話は無難でつまらない。自覚してる。

ここにいる准汰《じゅんた》センパイは話しかけてくれない……わたしが頑張らないとお喋《しゃべ》りが成立しないから、中身のない内容でもどうにか絞り出そうとした。

たとえ、センパイの瞳に興味の光が灯《とも》っていなくても、お喋りな貴方《あなた》を模範にしながら。

「……今描いているのは、彗星《すいせい》の輝きを表現したハレーションの部分です。定規をマスク代わりにして、エアブラシをかけていけば……」

　画用紙より僅かに浮かせた定規の上からコンプレッサー一体型のエアブラシを吹きかけ、彗星が放つ直線的な光線を刻んでいく。定規を敷いた部分の塗料が整った直線で途切れ、アナログながらの綺麗《きれい》な光線のハレーションが中央に解き放たれた。

「……エアブラシをかけると驚いてくれましたよね。カッコいい、凄いって……」

「――いや、俺は帰宅部だから人違いだろ」

「……センパイにとっては思い違いでも良いんです。わたしにとっては本物で……センパイは隣にいてくれたんですから」

　わたしだけが表情をころころと変える。センパイが来てくれて笑ったり、大した話題がなくて困ったり、今この瞬間は決壊しそうな涙腺を塞《せ》き止《と》めていたり……忙《せわ》しない。

　記憶の中で笑いかける不鮮明なセンパイが教えてくれたんだよ。こっちの事情などお構いなしに様々な表情を晒《さら》してくれて、間近にいた後輩にも伝染させてくれた。

　わたしは、覚えていたい。あの時間を無かったことには、したくない。

　センパイを好きだったことも、好きだったセンパイの感情を奪ってしまったことも。

　きっとこれは残酷な真実で、隣り合わせの世界にあったもの。

　一方的な雑談を続け、未完成の絵に色彩が降り積もり、終わりの時間が近づいていく。

　変えられない運命すら捻《ね》じ曲《ま》げてしまう彗星により、渡良瀬佳乃《わたらせよしの》が生き残ってしまった不条理な世界こそが——偽物。

センパイが与えてくれた余分な四年間は、この絵を完成させるための猶予だったとしたら……センパイに褒めてもらうという等身大の小さな願いは、自力で叶《かな》えてみせたい。

猫背になったわたしは画用紙へ刮目《かつもく》。極限に上り詰めた集中力によって音を消し去り、無意識に口を噤《つぐ》み、脳内に構想した理想通りの仕上げに取り掛かっていく。

センパイとのお喋《しゃべ》りを放棄にする感覚はラストへ繋《つな》がる合図で、今のわたしにとっては最初で最後に体感する興奮と爽快の頂点なのだ。

「……〝嘘《うそ》つき〟なんかじゃなかったですよね、わたしは」

絶えず躍動していた筆を置き、白い息を吐きながら脱力する。

全身を包み込む達成感と共に滲《にじ》んだ虚無が混濁し、微笑《ほほえ》んでいたいのに瞬《まばた》きをすれば涙の雫《しずく》が頬《ほお》を伝いそうで……やや顔が上向きになり、窓の外へ視線を逃がす。

タイトルは——キミがいてくれる星空の夜から。

四年前の二月二十九日。流星群が降り注いだ夜にわたしは命拾いし、部員として寄り添ってくれた貴方《あなた》はいなくなった。

星降る夜に攫《さら》われてしまった二人だけの思い出を、星降る夜になったら取り戻そう。

「……四年もかかりました。ようやく完成させたのに……センパイは何も言ってくれないんですよね……」

「——ごめん」

一言の賞賛すら、もらえない。心無い謝罪などいらない。

「俺はこの絵に、何も思わない」

語彙力のない感想すら、准汰《じゅんた》センパイから奪ってしまった。

こちらが求めなくても過剰供給してくれた誉《ほ》め言葉は、もう存在しない。

「――でも、俺は……似合わない部長を頑張っていた後輩の絵が好きで……」

それでも、絵を目の当たりにしたセンパイが不器用に言葉を紡ごうとしていて、振り向いたわたしは聞き耳を立てながら、二人は視線を交差させた。

「――たぶん、渡良瀬《わたらせ》のことが……好きだったんだと思う」

もう、充分だ。

わたしは幸せ者だった。生きるのは下手くそだったけれど、不幸ではなかった。

だけど、わたしは自己中心のワガママだから、もう一つだけ。

「……わたしも准汰センパイって呼びますから、センパイも佳乃《よしの》って呼んでください」

完成の余韻に後押しされ、こんな図々《ずうずう》しい要求をしてしまう。

貴方はへらへらしていて馴《な》れ馴《な》れしいけど不快ではない不思議な人だったので、気安く接してくれたほうが仲の良い友達になれた気がして……嬉《うれ》しい。

「……最後に呼んでください、准汰センパイ」

青白く浮かび上がっていた月明かりが消え失《う》せ、神々しく降り注いだ白い斜光。

「——佳乃《よしの》部長」

「……部長、はいらないです。わたしたちは友達、なので」

「——佳乃」

「……まあ、合格にしておきましょう」

センパイに馴《な》れ馴《な》れしく名前で呼ばれ、だらしなく笑んでいないだろうか。

幅広い感情を教えてもらったから、表情をひた隠しにするのが下手になったよ。

「……センパイから奪ってしまったものを、お返しします」

わたしは窓からの射光へ導かれるように歩を進め、満天の星に吸い寄せられた瞳が掌握される。光の粒子で構成された尾を引く数多《あまた》の星。瑠璃色のキャンバスに白い軌道を描いては消滅を繰り返す彗星《すいせい》の束が拡散し、流星群となって光源の雨を降らした。

「——佳乃は……」

センパイが追《お》い縋《すが》るように、わたしの名前を囁《ささや》く。

「——佳乃にとって、俺はどういう存在だったんだ……？」

描きあげた絵と酷似する輝きの膨張は、軟《やわ》な網膜を焼き払わんとばかりのハレーションを引き起こし、優雅な瞳で迎え入れる渡良瀬《わたらせ》佳乃を覆い尽くした。

「……わたしにとって、ですか」

一秒ごとに光量が減退し、終息に向かっていくスノードロップ彗星の流星群。

〝希望と慰め〟を運ぶ奇跡の象徴に、嘘偽《うそ》りのない最後の願いを託す——

わたしにとって准汰《じゅんた》センパイは、初恋を教えてくれた人でした
一人ぼっちの放課後に付き合ってくれて……ありがとうございました

能天気な初恋の人が教えてくれた笑顔で、たった一度きりのサヨナラを告げた。
春の訪れとともに、わたしがいない世界が始まる。

貴方《あなた》がいない星空の夜が——ようやく、終わる。

誰に話しても、たぶん信じてはくれない。
希望と慰めがわたしたちに演じさせたのは、作り話のような初恋だった。

エピローグ

俺が立ち尽くしている意味を、教えてほしい。

月明かりが織り成す天然のスポットライトは誰を照らしているのか。冬の木枯らしが窓を揺らす音と指先まで悴《かじか》む寒冷のみに囲まれ、閑散とした母校の美術室に一人きりで存在している経緯を自分自身が把握していない歪《いびつ》な現状に取り残されたから。

誰もいない場所で、ここにはいない誰かに問いかける。

記憶喪失になったわけじゃない。名前は花菱准汰《はなびしじゅんた》、年齢は二十二歳。高校卒業後は就職せず実家の喫茶店を手伝い……週末は地元の友人たちと国分町《こくぶんちょう》で遊んだりする。

現在の境遇くらいなら瞬時に思い出せるのだが……二月二十九日の夜、一人きりで母校に突っ立っている理由を欲し、無数の穴に食い尽くされた直前の記憶を渇望した。

「なんだ……これ」

混濁した思い出により眩暈《めまい》が引き起こされ、執拗《しつよう》に探ろうとするほど真新しい記憶が上書き保存されていく。正常な思考が……阻害される。

嫌だ。なぜだか分からないけど、上書きで消されたくない。

正体不明の焦りが膨張し、咄嗟《とっさ》に周囲を見渡す。

高校生の頃、美術室の一角にあった作業スペースは綺麗《きれい》に片付けられていたが、部屋の隅にぽつんと置かれていたイーゼルにすべての関心が奪われた。

赤紫の星雲をイメージした空想の夜空。硬直する表情筋、瞬《まばた》きすら勿体《もったい》ない激情が俺を抱擁《ほうよう》して逃がさない。煌《きら》びやかな星屑《ほしくず》の海を泳ぎ、中心で光り輝きながら爆《は》ぜる彗星《すいせい》のハレーションが神経を逆立たせ、視覚から感情を奮い立たせた。

でも、画用紙の一部は色が欠けており、素人でも判別できる塗り残しによって、星空の未完成を沈黙のまま伝えてくる。描きかけの絵が、日も当たらぬ片隅に飾られているのだ。イーゼルに掛けられたヘッドホン。ＡＫＧのロゴがあるお洒落《しゃれ》なデザインは、渡良瀬《わたらせ》が使用していた型と酷似しており、もう使用する者がいない……ぶら下げられたフォルムが、そう物語っているかのよう。直近の記憶が虚《うつ》ろに回想する絵と、目の前に佇《たたず》んでいる未完成の絵は決定的に異なっていた。

「いや……俺は……この絵が最後まで描かれた姿を……」

完成した絵を、俺は——なぜか知っている。

「この場所で渡良瀬は絵を描き上げたよな……。俺に見せてくれて……それで……」

だめだ。直前までの映像が分解され、風化していく。

渡良瀬は……俺が恋焦がれていた佳乃《よしの》は、どこにいるんだ。

二つの世界が重なり合い、上書き消去されていく元の記憶を必死に繋《つな》ぎ止《と》め、夜の校舎を衝動的に駆け巡った。

夜の職員室にいたのは登坂《とさか》だけ。乱暴にドアを開きながら息を切らす俺に対し、驚きを表現した登坂の瞳が瞬時に見開かれる。

「な、なんだよ……お前。どうして花菱《はなびし》がここにいるんだ？」

きょとんとした登坂は状況を理解しておらず、間の抜けた疑問符を浮かべる。

「それは、俺が聞きたかったんです。週末の夜に卒業生が学校にいるなんて……普通じゃないですよね……」

「あ、ああ……よほど寂しいヒマ人なんだろうな」

「余計なお世話だ、不良教師が」

売り言葉に買い言葉。もう生徒ではないので、教師相手だろうと容赦せずに言い返せる。

「登坂先生も相当寂しいじゃないですか……。他の先生は職員室にいないのに、一人で孤独に仕事してるなんて」

「うるせえ、余計なお世話だニート野郎が」

「ニートじゃねえ。家業手伝いだ、週五で立派に働いてるわ」

挨拶代わりなジャブの応酬も久しぶりで、腹立たしさよりも懐かしさが勝る。

似た者同士だな、という同族嫌悪も今となっては苦笑いを誘発した。

「……卒業式前日の夜にこんなところで……教師のオレが何やってるんだろうな……」

唐突に押し黙りかけた登坂だが、困惑した声色をひっそりと漏らす。

「誰かに頼まれた気がするんだよ。教室の鍵を使いたいから、責任者になってくれって」

「誰に頼まれたんですか……？」

小さな唸《うな》り声《ごえ》と共に考え込む登坂《とさか》だったが、名前は出てこなかった。

美術室……俺が棒立ちで取り残されていた教室。

渡良瀬佳乃《わたらせよしの》と——二人きりの放課後を過ごした大切な場所。

「渡良瀬は……佳乃はどこにいるんですか？　あいつに会えば……」

あいつに会えば、この苛立《いらだ》ちを誘う靄《もや》が晴れるかもしれない。

「花菱《はなびし》……何を言ってるんだ？　ふざけてんのか……？」

しかし、俺の不用意な発言は登坂の雰囲気を一変させ、空気に緊迫の糸が張る。

次に続く言葉は、到底受け入れられるものではなかった。


「佳乃は……四年前に亡くなっただろうが」


——耳を疑い、浅はかな思考が混乱に陥る。

情報を噛《か》み砕《くだ》くことすら拒否し、言い放たれた現実を理解できはしなかった。

何を、言っているんだ。

ふざけているのは、お前のほうじゃないのか。

俺は、佳乃に会いたいだけで……タチの悪い冗談を笑いに来たんじゃない。

「……そうだ。お前は佳乃の命日になると学校に来て、あいつの作業スペースを再現したり好物を供えたりしてた……よな。だからオレも今日は……夜の学校に……」

頭を抱えた登坂にそう言われると、ぼやけて散乱していた残像のパズルが組み上がり、先ほどまでの俺が確信していた数分前の映像をデタラメ扱いして覆《おお》い被《かぶ》さっていく。

時間の経過に比例して蘇《よみがえ》ってくる過去の記憶。高校二年だった佳乃と星を見に行く約束をしたものの、次第に体調を崩し……衰弱していくあいつを、俺は。

二月二十九日の夜、病院のベッド。

穏やかに息を引き取る佳乃の顔が——鮮明に脳裏を過《よぎ》る。

病室の窓を横切る冬終わりの流星群が降り注いでも、俺は祈りを捧げることはないまま、無様に泣きじゃくり、絶望の中で好きな女の子の最期を看取《みと》っていた。

これが真実なのだと、この世界は教えてくれる。

「……違う！　俺たちは病室を抜け出して、部活のために学校の屋上に行って……作り話みたいな奇跡に縋《すが》った……!!　四年間も翻弄されたけど……それでも……！」

受け入れられない現実から逃避したい。

「佳乃の人生は……今日まで続いていたんだ!!　俺はそれを見ていたから……!!」

煩《うるさ》く喚《わめ》きながら職員室を逃げ出した俺は、二人の残像が色濃く燻《くすぶ》る美術室へ逃げ戻ってくる。佳乃が祈り俺が祈らなかった運命など……絶対に認められなかった。

それならなぜ、二十一歳の佳乃を覚えているのだろうか。

多大なる努力を重ねて画家の夢を掴《つか》んだあいつは、自分の個展を開いたんだ。

落ちぶれた俺を見つけ出し、個展に誘ってくれて……それから、それからはさ……。

チラシが……佳乃《よしの》から個展の告知チラシをもらっていたはずなのに……自らのバッグを漁《あさ》っても個展のチラシなど入っていない。佳乃の個展なんて……なかった。

「どうして、今日まで佳乃が生きていた証《あかし》がどこにもないんだよ……！」

スマホで検索してみても画家として活動していた佳乃の功績はネット上に存在せず、画廊のＨＰに記載された番号に発信しても電話口の担当者にこう突き放される。

『当ギャラリーでキミがいない星空の夜からという個展を開催した記録はございません』

唖然《あぜん》と息を呑《の》み、暴言すら吐けず、受け入れがたい心境のまま一方的に通話を切った。

作り話に、なっていく。

大学生の佳乃が未完成の絵を描き上げた現実が、虚像へと。

高校生だった佳乃が絵を完成させられずに亡くなった虚像が、現実へと。

なりふり構わず美術室を見回し、直前まで佳乃がいた痕跡を焦燥と共に追い求める。

俺の記憶は、脳内で再生される回想は、自分自身に嘘《うそ》をつき始めた。いや、佳乃が四年前に亡くなった世界に順応しようと現在進行形で書き換えられている。

だからなのか、ＣＤを借りっ放しにしていたことも、再び現実になるのだ。

俺が持参したであろう鞄《かばん》の中には数枚のケースが重なっており、見覚えのある付箋も貼られていて……四年間も借りパクしていたことを自覚させられる。

「借りたＣＤ……いつまでも待つって……借りパクするつもりじゃなかったのに……」

持ち主を失ったヘッドホンを手に取り、耳に掛けた。

ジャックは未接続なのに、耳を澄ませば渡良瀬《わたらせ》のお勧め曲が聴こえてくるような気がして、屋上で絵を描きながらお喋《しゃべ》りしていた時間に戻る錯覚も引き起こす。

曲の感想を言うから、瞳に熱意を灯《とも》した佳乃も長々と語ってくれ。俺だけが延々と声を発していても、お喋りにはならないからさ。なあ、屋上とか部室でお喋り……したいんだよ。

ちゃんと返してくださいね、センパイ。

そんな文言を付箋に書いた人を探し、作業スペースの跡地へ歩み寄る。こびりつく絵の具で薄汚れた机に見覚えがあるのは、当時の佳乃が絵皿や筆洗などを置いていたから。

今現在は机の中に……一冊のスケッチブックが眠っていた。

身体《からだ》が前のめりに動き、引き寄せられるように手を伸ばし、スケッチブックを手に取ってページを捲《めく》る。鉛筆で描かれた様々なデッサン。石膏《せっこう》像から身近な物までの幅広いモチーフが佳乃の精密なタッチにより繊細に表現されていた。

――ページを捲っていた手が、ぴたりと止められてしまう。

あのときは『石膏像を描いた』とからかわれたが、このモチーフを見間違うわけがない。

美術室で出会った初日、俺が居眠りしたときの……能天気な寝顔だった。

自らの腕枕に頰《ほお》を乗せた間抜けなツラを写し取り、丁寧に書き込まれた濃淡で〝調子をつけた〟ありがた迷惑なデッサンが、佳乃のスケッチブックに残されていたのだ。

センパイのバカっぽい寝顔、という失礼極まりない手書きの解説付きで。

「ごめん……あのときは眠ってしまって。ありがとな……起きるまで側《そば》にいてくれて……」

いたんだ、この場所に。

留年しかけた能天気な三年生と、孤独を求めるくせに寂しがりやな部長が。

あったんだ、この場所に。

正式には承認されていない二人だけの美術部が。

お絵描きとお喋《しゃべ》りをした二月の放課後が、確実に存在していたのに。

その記憶を……一度は放棄した思い出を取り戻した瞬間、入れ替わるようにお前がいなくなる。なぜ、どうして、この世界は残酷な仕打ちしかしないのだろうか。

パンの配達が遅いと不機嫌になり、コーヒーを飲むと眠れなくなり、星空を描くときは夜空に纏《まつ》わる楽曲を聴き、好きなものを語るときには得意げな早口になって、新入部員が入部すると嬉《うれ》し泣《な》きしてくれる。そして、俺のお喋りに最後まで付き合ってくれる。

偏屈で不器用なのが、一周回って可愛《かわい》らしかった。

怒ったときの顔も、ふいに溢《こぼ》してくれた微笑《ほほえ》みも、すべてが愛《いと》おしかった。

「好きだよ……俺は……。お前のことが今も……佳乃《よしの》と話すのが……楽しいからさ……」

俺が大好きだった佳乃は……もう、いない。

この世界は、春の訪れを告げる星が降った日から——キミがいない。

「佳乃……うっ……ああ……うあぁ……どうしてここに……いないんだよ……」

未完成の絵を前にした瞬間、両膝が頽《くずお》れ、制御できない衝動が涙に変わり、嗚咽《おえつ》を吐き出すように泣き崩れてしまうのは自らの意思で手放したはずの〝感情〟がここにあるから。

「泣けなくても……笑えなくてもよかったんだ。俺の人生なんて……どうでもよかった」

俺に見せるため、佳乃は星空の絵を描いていたのだろうか。

個展を開けるような画家になり、褒めてほしいから……あいつはそれだけのために、ひたすら頑張って、たった一人でも負けじと軌跡を残し続けていた。

画家の夢を叶《かな》えた佳乃がいる記憶は作り話となった、この世界にとっては不要な雑音。

数時間後の三月一日を迎えたら、もう間もなく消えていくだろう。

佳乃は、幸せだったのかな。

行き当たりばったりの先輩なんかと一緒にいて、素敵な人生だと思えたのかな。

冗談が通じない仏頂面の説教でもいい、好きなものを語る得意げな早口でもいいから。

いいよな。二人だけの放課後を、もう一度――みっともなく待ち焦がれても。

香り豊かなコーヒーと絶品のハヤシライスが美味《おい》しい手狭な喫茶店で賑《にぎ》やかに出迎えるから、伊澄《いすみ》さんが作ったサンドイッチを持って満天の星を見に行こう。

四年後でも、何十年先だろうと。

星降る夜になったらさ。

ふと、窓の外に意識が誘われる。

月明かりの青白さが過剰に眩《まばゆ》く、地面に反射した淡い光が虚《うつ》ろな眼差《まなざ》しを手招きした。

手を伸ばし、ゆっくりと窓を開ける。

土砂降りの涙で曇り果てた視界を美麗に迎えてくれる純白の絨毯《じゅうたん》。

グラウンド一面を占領し、寄り添うように咲き乱れたスノードロップの花が、春の息吹を運ぶ風に身を任せて揺れ動いていた。

あとがき

これは准汰《じゅんた》の物語でありながら、佳乃《よしの》が不器用に生きる姿を描く物語でもありました。

彼女が生きた十七年と、そしてすぐ隣の世界にあったかもしれない二十一年の生き様を知ってほしくて、僕はこの話を書こうと決めました。

読者さんがどう感じたのかは分かりませんが、僕の中での准汰は『佳乃の物語に少しだけ関わったお人好《ひとよ》し』だという感覚があり、この二人らしい青春だったな、と思います。

子供の頃に少しの期間だけ仲良しだった人を、大人になってからふと思い返すことってありませんか？　もしその相手が今も密《ひそ》かに身近にいたとしたら……という人間関係をテーマにしてみたいと考えたのは、僕らが生きる現実でも割と起こりうる繋《つな》がりだから、なのかもしれません。身近にいるのに両者は気付いていない、もしくは片方だけが気付いているような状態だったとしたら、そのまま声を交わさずにまた離れてしまっている場合もあるでしょう。もし、どちらかが勇気を出して声をかけることができたらその瞬間――時間が止まっていた青春が再び始まる運命だってある。

その僅かな可能性を小説として描写したかったのです。

再会した准汰と佳乃が言葉を交わしていた期間は決して長くはないものの、共に過ごした時間の長さだけではない何かが二人の間にはあったら良いなと、僕は思い耽《ふけ》りながら今日も小説を書くわけですが。

タイトルに関してはフジファブリックさんへのリスペクトです。本来は原稿を提出する際の仮タイトルとして、作業用BGMにしていた『星降る夜になったら』の名前をお借りしましたが、まさか本採用されるとは想定していませんでした。偶然にも担当さんがこの曲を好きだったこともあるのですが、原稿を読み終えた直後に「この作品にはこのタイトルしかない」と力強く言ってもらえて、正式なタイトルにさせてもらいました。歌詞の内容に物語がリンクしているわけではないですけど、佳乃《よしの》が好きだった曲でもあるので、物語を読み終えたあとにでもお気に入りのヘッドホンで聴いてみるのはどうでしょうか。

余談ですが、ハマった食べ物ばかりを一時的に食べ続ける人っていますよね。放っておけない感情を抱かせてくれるというか、ベタチョコ好きな佳乃の世話を焼きたくなります。佳乃のもとへ届けたい、ベタチョコ。僕は准汰《じゅんた》じゃないので物語越しに見守るだけですが。ページ数の都合で伊澄《いすみ》さんのプライベートがほとんど書けなかったのが心残りではあるので、何かしらを書きたい気持ちはありますね。今度は伊澄さんの物語かな。どうだろう。

というわけで、ここまで読んでくれてありがとうございました。

あなたにとってこの物語が忘れられないものになってくれることを、どこかの彗星《すいせい》にでも祈っておきます。小説を書けなくなると困るので、感情だけは失わないように。

あまさきみりと

MF文庫J

星降る夜になったら

2020年 6月 25日 初版発行
2023年 8月 25日 5版発行

著者 あまさきみりと

発行者 山下直久

発行 株式会社 KADOKAWA
〒102-8177 東京都千代田区富士見 2-13-3
0570-002-301（ナビダイヤル）

印刷 株式会社 KADOKAWA

製本 株式会社 KADOKAWA

©Milito Amasaki 2020
Printed in Japan ISBN 978-4-04-064723-4 C0193

◎本書の無断複製（コピー、スキャン、デジタル化等）並びに無断複製物の譲渡および配信は、著作権法上での例外を除き禁じられています。また、本書を代行業者等の第三者に依頼して複製する行為は、たとえ個人や家庭内での利用であっても一切認められておりません。
◎定価はカバーに表示してあります。

●お問い合わせ
https://www.kadokawa.co.jp/（「お問い合わせ」へお進みください）
※内容によっては、お答えできない場合があります。
※サポートは日本国内のみとさせていただきます。
※Japanese text only

◆◇◇

この小説はフィクションであり、実在の人物・団体・地名等とは一切関係ありません。

【ファンレター、作品のご感想をお待ちしています】
〒102-0071 東京都千代田区富士見2-13-12
株式会社KADOKAWA MF文庫J編集部気付「あまさきみりと先生」係 「Nagu先生」係

読者アンケートにご協力ください!

アンケートにご回答いただいた方から毎月抽選で10名様に「オリジナルQUOカード1000円分」をプレゼント!! さらにご回答者全員に、QUOカードに使用している画像の無料壁紙をプレゼントいたします!

■ 二次元コードまたはURLよりアクセスし、本書専用のパスワードを入力してご回答ください。

http://kdq.jp/mfj/ パスワード scyk6

●当選者の発表は商品の発送をもって代えさせていただきます。●アンケートプレゼントにご応募いただける期間は、対象商品の初版発行日より12ヶ月間です。●アンケートプレゼントは、都合により予告なく中止または内容が変更されることがあります。●サイトにアクセスする際や、登録・メール送信時にかかる通信費はお客様のご負担になります。●一部対応していない機種があります。●中学生以下の方は、保護者の方の了承を得てから回答してください。

〈第19回〉MF文庫Jライトノベル新人賞

MF文庫Jライトノベル新人賞は、10代の読者が心から楽しめる、オリジナリティ溢れるフレッシュなエンターテインメント作品を募集しています！ ファンタジー、SF、ミステリー、恋愛、歴史、ホラーほかジャンルを問いません。
年に4回締切があるから、時期を気にせず投稿できて、すぐに結果がわかる！ しかもWebからお手軽に投稿できて、さらには全員に評価シートもお送りしています！

イラスト：うみぼうず

通期

大賞
【正賞の楯と副賞 300万円】
最優秀賞
【正賞の楯と副賞 100万円】
優秀賞【正賞の楯と副賞 50万円】
佳作【正賞の楯と副賞 10万円】

各期ごと

チャレンジ賞
【活動支援費として合計6万円】
※チャレンジ賞は、投稿者支援の賞です

選考スケジュール

■第一期予備審査
【締切】2022年 6月30日
【発表】2022年10月25日ごろ

■第二期予備審査
【締切】2022年 9月30日
【発表】2023年 1月25日ごろ

■第三期予備審査
【締切】2022年12月31日
【発表】2023年 4月25日ごろ

■第四期予備審査
【締切】2023年 3月31日
【発表】2023年 7月25日ごろ

■最終審査結果
【発表】2023年 8月25日ごろ

MF文庫J ライトノベル新人賞の ココがすごい!

年4回の締切! だからいつでも送れて、**すぐに結果がわかる!**

応募者全員に評価シート送付! 執筆に活かせる!

投稿がカンタンな**Web応募にて受付!**

三次選考通過者以上は、**担当編集がついて直接指導!** 希望者は編集部へご招待!

新人賞投稿者を応援する**『チャレンジ賞』**がある!

詳しくは、MF文庫Jライトノベル新人賞公式ページをご覧ください!
https://mfbunkoj.jp/rookie/award/